JN145201

トンネルズ&トロールズ・アンソロジー

ミッション：インプポッシブル

編◉安田均
エリザベス・ダンフォース
マイケル・A・スタックポール
著◉ケン・セント・アンドレほか
訳◉安田均／グループSNE

アトリエサード

Mage's Blood & Old Bones:

A Tunnels & Trolls Anthology

1992

装画：中野緑

目次

トンネルズ&トロールズ・アンソロジー
ミッション：インプポッシブル

安田均、エリザベス・ダンフォース、マイケル・A・スタックポール　編

まえがき

安田　均

この短編集は少し変った内容をしている。多くの作家の短編を集めたいわゆるアンソロジーで、テーマがファンタジー世界の出来事を扱っているけれども、内容や成り立ちが通常の小説集というだけではない。そのあたりをちょっぴり説明しておこう。

まず、これは架空の〈トロールワールド〉という世界を舞台にした小説集だ。トロールといってもムーミン谷のかわいい生き物ではない。巨人の一種で、体が岩でできていたり、怪我をしてもみるみる回復したり、なかには太陽光線を浴びると岩に変ってしまうものもいる。いわゆる神話的な怪物で、こうしたモンスターや妖精がドラゴンをはじめ、オーガー、サイクロップス、グール、エルフ、ドワーフ、ゴブリン、レプラコーン、フェアリーなど種々雑多に存在して、しかも人間にまじって暮らしている。ひと言でいうと、トールキンの『指輪物語（ロード・オブ・ザ・リング）』の中つ国（ミドルアース）風の世界と思ってもらってよい。

こうしたファンタジーは二〇世紀の後半以来、『指輪物語』の世界的な流行もあって、つぎつぎと書かれてきた。従来の児童向けおとぎ話ファンタジーに留まらず、壮大な世界での叙事詩（エピック）風物語として、ヒロイックファンタジー、エピックファンタジーなどとも呼ばれている。

　この『ミッション：インポッシブル』も、そうした小説集であるのはまちがいない。多くの作家を集めたアンソロジーなので、主人公が同一で次から次へと冒険をこなすものではないけれど、それぞれがこうしたファンタスティックな空想世界で、困難な状況を乗り越えるものであったり、冒険にみちた（そして、ちょっぴりユーモラスな）わくわくするストーリーとなっている。昨今の人間が中心の異世界に転生するようなタイプではない。異世界がまず存在し、そこで人間も活躍する壮大なタイプなのだ。

　二番目の大きな特徴は、これがバックグランドにゲームを有する物語ということ。『指輪物語』や〈英雄コナン〉〈エルリック〉〈ファファード&グレイマウザー〉といった先にも書いた壮大なファンタジーは、やがておもしろい現象を生み出した。こちらも二〇世紀後半からの大きなムーブとなった拡大するゲーム分野で、ストーリーと結びつく画期的なロールプレイング・ゲーム（ＲＰＧ）が登場したのである。じつは〈トロールワールド〉はこうしたＲＰＧの背景世界として、ここにも収録されたケン・セント・アンドレをはじめとする面々によって創り上げられたのである。ゲームの名前は『トンネルズ&トロールズ』、縮めてＴ&Ｔと呼ばれる。『ダンジョンズ&ドラゴンズ』につぎ、世界で二番目に生まれたＲＰＧである。

　物語のゲームということから、これには語り手が必要で、世界にあわせて筋書きを考え、ゲームを判定していくゲームマスター（ＧＭ）という存在が必要となる。おもしろいのはゲームである以上、ストーリーを動かしていくのはＧＭだけではなく、プレイヤーという存在も大きく関わり、彼らがメインとなるキャラクター（プレイヤー・キャラクター＝ＰＣと略す）を演じる。演じるといっても、ここではストーリーは決定したものではなく、ある程度決められた筋書きに沿いつつも、ランダムな出来事も巻き込みつつ動いていく。だから、GMはGMでさまざまなプレイヤー外のキャラクター(ノン・プレイヤー・キャラクター=NPCと略す)を操り、PCと関わっていく。こうして前もってGMが用意した物語の筋書きを元に、ある程度、即興でプレイヤーとGMの間でストーリーが進んでいくのがRPGというゲームなのである(日本ではコンピュータゲームが急拡大したので、こうした元々のRPGには区別するためテーブルトークという名称がついている)。

本書が〈トロールワールド〉というファンタジー世界だけでなく、T&Tというゲームも元にしているなら、RPGのゲームとしての側面も映し出すべきだろう。そうしたやり方にはいろいろあり、ゲーム紹介を優先する読み物という形ならリプレイというスタイルがある。またゲーム小説と言う形でも、戦闘などゲームにより近い描写を特徴とするものもある。この辺りは解説でマイケル・A・スタックポールが述べているように、本書はまず物語、小説として読んでいけるように配慮してある。

そしてゲーム要素は、その隅々にうまく〝隠されている〟。暗殺者が襲って来たときには魔法で気配を隠して、T&Tを楽しんでいる人には「ああ、あの魔法か」とわかるような小説場面風の描写がなされているし、魔法をかけると〝体力を疲労する〟(現在はルールが変ってるので、この辺りは疲れるのは同じだが、別の部分で疲れると考えよう)。

しかし、そうした細部だけでなく、例えば「ミッション:インポッシブル」はモンスターと魔法とアイテムを、「カザンで最低の盗賊二人」「運命の審判」は大都市と盗賊と異種族キャラクターを、「魔術師あるところ道あり」は大規模戦闘を、「たったひとつの小さな真実」は魔術師と呪い(ギアス)を、「オーガー・ポーカー」はモンスターの生態を、「風の虎」は船とアンデッドと戦闘をというように、T&Tのさまざまな機能も小説としてそれらしく描いてある。

だから、読むのにRPGの諸知識や、ましてルールなど必要ではないが、T&Tが好きな人、遊んだ人には思わずニヤリとする場面がいくつもあるのは、見事な隠し味となっている。上質なゲーム小説とはそうしたものだろう。

そして三番目に、これはシェアードワールドという、作家たちが背景世界を共有して創り上げていく、新しいスタイルの小説でもある。連作やリレー小説ともちがって、RPGなど新たなゲームの出現とともに現れた斬新なおもしろい形式でもある。

このタイプで最初に目立つ作品は、RPGが広がった一九七〇年代後半に現れた。実はゲームからではなく（しかし、RPGなどのゲーム性はよく理解している）作家たちがイベントで集まって、アイデアを出しあって成立した。タイトルは『盗賊世界』Thieves' World（一九七九）で、中心となったのはロバート・アスプリン、それに友人のリン・アビー、アンドリュー・オファットらだ。彼らはRPGの世界構築（そして各物語にあたるシナリオ）と同じように、アスプリンが政治抗争の続く中世風ファンタジー世界の端に、サンクチュアリ（聖域）という緩衝都市と、そこでのメインキャラクターを作り、各作家と打ち合わせつつ、自由に書いてもらうという形でアンソロジーを作った。いわば、アスプリンが魔法や世界、主要NPCなどRPGのルール的な概観を作り、各作家がそこでシナリオを作ってセッション（RPGのゲーム）をしたようなものだ。

これがいわばシェアードワールドの基本形でもある。そこにやがて、RPGの『ダンジョンズ&ドラゴンズ』からダイレクトに〈ドラゴンランス〉短編集などのシェアードワールドが生まれ、一九八〇年代には続々と広まった。日本では『妖魔夜行』『ソード・ワールド短編集』などがある。本書も、まさしくそうしたシェアードワールドに沿ったものであることは論を待たない。

他にも、これが当初（そして実は現在も）日米で同時に進行していった企画であるのも興味深い部分かもしれないが、それは最後のスタックポールの解説に譲ろう。

こうしたさまざまな特徴を持ちつつも、本書はまず何より「おもしろい小説を、自分たちのファンタスティックな世界で書きたい」と願った作家たちの共有意志の表れだろう。ぼく自身も編者、訳者の一員としてそれに関われたことがとても嬉しい。

これを読んでくださる読者の方々にもそうした思いを共有していただければ、これに勝る喜びはない。

では〈トロールワールド〉の世界にようこそ！

ミッション：インプポッシブル

Imp-Possible Situations

エリザベス・ダンフォース　安田均訳

私はドアの掛け金めがけて蹴りを入れた。そうしないと足がドアのまんなかを蹴り破るかもしれなかったから。ドアは半分に壊れ、蝶番(ちょうつがい)からはずれて落ちた。上出来。敷居をまたぎながら、けだるい午後の陽射しが肩ごしに〈鋼(はがね)のワーム亭〉の酒場に射し込むよう気をつける。肩にぐったりした人間を背負った黒い影に、酒場の主人が正しい反応をしてくれるように。

狙い通りだった。

主人はかんだかい声を立てながら、樫のカウンターの下から酒樽の栓ぬきをとりだし、こちらを脅しつけようとした。薄暗いところでその姿は、食い物をろくにもらっていない鼠とりの犬みたいだ。歯なしのくせに反射的に歯茎をむいてうなる犬。私はふんと鼻を鳴らして、〝二本指のマンゴ〟の意識のない体を肩から降ろすと、カウンターの前の汚れた床にどさりと落とした。すかさず一匹のゴキブリが床下から這い上がってきて、それを点検する。

「賞金をもらいに来たわ、ファーリ」声が少ししわがれているが、まだ自分の声だと充分わかるだろう。「マンゴはこれだし、〝ナイフ使い〟のスピンドルシャンクスは外よ。あんた貼り出してたわよね。賞金出すって」

ファーリの頭が商売上手な乞食みたいに上下して、口も休むことなく開いたり閉じたりした。「二人だけかい、ジャクリスタ? 噂じゃ〈風の盗賊団〉は五人、いやたぶん六人で、最近は南の波止場から出る商船を狙ってたって聞いたんだけどな。こっちはしがない貧乏宿屋だ。そうだろ、ジャクリスタ、今すぐ賞金なんて出せないって、よーく知ってるはずだ。だって、金は賊が牢(ろう)に入ってはじめて王様の金庫から出してもらえるんだし。それに、しばり首の経費よりは少ないんだから、あんたも……」

「スピンドルシャンクスには死刑執行人なんていらないわ」私は歯をむいて、とても男が喜びそうもない笑顔を見せた。「だから馬の背中に置いてきたの。あいつはもうどこにも行かないわよ」

私はカウンター裏にまわって、低い棚からしろめのジョッキを取り出した。それはぴったり手になじんだ。気持ちのいい旧友のように。「これでもらうわ」私はいった。「辛口の、赤いのを、たっぷり。指でさしたら、またいっぱいにするのよ。あたしが椅子からずり落ちたら、部屋まで運ぶの。わかった?」

ジョッキをつきつけると、酒場の主人はすぐさまカルサキの赤ワインを縁まで注いだ。「今度は首領をつかまえたのかい、ジャクリスタ? ダメだったのか。絶対そうするって言ってたじゃないか。これで三回目だなあ。完全にやつらの息の根を止めに行ったのに」

私はしかめっつらをした。「首領は隠れてるわ。でも、もう隠れる相手もだいぶ減ったしね。警備兵を呼んで、あたしをひとりにしておいて」私は大股で酒場のすみに行き、背中を壁にあずけてぐらぐらする椅子で体をゆらした。ファーリはマンゴの手足の結び目を点検し——といっても、しっかりしているかどうかファーリにわかると思えない。しっかりしていたが——それから、まぬけな甥に、獲物を集めに来てくれと街の警備兵を呼びにやらせた。戸口に毛布がつるされて、酒場の中にはいつもの薄暗さが戻ってきた。沈む太陽の容赦ない凝視からのがれて、ナイフ傷のついたテーブルまでが安堵のため息をついたような気がした。

私は初めて酒場の中を見まわした。ひどい手落ちだ——すぐにまわりのものを見ておかなかったとは。しかし私だって、まったく気にかけない日もある。クノールでは、それは意味もなく自殺しようとするようなものだけど。もとよりファーリは、私に肘鉄を食らわされたわけではないが、わかっていながら面倒に首をつっこむ気などない。私はファーリが思っている以上の面倒事によくなるが、彼には貸しがある。しかも私は〈鋼のワーム亭〉にやってくる災厄を払う役割はちゃんと果たしていた。

台所近くの陰にすわっている妙な取り合わせの二人組は、そんなに面倒な感じには見えなかった。風変わりかもしれないが、街の舗装した道で夜となく昼となく見かける程度の奇妙さだ。まあ少なくとも、ものすごく変ということはない。

南方風のローブに身を包み、ジョッキからちびちび飲みながら、むっつりした顔で一心に中をのぞきこんでいる白髪の老人。あのジョッキの中身はファーリの苦ビールではないだろうか。もし不幸にして私の目の前にあるのがそれだったら、私もちびちび飲むことになっただろう。老人の背後の柱にたてかけて、すぐ手に届くところに黒く光沢のある魔術師の杖があった。見事なその杖は、決して破壊することができないという。安くもないし、容易に手にはいるものでもない。私はさらに念をいれて老人を見た。組合の人間かもしれない。ビールの中をのぞきこんでいるようでは、爺さん、そんなに力を持っているようには見えないけれど。

一方、その連れは小鬼ときた。インプは三流魔術師とはあまり一緒にいないものだ。だから力のあるインプではない。少なくともデーモンでないのはたしかだ。小さい子と同じくらいの大きさで、実際——その鼻がかろうじて私の膝に届くくらいの背丈だ。どちらにしても見まちがいようがない。もじゃもじゃの黒っぽい赤毛のうえに三センチも飛び出している長くてとがった耳。エルフのような大きくてつりあがった目は黄色くて、瞳は蛇のように細長く、耳とつりあいがとれている。私が見ているのに気がついて、明るくにっこり笑った——「彼」だと思う。そいつはそばかすやなにかも含めて、完全に子供っぽかった。薄明りのなかで、きらりと光る猫のようにとがった小さな歯を除いては。

ファーリが肉を盛った大皿を持って割りこんできて、私の視線をさえぎった。肉は鹿か、ひょっとすると犬もありうる。「少し食べないか、ジャクリスタ？　力をつけてもっと盗賊をつかまえてもらわないとな。やつらは忙しそうだぞ。〈風の盗賊団〉のことだが。見つかってないし、いや、首領だけがまだなんだけどな」

ファーリは下手な字で書いた、最近の商船団から盗まれた品目を私に渡して、皿を持ったままうろうろした。

私はファーリの控えめなほめ言葉に唇をへの字にした。リストにざっと目をとおす。上等の麻と絹の積み荷。西方に点在する島からの木彫り品。深い海の緑色の釉薬(うわ)をかけられた、紙のように薄い磁器の食器。北の海岸の琥珀、はるか南から来た象牙。東の内陸深くにあるドワーフの山から、貴重な金属の鋳型(いがた)を運ぶコーストの貨物船までが襲われている。

私はその紙をわきに投げ出して、半分からになったジョッキを指さした。ファーリは皿を置いて、あわててワインを取りに行った。すじの多い肉とつけあわせのゆでた芋を見て、私はまだものを食べる時間ではないと判断した。

「ジャクリスタ」老人が近づいてきたとき、その砂色のローブはまったく音を立てなかった。だから、テーブル一つへだてたところに、その老人が黒い杖にもたれて立っているのに突然気づき、やっとのことで驚いた顔を見せずにすんだ。「エリエンズ・トーム城のジャクリスタかね？　あの〝魔法にかかったジプシー〟で、生まれついての英雄の？」

「エリエンズ・トームはずっと前に崩れ落ちたわ」私は警戒しながらいった。「大広間ではジャッカルが宴を張ってるし、そこへ帰る道も見つからない。何の用なの、魔法使いさん」ローブのかげから、小さなインプがこっそり私を見つめている。

「私の感謝を受けていただきたい」老人は上品に頭を下げ、その白いもじゃもじゃの眉が黒い目の冷たい視線を影に隠した。それでも影にそのなごりを感じたが、私は優雅な微笑みを返した。エリエンズ・トームの女主人だった頃のように。それはいまの私にそぐわない顔だったので、老人の隠した思惑に備えてまたしかめっつらに戻った。

老人は言葉を続けた。「クノールの市民たちよりも上手く話せるとは思わんが——実をいうと同じほどにも話せんな。ときおりしかここには住んでいないのでね。しかし、女が一人であの危険な〈風の盗賊団〉を退治するとは、賞賛すべき事だ。ここの主人ファーリの話では、あんたは多くの人殺しをとらえたそうだな。もっと強い、武器を持った屈強な男たちが何人も備えるのに、結局はあんたが街の平和を守っている。あんたはすべての人の感謝に値しようというもの」

私は肩をすくめながら、老人が本当に言わんとしているところは何なのか推し測ろうとした。「クノールを訪れた旅人でも、街の基本の法律は知ってるはず。自分の面倒が見られる者は、当然そうする。さらに、自分の身を守れない者を保護する」私はいらいらとワインの底のかすをかきまわした。「実際にあまりいい法律じゃないけど、精神は立派だわ」

老人の薄黄色い口髭のわかれめから、口のなかに同じくらい薄黄色い乱杭歯が見えた。「まったくもって立派だ。さてと、再び会うことがあるかどうかわからんが、ランダー神の幸運と順調な航海を祈っとるよ」老人はもう一度頭をさげて、出口に向かった。

インプはぐずぐずして、陽気な瞳を私の向かいにある椅子に向けたままだった。その小さなとがった舌から今にも言葉が出てこようとしていたが、魔術師が出口で垂れた毛布をかきわけながらふりかえった。

「来い！」魔術師はインプを呼んだ。黒い杖の先から火花が走り、この小さな生き物のかかとを焦がした。耳の長いインプはきゃっと悲鳴をあげて出口に向かって走りながら、ぐらぐらする長椅子にぶつかり、こわれたドアにつまずいた。手足をもつれさせて転がった彼は、ちょうど入ってきた警備兵の長靴にぶつかって止まった。

警備兵はインプの首の後ろをつかんで持ち上げると、悲しげな黄色い瞳をしばらくのぞきこんだ。警備兵はお追従笑いを浮かべている白髪の魔術師を見、壊れたドアの残骸を見、カウンターによりかかって頭を抱えているファーリを見た。そして、私を。こちらの着ている鎧も、わきに置いた剣も見逃さなかったはずだ。

「忙しそうだな」

魔術師はインプを片手でかかえこむと、おわびのしるしに警備兵に長靴を磨いてもらえそうな硬貨を何枚か渡して、毛布の向こうの濃くなりつつある夕闇に姿を消した。私はジョッキを呑み干した。指さすとファーリがまた満たす。何度も何度も。

〈鋼のワーム亭〉は、私の知るほかの宿屋のように、明るく活気があるなどということは決してない。それに、夕食後の時間には、街の人間たちがしんみり飲むために集まってくる。それから酒場はいつもの光景で満たされる。大きな声、ひしめきあう汚れた体——人間やほかのものたちの——そして、熱い蝋の蒸気がたちこめ、もうもうたる煙とわかちがたくむすびついて、目が涙でうるむ。暑く湿った空気はぴったりまつわりつき、革の籠手が汗でべたべたする。

雨季のクノールは心楽しい場所ではない。なぜこの夏をカルサキで過ごさなかったかわれながら不思議なくらいだ。しろめのジョッキからカルサキの辛口の赤をぐっと飲むと、それは味もなく喉を降りていった。きっとクノールの汚れと臭みが最近の気分にあっているのだ。そのうえ、〈風の盗賊団〉みたいな者たちを雇わざるをえない人間たちもいる。悪評高いジプシーが私に言いきかせた——どういうわけか——その手のことは——どういうわけか——私の仕事なんだよ、と。私はつばを吐いて、足元の床を少しきれいにしてから、思い出には目をつぶった。いつものことだ。

警備兵が〝二本指のマンゴ〟を地下牢へかたづけると、人が来る前に、ファーリはドアの残骸を掃除してしまった。私の賞金は、新しいドアの費用分だけ減らされるだろう。まあ、公平なことだ。近くのテーブルにいた知らない男が、私の皿から変な形の肉をつまみあげたが、私は文句をいわなかった。あの男の胃がやりたがっただけ。だいたい、一人でしんみりしてる人間なんて珍しくもない。そしていまは、それが私の望むこと。

それでも、その夜はおかしなことが多すぎた。

私は彼がまた入ってきたのに気がつかなかった。私と店の入口のあいだには客が大勢いた。最初にインプが戻ってきたのを知ったのは、右足にしがみつかれたからだ。

私は椅子から飛び上がったが、ふくらはぎにその小さな体が巻きついたままだったので、体が傾きかけた。ひょっとするとワインも一役買っていたかもしれない。私は壁に激突し、やせたエルフにぶつかって、床に転がった。「崩おれる」というのがより適切な表現だろう。インプにひどく尻骨をぶつけるのを避けようなんて気遣いはまったくしなかった。かすかなぴーっという声を出して、インプは私の手から逃れた。私がつかんだのは床だけだった。

床。ほかの宿屋では、大理石のモザイクとタイルだったり、いろいろな色の磨きあげた寄せ木細工だったりするものだ。〈鋼のワーム亭〉の床は、独自の色彩を誇っている。去年の夏のむぎわらの愛らしい灰緑色。店内にもちこまれた道の泥は、少々水っぽいものの豊かなこげ茶だ。腐りかけの床板は、蛆と白蟻が薄い象牙色で細部仕上げをしていないところは、ごく淡いベージュ色をしている。

悪臭だってひどい。

カルサキの赤で目立つ色を個人的に付け加えたあと、私はやっとの思いで膝をついた。右手は二度目にダガーをさがしあてたが、目はインプのあとを追えなかった。テーブルのふちを見極め、椅子に這い上がるだけでひと苦労だった。気をつけて見ても、インプはどこにもいない。テーブルの上に銀メッキのダガーをそっと置き、ワインをしかめっつらで一口飲む。私は酒場の中をひとわたりにらみつけて、誰かに文句を言おうとした。実のところ、誰も気がついていないか気に止めていないようだった。ただ、あのエルフはもっと離れたテーブルに移動していた。

早い時間にものを食べなかったことについて胃がぶつぶつ抗議したので、うすい〈プラン〉がいっぱいのった陶器の皿が急にテーブルの向こうから差し出されたとき、思わずちらっと見てしまった。かすんだ目をあげると、インプのすまなそうな黄色の目と出会った。向かいの椅子の上に立っている。

「このちび!」私はテーブルごしにつかみかかったが、ひょいとよけられた。ジョッキがひっくりかえり――何も入ってなかったが――〈プラン〉の皿は横むけにころがって、床に中身をまきちらした。もちろん何かがそれを食べてしまうだろうが、私はいくつかを床の住人から守った。頭がぐるぐる回りだしたので、私はどしんと椅子にすわった。「出てきなさいよ、まったく」少し待ってから、ゆっくりと気をつけてテーブルの下をのぞきこんだ――インプはいない。もう一度テーブルの上に目を戻すまでは。

インプはテーブルのまんなかにあぐらをかいて、まるめた〈プラン〉を差し出していた。

「いったいどうやって?」私は信じられない思いで訊いた。

「こういうふうに折りたためばいいんだよ」彼はゆっくりと〈プラン〉で手本を見せた。「何か食べなくちゃだめだよ、ジャクリスタ。きみが今まで〈プラン〉を見たことがなかったなんて信じられないな」

私は頭をふりながら、目を閉じた。「〈鋼のワーム亭〉では、今まで〈プラン〉を見たことない。だから、あいつが何か関係したいのかと思った。あんたの……ご主人の魔術師、か、誰だかが」差し出されたひらたい塩味のパンをあからさまに無視する。

インプはびくっとした。「関係したいのはぼくの方なんだ。話がある、ジャクリスタ。ぼくには助けが必要なんだ」インプは反射的に〈プラン〉にかぶりついて、猫のような小さな歯で細かく食いちぎった。

私は押し出すようにいった。「あっちへ行って。あたしはひと月分の仕事はもうした後なんだ」

インプは不安そうに体の位置を変えながら、肩ごしに毛布をかけた入り口をちらっと見た。「お願いだよ。ぼくは値うちあるものには値うちあるもので、助けには助けでお返しできる。だってインプだから」

「ということは、自分で解決できる量をこえてるわけね。解決できる範囲も。あたしには助ける義理なんかないわ」私は会心の笑みを浮かべた。「さあ、行くのよ」

「ジャクリスタ、話を聞いてよ」

私は無視した。うちひしがれた子供みたいな顔に向かって、興味がないと言い切るのは刻々とむずかしくなっていた。私はジョッキを置きなおすと、おかわりを求めてファーリに手をふった。酒場の主人の長い犬面（ドッグフェイス）はこちらを向いてくれない。喉のかわいた常連に酒を出すよりも、別の相手に異国の何本も腕がある夢の神のまねをするのに忙しかったからだ。私は立ち上がって大声で店主の注意をひいた。そのとき出た声は、しわがれたからすの声にぴったりだ。ついでにタバコの煙だらけの部屋が視界から滑り出し、下へさがって傾いた。テーブルのふちをつかもうとしたが失敗し、またもや自分のお尻が床の上にあるのに気がついた。

「ちきしょう」私としたことが、いつもよりも大量のワインを飲んだということはわかっていた。ベッドに這い込むときがきたのは明白だ。「ファーリはどこ？　部屋に行かなくちゃ」

インプはぴょんとテーブルから跳びおりて、私のそばに着地した。自分の身長の半分の高さを跳んだとは思えないほどだ。「もしよかったら、ぼくが手伝うよ」

私は笑いはじめ、それはますます激しくなった。半分ヒステリーのようになって涙が流れだし、私は腿をぴしゃっと叩いて、やっと自分を抑えてぜいぜいあえいだ。「あんたが？　ちびの？　みそっかすの？　あんたがあたしを二階まで運んでくれるっていうの？」

インプは私に顔を寄せた。「ぼくの名前はイノミナドリース」目を細めてそうささやくと、得意そうに立ち上がり、肩をそびやかせた。「〝カロダグのスズメ〟って呼ばれてるんだ。スズメだけでもいいんだけどね。ちびでもみそっかすでもないんだよ。部屋に連れてってほしいんだね？」インプはもじゃもじゃの赤毛の頭をかいて、にんまりと笑った。「ぼくは荷獣になるのって、そう得意じゃないけど、きっと五体満足のまま二階に持って上げられると思うな」目をトパーズのようにきらめかせながら、〝カロダグのスズメ〟は一人前の男のように私の足を持ち上げた。

私は壁に体をぶつけ、立っていようと柱をつかんだ。「取り消すわ、スズメ。あたしは別に床で眠っても……」胃がひっくりかえったので、もう一度考えなおした。

インプが右腕を私の左足にまきつけたとき、どういうわけかひざが彼に協力した。私はあわてて彼から離れた。「酔いをさまさないでよ！　今夜眠れる場所にたどりつくのに、どれだけ苦労したと思ってるの。さっさと消えて」

スズメは腰に手をあてた。ことのほか聞きわけのない人形に向かって、親みたいに叱りつけようとしているいらいらした子供みたいだ。「局所にききめがある、秘蔵の呪文だよ。ぼくが初めて酔っ払いに会ったとでも思ってるの？　きみのひざがちょっと体を持ち上げてくれれば、きみはぼくによってかかって、それでみんなかたづくんだ」

私は女にしては背が高い。彼の頭に手をのせるために、少し体を傾けなければならなかった。その態勢で階段を半分ほどのぼった。そのあと覚えているのは、彼がぶつぶついいながら、私が自分のものと見なしているベッドとは名ばかりの、かびくさい代物の上に私を降ろしたということだけだ。あんな小さな生き物が私を持ち上げて運ぶなんてことできるわけがない……魔法か。インプはたくさんの魔法をもってる。普通じゃないやつを。じゃなぜ〈魔術師組合〉は……なぜ〈魔術師組合〉は……

「ドアに鍵をかけて。それから出ていくのよ」私は夢のない眠りのなかに沈んでいった。おそらく三時間くらい。

目がさめたとき、脳みそはまだ跳ねまわっていた。二回試してみてやっと舌が上あごからはがれた。インプが足元のたんすの上にすわって、闇の中で、耳の長い影を黒々ときわだたせながら私を見ていた。琥珀色の目が、自分の発する光でかすかに光っている。

「あんた、なんだってまだこんなとこにいるのよ?」ワインのぬくもりは眠っている間にほとんど消え去っていた。その有毒な残滓(ざんし)に体温が奪われ、しかも判断力や認識力は回復していない。

「棚に水の皮袋があるだろ。それに薬草が入っているから、頭がすっきりして起きられるよ」

水はほしかった。頭の上の壁にそってつけてある棚を手探りして、皮袋を見つけるとそれを飲んだ。冷たい水は高地の泉と低地のライムの味がした。

「きみが下に忘れていたダガーも持ってきておいたよ。剣帯に提げてある」

「ありがとう」私は乾いた唇をなめた。「今夜は自分の面倒もみられない人間を助けて、よき市民であることを証明したわけね。おめでとう。〈薔薇の衛兵〉で報賞金もらったら?　どう——して——出て——行か——ない——のよ?」

「きみの助けがいるんだよ、ジャクリスタ」かすかに光る目が、一度ゆっくりとまばたきした。「ぼくと一緒にいたおじいさん……〈辺境人のショウペグ〉っていう、魔術師なんだけど……」

「魔術師！」私の声は大きくなった。「魔術師だって！ 魔術師のところへ面倒なたねを探しに行くなんてまっぴら！ 魔術師なんかとは顔もあわせたくないわ！」私はベッドからとび起きて、鎧をつけたまま寝ていた自分に腹を立てた。まだうまく動かない指で脇の止め金をひっぱり、ぶりぶりしながら頭からそれを脱いだ。バルログがため息をついたみたいな、重いがちゃがちゃ音を立ててそれは床に落ちた。つるつるすべる籠手をひっぱがしてベッドにすわりなおし、長靴をひっぱる。「帰んなさい、インプ。それともスズメか。それともイミーアンドーオア……なんでもいいわ。なんであんたを助けたいなんて思ったのか想像もできない。あんたを助けたくなんかないの」

「イノミナドリースだよ。こう。イ・ノ・ミ・ナ・ド・リ・イ・ス」

「意味深なお荷物」つぶやきながら、まだ馬のにおいがする汗まみれの皮の長靴をひっぱる。

「かもね」暗闇の中での相手の声は、笑い声寸前のように聞こえた。「こわがらせるつもりじゃないんだ、ジャクリスタ！ でも、ぼくは一晩中ショウペグから離れてた――不思議に思ってるだろうな。あいつ、今のところはまだ本気で探そうと思ってないけど」

「それは残念ね。あたしはあんたを厄介ばらいしたいのに」長靴の一方がぬげて、私は自由になった足首を回した。靴のなかのにおいを取るのに新しい香油がいるわ。

視界のすみで、黒い影が肩をすくめた。「まあ、あいつは〈呼んで〉はいたけどね。でもあんまり真剣じゃなかった。ぼくが下できみの足をつかんでた頃かな。きみって、魔法の力が働くと、ほんのちょっと反応してぱちぱちいうんだね。知ってた？」

私はかみつくようにいった。「それじゃ、どうして〈魔術師組合〉があたしを生徒にしなかったのよ。才能はあるけど粗削り(あらけず)だなんて、大きなお世話よ、インプ！」もう片方の長靴を影に投げつける。インプがわずかに横に身をよけたので、長靴はそこを通りすぎ、壁に当たって派手な音を立てた。

私は汗みずくのシャツとズボン姿で立ち上がった。このいい臭いのする服に向かってあたりちらす元気もない。「ねえインプ、もしその〈辺境人〉があんたのご主人で、そのご主人が〈呼んで〉るんなら、それに答えるのがあんたの義務(コントラクト)なんじゃないの。ここであたしにつきまとうんじゃなくてさ」私は裸足でインプのすわっている場所までぺたぺた歩いていった。「あたしは〈魔術師組合〉の人間と、召喚されたペットの間を仲裁するつもりなんてないからね。もしそうしてほしいんだとしても。あんたはここを出て行くのよ、いますぐ」私がつかみかかると、その小さな生き物はもう少しで身をかわすところだった。私はその左耳の先をつかまえ――剣の使い手(ソードベアラー)たる者ある程度の敏捷性がなくてはすぐさま命を落としてしまう――ドアからそいつを放り投げた。スズメはさかりのついたのら猫みたいな声をあげた。その体は手すりに強くぶちあたり、横にはずんで、酒場におりていく階段の一番上に落ちた。

私は、ばんとドアをしめて鍵をかけた。「飼い主のとこへお帰り！」木の壁ごしにどなる。「あんたの顔を見るのもごめんだわ！」

地獄に堕ちろ。たぶんそこから来たんだろうけど、こんな益体(やくたい)もないやつのことはよく知らない。汗で冷たくなったシャツとごわごわするズボンをぬぎすて、ベッドの端に腰をおろして皮袋からまた泉の水を飲んだ。闇のなかに横たわり、涼しい山の夜に焦がれながら目を閉じる。

ベッドが動いた。

私はがばっとはね起きると、部屋のまんなかで姿勢を低くした。インプの長い耳をした影が、薄明りで黒々とベッドの足元に、一本マストの帆船みたいにしゃがんでいる。

「どうやって入ってきたのよ！」私は詰問した。

「鍵をあけることはむずかしいことじゃないよ」インプは鼻をすすりながらいった。「たいていはね。ゆっくりやってたから、またきみを起こすつもりなんてなかった」

「ゆっくり？　あたしはたったいま横になったばかりなのよ！」

インプは頭をふって、三本指の手で肩ごしに閉めきった窓の方を指した。にぶい灰色の光にふちどられながらも、鎧戸はもやのたちこめた夜明け前の最初の兆しを閉め出していた。この時間は嫌いだ。

「もう頭はすっきりしただろ？」

私は考えてみた。いまいましいけど、それはほんとだ。実際、ただすっきりしたという以上のものがある。頭はひらめきにみちているし、目はひりひりしないし、筋肉は一か月の間カヤラの浜で、寝たり泳いだりして過ごしたあとみたいな感じがする。先月はずっと馬にのって〈風の盗賊団〉を追っていたことを考えると、これはかなりのものだ。

「関係ないわね」頭がすっきりしていたって、起きるのはいやだ。「あんたが歓迎されていないってことには変わりないわよ」

小さなインプは悲しみに満ちたため息をついた。「シャツを着た方がいいよ、ジャクリスタ。今朝のきみのお客はぼくだけじゃないから」

ドアの掛け金が、わずかにかたんと動いた。廊下にいる誰かが確かめているのだ。眠っていたら、気づかなかったかもしれない。もぞもぞとシャツを着て、剣を鞘（さや）から抜いた。もう一方の手に銀のダガーを持つ。

「これがお返しってわけ、インプ？」私は押し出すようなささやき声でいった。「魔術師を部屋に連れてきたのね？」

私からさっと離れたこの小さな地獄の生き物をにらみつける。敏感に、用心深く。ナイフの行き届く範囲の外にいることが大切だ。

「ジャクリスタ、ドアの外に三人の男がいるのはぼくのせいじゃないよ。実際さ」スズメは声をひそめていった。「ぼくが起こしたから、あのお客が着く前にちょっと時間があったじゃない。ぼくってすごく役に立つんだよ。もうちょっと本気になってくれたら、それがわかるのに」怒っているような声だ。「きみは自分の部屋にいるんだよ。しかも鍵のかかったドアの内側に――酒場の長椅子の下で、ファーリのほかには目を配ってくれる人もなく寝そべっているのとはちがうんだ。ファーリにしたって気をつけてくれるとは限らないし、あのぼんやりした甥っ子だってそうだよ。きみの水袋にはアミレイアを入れたから、今朝はきっと気分がよくなると思ってたんだ」

ドアの掛け金がかすかに音を立て、そして、かた、かた、かたん！

インプが、しっといった。「今ドアを蹴りなよ。ニンブルノブが掛け金に目を当ててるからさ。なぐりたおしちゃえ！」一拍おいて、スズメは肩を落とした。「もう遅い。ジャクリスタ、ぼくが言ったらすぐやってくれなくちゃ、そしたら……」

私ににらまれて彼の指図は途中で消えた。「どうもありがとう、おちびさん。たぶん自分でうまくやれると思うわ」さっきの言葉が稲妻のように私をうった。「ニンブルノブ？〈風の盗賊団〉で売り出し中の？」

掛け金がまた音を立て、鍵が回った。ここで私は足の親指のつけねでドアを蹴り、はだしの爪先の骨が折れないようにさっと引いた。鍵あけをしていたニンブルノブは木の羽目板に跳ねとばされ、悲鳴とともに手すりに後ろむけに突っこんだ。彼が〈鋼のワーム亭〉の床の最上の一部になるよう祈るばかりだ。

二人の仲間の方はすぐに立ち直った。初めてみる顔の小男のカマディ人は、ドアの辺りで光る偃月刀をふるった。一瞬遅れて、ハーフ・ウルクが私をぶちのめすべく中に跳びこんで来た。私のダガーは最初そいつの皮の胸当てに傷をつけただけだったが、しゃがんでいる私の横を通りすぎるときにそいつの腿を切り裂いた。ハーフ・ウルクは怒り狂ってわめいたが、どれだけ傷を与えたかは疑問だ。私は床をけって左へ身をかわし、転がりながら廊下に出て、背中をあずけられる壁を探した。一人を外、一人を中においてその間に自分を入れる？――だめだ。部屋の横の壁なら両方いっぺんに見える――というか、カマディ人が部屋に入ってくれれば見えるだろう。

「おいで、スクロージョーズ」私はハーフ・ウルクをあざけりながら、こいつがいつも素手で戦うことを思い出していた。取っ組みあいをするチャンスを与えるつもりはない。そうなればハーフ・ウルクの独壇場だ。昔からいうように、ハーフ・ウルクの爪は剣に匹敵するのだ。

ハーフ・ウルクはベッドから身を翻すと、言葉にならないうなり声をあげて威嚇的に牙を光らせた。私はおじけづかなかった。敵と思えるやつが鉾でたたきのめしたような顔をしていたら、そいつには牙があって態度が悪いに決まっている。切っ先をハーフ・ウルクの喉につきつけてそっちをくいとめている間に、肩ごしに南の男の方をちょっと見た。動こうとしていない。スクロージョーズのタイミングを狂わせるために床で足を踏み鳴らしてから、すばやく突っ込んだ。剣が矢のように半人間の牝牛のような首に襲いかかる。

ハーフ・ウルクにしては、そいつはすばやかった。伸ばした私の腕をつかむにはおよばなかったが、そうしようとはした。湾曲した爪の一本が私の腕に浅い溝をつけたが、私がそいつの喉につけた溝にはかなわなかった。そのけだものは膝をついて、何かを言おうと息をしゅうしゅういわせて泡を吐きながら、黒い瞳でにらみつけた。〝カロダグのスズメ〟が三本指の手で空気を切り裂きながら、いきなりベッドの下から飛び出した。

「ジャクリスタ、転がって！」

私は転がった。ローブがさらさらいい、柔らかい皮の滑るような足音がし、とぎすまされた鉄の刃が空を切るぞっとするような音が聞こえたのに、何も見えなかった。私は転がりながらも剣とダガーを目の前で振り回し、朝の薄明かりのなかでその見えないものに目をこらした。呪文を会得した悪党のカマディ人は、魔法の力で自分の姿を消していた。時間さえあればその魔法を破れるのだが。私に時間をくれるだろうか。考えてもしかたがない。相手の〈フィーン〉に酔った不快な息の臭いが目標になった——それに、賭けてもいいが、小さな部屋のなかでは、こいつの長い剣よりも私の刃と切っ先の方が有利に戦えるはずだ。

私は剣を蛇のひと突きのように繰り出して誘いをかけた。男は歯のあいだからしゅうっと息をもらした。私は体をひねり、その音の下の足があると見当をつけた場所にダガーを突き出した。

私がとらえたのはローブで、男がとらえたのは肋骨だった。鎧を着ていたら、男がなんとか加えた軽い一撃などたいしたことではなかっただろう。私が着ていたのは薄いシャツ一枚だった。身をかがめて回転し、後ろにひょいと避けたが、背後には壁があった。この、身を避ける場所が必要だというときに。私は強いて耳をすませ、急ぎすぎる足音と不注意にも息を吸う音を聞こうとした。剣を胸当てと脛当ての間あたりにぐいと掲げ、ダガーで外に向かって円を描いた。カマディ人が身を傾けるのは早すぎた。私の耳には自分の心臓の鳴り響く音だけが聞こえた。

私のダガーの攻撃を引き出すかのように、ベッドの近くでささやくような声がした。イノミナドリースがハーフ・ウルクの死体のそばから、歯をこすりあわせるような声で呪文をとなえている。特に気配を見せていなかったが、カマディの盗賊がぼんやりした紫の光に照らされて二メートル向こうに立っていた。空いている方の手は、なにか死をもたらす魔法を私の頭に投げつけようと構えている。私は前方に向けて手首をひねり、銀のダガーが男の喉に突き刺さった。男の言葉は中断し、呪文は不完全のままとぎれた。相手はくずれるように倒れ、その長く湾曲した偃月刀が床の上でがたんと音を立てる。そいつはぶれるように、また姿を現した。

「あんたの魔法」私はインプにいった。「もっと早く唱えられたんじゃないの」シャツの下と脇腹の、同じ程度の切り傷をおそるおそる調べてみる。深くはないが痛い。

「それが『ありがとう』っていう意味なら、言葉が足りないよ」インプの目はトパーズの氷のように光った。

私は頬をすぼめて、反射的にうなずいた。「あんたの言う通りね、スズメ。あたしはほんと礼儀知らずだったかもしれない。まあ、礼儀正しくする値打ちがない人ってのもいて、そんなやつはそういうものを全然期待してないから。とにかくありがとう」私はベッドの端に腰かけ、傷口を少しつついて、にじみ出る血をぬぐった。魔法は必要なかった。包帯もいらないくらいだ。

インプが暖かい三本指の手を、オークに引っかかれてむずむずする腕の傷の上にそっと置いたとき、私は飛び上がった。どういうわけか、インプの体が暖かいとは思っていなかったのだ。実際、下の酒場にいるときにはまったく気づかなかった。インプが手をひっこめたときには、傷口は閉じていて赤いすじが残っているだけだった。

「どういうつもりなの？」私はいらいらした。「自分でもできるのよ、必要があればね。でも必要なかった」

インプは肩をすくめて、はにかんだ笑顔を見せた。「ぼくの方が簡単にできるよ。それに、ハーフ・ウルクは爪に毒を塗ってた。さて、あばらの方もやってほしい？　それとも嫌かい？」

私は眉をひそめてから、うなずいた。「これであんたを助けなくちゃならないわけね？」

〝カロダグのスズメ〟は唇を動かして音にならない言葉をとなえ、切られたあばらの上の宙を擦った。「うん」彼は浅い傷を強く押さえたので、ちくちくする痛みが全身を走った。腕に鳥肌が立つ。「そうしてくれるならしてもいい。それだけさ」彼は身をひいてこちらを見つめた。革の上着を身につけ、見るからに、子供めいた大きさの面倒事の塊だ。

私はため息をついた。「わかったわ。どうしてほしいの？」

インプはうれしそうに金切り声をあげて私の顔に飛びつき、腕を私の頭に、足を腰に巻きつけた。私はその筋肉質の小さな胸をつかんで体をひきはがし、腕をのばしてインプを強く持った。「なにをするつもりなの？」

斜めに切れ上がった目が、傷ついたような驚きで丸くなった。その小さな口が大きく開く。「きみが助けてくれるっていうから嬉しいんだ。嬉しいよ！　だってもう元いたところに帰らなくていいんだもん。ずっときみといられるんだ！」

「あたしの左腕になるつもり！」ぶっきらぼうにそう言って、乱暴にインプをおろす。「あんたにはご主人がいるじゃない。インプを操れるくらいの力のある魔術師の男が――けど、ライアット神にかけて、あたしではあんたを操れませんからね！　あの魔術師を殺して、その奴隷の身分から自由にしてほしいっていうんでしょ、ちがう？」

〝カロダグのスズメ〟は重々しくかぶりをふり、尖った耳の片方を引っ張った。「ちがうよ、ジャクリスタ。きみにぼくを召喚してほしいんだ」

私はまばたきした。「でも、あんたはもうここにいるじゃないの、スズメ」もう一度まばたきをして考える。「そうじゃないの？」この種のできごとは、再確認が必要な場合もある。

「そうだよ、ジャクリスタ。それは確かだ」私は肩をすくめ、スズメは話を続けた。「ショウペグはぼくを家に帰すつもりなんだ」そう言うと、インプの大きな琥珀色の目に涙があふれた。「帰りたくないよ」

私は、モンスター族がたとえいなくても——どんな小さな奴でも——世の中はじゅうぶん面倒だという言葉について考えてみたが、反面、肋骨はもうかなりよくなっていた。インプの仲間がすべて悪者ではない。百歩譲って、少なくともこいつは悪くないということは認めざるをえない。「家に帰るのが嫌なの？　たいていの人は、種族にかかわりなく、自分が『家』と呼ぶものについては、いい印象を持ってるものだけど」とはいえ、私は滅びたエリエンズ・トームについての感傷に巻き込まれたくはなかった。

インプは鼻を鳴らし、カマディ人の死体のところに行って、私のダガーを取ってきた。「前いたところでは、ぼくはちびすけだった。ここよりひどいよ。たくさんの……なんていうかな、きみたちが悪い妖精とか、デーモンとか、バルログとかいう奴らもいたんだ。ユーモアのかけらもないんだ」彼はダガーをきれいにし、柄を先にして私に渡した。「大きい奴らは、ただ側にいるっていうだけで、ぼくみたいな小さいのを叩きのめすんだ」

旅の最初の頃を思い出し、私は顔をしかめた。「わかるわ、スズメ。きっとあんたたち流れ者一族は……」

「流れ者なんかじゃないよ！」彼は強くそういって、つばをはいた。「全然ちがう！　ぼくたちインプはそこでは古い種族なんだ。もともとそこにいたんだよ。奴らがどっかよそからきたんだ。乗っ取りだよ。それからずっと、あそこは地獄みたいな場所になったんだ」

「それはどこだったたって言った？」私は慎重に尋ねた。

小さなインプは私から離れて歩き回った。裸足は木の床の上でほとんど音を立てなかった。「たいていの魔術師はぼくらの場所からだれかを召喚するときは、相手を知りつくして名指しで呼んだりまではしないいんだ。普通はただのあてずっぽなんだよ」そう、彼は明らかに直接的な返答を避けている。私は辛抱づよく待った。「ぼくの契約はもうほとんど終わってるから、この世界に呼び戻されることはどれくらいの間かわからないけど、可能性としてはしばらくないだろうな。だれかが名指しでぼくを召喚してくれたら話は別だけど」

「ショウペグはあんたを名指しで召喚したんじゃないと？」

インプは目を細めてにやりと笑った。「ショウペグは実験をしてたんだけど、そこで……事故が起こったんだ。実験っていうのは、ある強力なデーモンを呼び出すことなんだけど、ショウペグが知っていたのはそいつがアームの谷かアドリー・イストの谷に住んでるってことだけだった。わかる？　イン・アーム、イン・アドリー・イスト……。奴はまだ熟練してなくて、もごもご言ってたもんだから、結局ぼくをひきあてたんだ。イノミナドリースをね。〈辺境人〉は、ギルドの魔術師たちに舌っ足らずだったことを知られて馬鹿にされるのがこわかった。高等教育を受けた、よく勉強した魔術師なら、ショウペグのいちばん恥かしい弱味を暴くには、ぼくの名前を知るだけで充分なのさ。まあ、ショウペグは失敗を補ってあまりあることをしたとぼくは思うんだけどね。こんなに役立つかわいいインプを呼び出したんだから」

私はゆうべ脱ぎ捨てた服を手にとり、それが洗濯され繕（つくろ）われているのを見て一瞬驚いた。確かに役には立つ。「どうしてショウペグはあんたを追い返さなかったの？　それとも聞いちゃいけないの？」

「直接あいつに聞いてよ」インプの視線がゆらめいた。そのとき初めて、私はインプに見つめられて落ち着かない気持ちになった。心の奥深くずっと昔に眠りについた、〈超自然の恐怖（ウイアード）〉という名の見知らぬものが目覚めかけているような感じ。「きっとショウペグは、ぼくの名前が知られたのを嫌がるだろうな」

私はベルトをぎゅっとしめ、ダガーの柄が左の腰にくるように調節した。「あんた、あたしに言ったじゃない――なら、だれかに言えば？　世界中に言ってやればいいのに」

「ぼくにはできないよ。したら彼にわかっちゃうから。きみならその……〈妨害者〉になれるから」

私は思い当たって眉をひそめた。「〈妨害者〉っていうのは、私が魔術師じゃないってことなのよ、わかる？　どっか遠いとこからインプを呼び出すなんて技術があるわけないじゃない。あれってすごく強力な呪文なんだから。ええ、あたしも少しは小手先の呪文を知ってるわよ、全然すごくないやつ。でも召喚の呪文は完全に組合の中でしか知られていないのよ。そんなのあたしが使える呪文の限界をずっと超えてるわ」

インプがズボンをひっぱったので、私は彼と目の高さが同じになるようにしゃがみこんだ。「それには秘密があるんだ、ジャクリスタ」彼は、ダエガル・シーリーヴァーの宝島の場所を明かすかのように、ひそひそしゃべった。「なんでそんなに強力でないとダメかっていうと、だれもこっちに来たがらないからなんだ――ぼくらの世界が始まってからずっと、ぼくのほかにはいない。ぼくも最初は嫌だった。でも、ぼくがその呪文を求めて、待ち望み、期待して、本気なら……特に、ぼくはきみを信用しているんだからさ、ジャクリスタ。ぼくら一族の中では前代未聞なんだよ」

私はため息をついて立ち上がった。片方の足首がぎくしゃくした。「まあ、ショウペグがいったんあんたを送り帰した後、その呪文さえ修得できればやってあげられると思うけど。〈魔術師組合〉では教えてくれないでしょうしね。あんたが教えてくれるの？」

彼は奇妙な小さい手を激しく振った。「いや、いや、だめだよ。ショウペグは実験してて……つまりぼくはできないけど……つまり、呪文っていうのは応用なんだ。きみはショウペグの呪文の本を見なくちゃいけないんだ。実物は、魔法のかかったルビーの円盤に封じ込められている。もちろん、だれもそれには触らせてもらえないんだけど、きみならできるよ」

「ええ、そうね。〈妨害者〉であろうとなかろうと、門外不出の写本を持ってばかみたいにうろついてるとこをつかまったら……！」私はうんざりして頭を振った。「いい考えがあるわ。偉大で強力な力のあるショウペグ師のところにあんたをつれて帰って、入口に置いてくるのよ。で、こういうの。『まあ、ご面倒をおかけして、本当に申し訳ありませんでした。あなたのインプをお返ししますわ。二度とおじゃまはいたしません』あんたはあたしに死ねといってるんでしょうけど、むだよ」私は身の回りの物が入っている小さな袋を拾い上げ、ドアに向かった。

インプは私の前にドアに着いた。「ジャクリスタ……」目に涙が光り、水滴が震えて、今にもそばかすのある頬を流れ落ちようとしている。「約束したのに」

「あたしが？　なんてこと。組合員である魔術師の魔法の本を取りに行くだなんて、自殺するつもりってことになる。彼の杖を盗もうとするようなもんだわ」

「ちがうよ」インプは強く頭をふって、私を押しとどめようと手を上げた。「ぼくが安全を保証するよ。ルビーの円盤がある場所も、取りに行くのにいちばん安全な時間も教えてあげるし、その呪文の本を見せてあげるよ！　きみは訓練されてないからね、ジャクリスタ、きみに扱える呪文はどれも……なくなって気づかれるようなものとはちがうんだ」

「魔法に興味はないわ」使い方によっては、魔法はときに有効だ。しかし強い呪文は、ウナギのスープと同じくらい私を消耗させる。

インプの右頬は、ついにあふれだした涙で濡れていた。「ジャクリスタ、お願いだから助けてよ。きみだけが頼りなんだ」

私は目を閉じて、自分の負けをいやいや認めた。しぶしぶ私はうなずいた。「あたしの周りを跳ねまわらないで」私は釘をさした。「約束を守ってくれればいいのよ。いつ行くの？」

〝カロダグのスズメ〟は目に見えて自分を抑えた。「早いほどいいんだ。ショウペグは毎朝遠くにある領地をまわって、世界中を心霊歩行するからね。昼までは塔には全然注意を払わずに、なんてことない護衛とか番人にまかせているから、そこは通れるよ」

私は部屋を横切り、鎧戸の掛け金をはずして開け放った。朝遅くの太陽に目を細めながら、近くの家々の黒や赤の瓦屋根や、クノールの街の活気のある建物をながめわたした。ため息が出る。「じゃあ行きましょう」

スズメは咳ばらいした。「ここに死体が二つあるって、ファーリに言うのを忘れないで」

私は悪態をついてから、ドアから手すりにかけよって酒場を見下ろした。「ファーリ！」

答えはほとんど真下から聞こえた。「こいつはわしのだ、ジャクリスタ！」ファーリがどなった。年寄りの主人は位置を変えながらニンブルノブの肩を調べている。まだ落ちたままの場所に倒れていたやせた盗賊は、苦しそうなうなり声をあげた。「こいつは逃げるとこだった、でもわしがつかまえたんだ、わしがな。この〈風の盗賊団〉野郎の賞金は、おまえさんへの借りじゃないぞ！」

私は言おうとした言葉を口の中で転がしてから、それを飲みこんだ。「ここに死体が二つあるのよ、ファーリ——これをかたづけてくれたら、それのことは言わないわ」

ファーリの顔は、焼く前のパン生地みたいに白くなった。「三人だって？　この〈鋼のワーム亭〉に？」

「心配ないわ、ファーリ」私はなだめた。「あとは首領が残ってるだけだから。そいつの正体が誰にしろね。そいつはごろつきを雇わないと何もできないしね。この襲撃が失敗したと知るまで送り込んでこないはず。それまでに、あたしはここを出るし。よそで仕事があるの」スズメは私のあとについて階段を降りた。ファーリの浮かない顔は、私の傍らのインプを見て一層ひどくなった。

インプは外に出るときに、犬面の酒場の主人に手を振った。「またね、ファーリ」

クノールの広い通りは丸石で舗装されているが、あらゆる面から見て「広い」とまでいえる通りはごく少ない。この街の貴族階級のほとんどは、三角州にあった漁村を襲った海賊の子孫で、遠くの島の隠れた入り江の浜でキャンプするというあやしげな楽しみを好む。市街計画だの大きな都市事業だのということが、クノールの海賊王の頭に浮かぼうはずもない。ただひとり、不運王ヤストレカン三世がクノールの住民を集めて頑丈な街の外壁を造ったことがある――それさえも、古カザン帝国が自滅したときに全土を吹きあれた血の狂気をもちこたえるためなのだ。何百年の間に、漁村は広がり、大外壁の間を通り、上を乗り越えて滲み出し、住民だけが知りつくしている通りや路地や袋小路や横道の寄せ集めとなった。

私は道を知りつくしてはいないが、インプを道案内にしていればその必要もない。街の見せてくれる無限の人々や場所、そのすばらしい魅力をゆっくりと味わえた。ガルの洒落男がふたり、通りを大股に歩み去る。その黒の綾織りのズボンはわくわくするほどぴっちりしていて、裾は磨き上げたマガホニー色のスエードの、留め金つきブーツに入れてある。フォロン人は信用できない。彼らはたいていが商人か盗賊で、どちらもさほどちがいがない。実際、フォロン人は盗賊の方が似合っている。

さらに行くと、使いふるした革の短い上着を着てさびた足輪をつけられた、角のあるオーガーが通りすぎる私たちに鋭い視線を投げた。この辺の住人が輪になって、既知、あるいは未知の土地を歩いてきた、オーガーの旅物語を語る連れのホブの言葉に、なかば上の空で耳を傾けていた。ホブの声は朗々とくり返され、オーガーの胸で炸裂した生々しい傷跡のあやしげな暗い秘密を細かく述べたてると――すかさずその醜い生き物は上着の前を開いて、あきらかに最近のものではない縄のようにからまった傷跡を見物人たちにちらっと見せた。ホブは帽子を舗道に投げ、カモから硬貨をしぼりとる。この妙な二人連れは、ここクノールとコーストの間で川を上がったり下がったりしながら、あらゆる町や宿屋でこの話を何度も語って、結構な暮らしをしているのだろう。

露店市場にさしかかると、人通りが多くなった。商人たちの荷の包みからはパチョリとコショウのにおいがただよい、売り子が〈プラン〉に包んだあぶり肉を売っている。水門に近づくにつれて、さらに嬉しくなる匂いが鼻孔を満たした。川を渡った南側の湿地帯の、緑に濁った水の匂いだ。あそこでは湿地の住人たちが平底舟を静かにこいで、イグサのあいだを動き回っている。

「もうすぐそこだよ、ジャクリスタ」スズメが言った。「あそこにある塔だよ、橋門の向こうの」私たちは裕福な貴族たちの住む地区の緑を迂回して、クノールの頑丈な大城壁のすぐ内側を歩いた。インプが指さした建物は頭上十メートルの高さにそびえ立ち、その足元が石組みの塀ですきまなくかこまれ、塀のてっぺんには装飾的で意味のわからないしるしが鉄で造られている。小さなあじけない中庭が、ただ一つの鉄の門の内側にある。そこにも同じように謎めいた模様が描かれていた。

「招待状もなしに、あの門とか塀とか通ろうとするのがいいことじゃないのは、〈魔術師組合〉でなくてもわかる」私はいった。「招待状はあるの？」

小さなインプは冷笑を浮かべた。「ぼくはショウペグの持ち物、奴隷なんだよ。招待状なんかいらないさ。きみなら、塀をのりこえたり門を通ろうとしたらひどいことになるだろうけど、ぼくは大丈夫。でも、きみが身につけてるその魔法から守られる妙な効果も、役に立たないだろうな」

私は咳ばらいをしながら、インプの非人間的な笑い顔をにらみつけた。「それで……？」

顔をぱっと赤らめながら、インプは手を私の方に差し出した。「ぼくたちはくっついていなくちゃ。このくらい」半信半疑で、私は細身の剣を抜いてから、空いている方の手を彼のそれに重ねた。彼の顔は真剣なしかめつらをしたために、くしゃっとなった。精神集中のために、きゅっと細めた目のまわりにしわができる。〈瞬間移動〉でつかのま方向感覚がなくなると同時に、私たちといれかわった激しい空気の流れがインプの言葉をかき消した。再び足に体重がかかり、私たちは暗闇の中にいた。かすかな香のにおいが、かびと老朽のにおいを弱めている。インプがかすかな金色の光を放つ球を呼び出したときには、鳥肌が立った「魔術師の宝物庫だよ」〝カロダグのスズメ〟は息を殺してそういった。「いちばん大事にしているものがみんな入ってる」

私は息をのんだ。宝のたくさん入った部屋は見たことがある――実際、エリエンズ・トームの宝物庫はこれよりも多くの品が入っていたことがあるのだ――しかし、この天井の低い部屋に集められた品物の種類の多さに私は驚いた。金色のおぼろな光は、梁の低い天井にあたり、きらきらする光沢のある木枠にはねかえった。ひとつのテーブルは、液化絹とずっしり重く刺繍のほどこされた白麻布の下で曲っている。その細かな針仕事はエルフのものだ。錫と銀でできた光る獣の皮が一方の壁にかけられている。あきらかに北のドワーフ山からの折り紙付きだ。多彩な色の壺には未加工の琥珀や、虹色をおびた石のように堅い木切れや、どういうわけか象牙街道を果敢にも南の大陸へと向かう商人のための、よくある交易ビーズ玉が入っていたりする。馬の毛や植物の繊維や羽毛で飾りをつけた気味の悪い仮面のコレクションが、すばらしく美しい像たちと扉近くの狭い棚で場所を分けあっている。何かはわからないが、きれいに上塗りされたつやのある木で彫られたその像はすべて、正義と邪悪の入りまじる非難の目で私を見ているようだ。その木のヤニの固まった目は、あるものは貝殻で、あるものは黒曜石で、あるものは銅でできていて、さらには、まったく何もない寒気のするような虚ろな空洞のものもある。何かが私の記憶を突ついた。まだ生まれ出てこない考えが、心の子宮であばれている。ここに関係のあることだ。

「ふふふ！」スズメは私をひっぱって、小さな箱のところにつれていった。彫金をほどこした銀が変色している。「掛け金に罠がついているんだけど、ショウペグはめったにそれを仕掛けないんだ——守りを破って、こんな奥まで入り込むやつがいるとは思ってないからね」

「おぼえておくわ」私はそっけなくいった。「人の軽率さはあてにならないから」

インプはうなずいた。「罠針がここから飛び出すんだ。毒は〈プジフー〉さ——深海の生き物から取れるすごい威力のあるやつなんだ。珍しくてね。すぐに麻痺して、ゆっくり二度と醒めない眠りに誘いこむのさ」

私は神経質な笑い声をあげた。「わたしが失敗したときは、あんたが毒の効果を引っくり返してくれるってあてにできるわけね」

インプはうれしそうに笑った。「お安い御用だよ、ジャクリスタ。ぼくみたいに役に立つ友だちがいれば、いつだって大丈夫だよ。さて、円盤はこの箱の中で、魔法書はその中にはめこんであるんだ。それを読んで。でも急いでね。あんまりぐずぐずしていられないから」

私は注意深くその箱を見回した。「どうしてこれをこのまま持ってっちゃいけないの？　来たところから帰ればいいじゃないの」私はその浮き彫りの模様におそるおそる指先で触れてから、蔓状のでっぱりにそってそっと叩いた。「結局、仕掛けはないみたいね」

「きみが頭の中に刻んだ情報なら、ショウペグにもさすがにわからないけど」インプは肩越しに気づかわしげな視線を投げ、耳をわずかに前方に動かした。「この部屋の中のものを？　いちばん小さい物でも持ち出そうとしたら、きっと後悔するよ。ほんのちっちゃなものでもわかっちゃう。ショウペグがそのときずっと遠くにある〈黒水の湖〉の横側の廃墟のことを考えててもね」

〈黒水の湖〉の名は聞いたことがなかったし、その不吉な響きにも注意を払わなかった。そのことはそれ以上考えず、蝶番のついた箱の蓋をあけた。私の掌ほどの大きさのルビーの円盤がそのなかに置かれている。

上に手を置くと、それは脈打っていて血のように暖かかった。私はそれを布張りの箱から取り出した。赤い光は、インプの呼んだかすかな明かりをほとんどかき消した。中心部を見つめるうちに、私の意識は少しためらったあとで、宝石の中核深くへと飛び込んだ。

たちどころに鳩の巣穴のような切り子面のそばを通りすぎる。すべての面に、手書きの書きこみや覚え書き、巻物からの引用や行間の解説などがぎっしりつまっている。そのすべてが、研鑽を積んだ魔術師の百年以上にわたる学習の断片だ。考えるのと同じ速さでその円盤の奇妙な赤い世界を通りすぎながら、私は速度を落とそうとつとめた。探しているものを見つけたらわかるように、小さい部屋を少しゆっくりのぞいていかなければならない。覚え書きの言葉が生き物のように私のまわりを流れていく。なんとかこの難解で切れ切れの内容のすべてを読んで頭に入れようとして、私の意識は痛みを覚えた。ひょっとしたらこれが故郷に帰る道にいたる鍵を与えてくれるかもしれない。しかし学習して理解したいといかに心が痛もうとも、時間はかけられなかった。

私はいきなり止まろうとして横滑りした。その切り子の部屋から独特の呪文と魔法があふれだしていた。これを探していたのだ。手をのばすと、文字が指先に止まった。蝶のように軽く、雪ひらのように溶けていく。うっとりとして、私は声を出して笑った。踊りながら、手を文字の雲のなかにゆっこんで泳がせた。その多彩な呪文に嬉々とするほかは何も考えずに――

――手首に広がる痛みに悲鳴をあげた。意識が赤い円盤の夢の深層部からいきなり引きずり出される。目をあけるとショウペグの宝の部屋は、開いた扉の向こうからくるぎらぎらする光に照らされ、ローブ姿の〈辺境の魔術師〉が光を背にして立っていた。赤い円盤は転がって行って、少しゆらゆらしてから止まった。手首が打たれたのか燃えるように痛む。ショウペグはいらだたしげに、金属をかぶせた黒い魔術師の杖の先で石の床を叩いていた。この種の杖は、思いもかけず魔術師の上に落ちてくる危険な地下迷宮の何トンもの石を支えることができるという。組合の魔術師が持っている半知性を帯びたものの代わりとしても、何ら遜色ない。私の骨が折れずにいたのは、まったくもって運とめぐりあわせのおかげ、つむじ曲がりの神によるものだった。

「インプ、この疫病神(やくびょうがみ)め」ショウペグは白い眉をつりあげて、宝の乗ったテーブルの向こうに身がまえているインプをにらんだ。真紅の宝石の円盤の方に身振りをすると、それはふわりと布張りの銀の箱に戻った。

「正午少し前に連れてくるようにと言ったはずだぞ」

「ちがいます」スズメがはっきりとショウペグの言葉に逆らったのに、私は驚いた。「それまでに、彼女がここにいなければいけないとおっしゃいました。だから彼女に早く来てもらって、私を助ける方法を教えることにしたんです。でもあなたの手紙の言うとおりにはしましたよ。彼女はあなたが来させるようにおっしゃった時間にはここにいました」

私の方を向きながら、魔術師は笑った。ショウペグの見せたその虚ろな笑いから来る痛みに比べれば、動かなくなった右腕の痛みなんかなんでもない。「この小さな悪魔めは、われわれの両方をだましておりますぞ、ジャクリスタ嬢。それともこいつがいま、そうしようとしていると言うべきか。あなたはひどい目にあわされたが、わしまではそうでもない。おまえのくだらん裏切りでな、インプ……」ショウペグが指を鳴らすと、〝カロダグのスズメ〟は姿を消した。かろうじて喉から出た悲鳴も聞こえなくなった。

私の心は赤い円盤の捕獲場所からいきなり引きずり出されたことですっかり混乱し、巣から出ようともがくアナグマのように身をよじっていた。馬鹿にしたようににやにやしている白い髭の魔術師を、上目づかいににらみつけてやる。

「わしを攻撃したいのかね、ジャクリスタ？」彼の口調からは、そんな愚かな行為はむだだと思っていることがありありとうかがえた。

私もその意見に同意せざるを得なかった。こちらが唱えられる魔法など、ショウペグの敵ではない。けがをしていない方の手にはまだ武器を持っていたが、大胆不敵かつ電光石火の剣の腕前を、完璧に披露できるとはとうてい思えなかった。魔術師に剣で対抗するほどまぬけな話はない。

「砂糖菓子の壺に入れた手が抜けなくなったってとこね」頭をたれて後悔しているように見せかけながら、なにかがひらめかないかと部屋をこっそり見渡した。ひらめきはなかったが、見い出したものがあった。銀と錫の鋳型、絹と白麻布、いやらしい木の仮面と身をくねらせた像……〈風の盗賊団〉に盗まれたものだ。盗賊団の首領、血に飢えた〈風の盗賊団〉の知られざる指導者、それは辺境人ショウペグだった。地獄の〈風の盗賊団〉の一味を追討し、市民の善きおこないを果たしていると、〈鋼のワーム亭〉で私に感謝した男。

声に出してそう言ったにちがいない。魔術師が即座に態度を変えたところを見ると。

「わしが〈風の盗賊団〉の黒幕だというのかね、ジャクリスタ？　そのとおり。世界中を飛び回るわしの能力をもってすれば、商人の船の船倉や王子の宝の船をのぞくことも、気に入ったすばらしい商品をえりわけてくだらないものを売り払うことも簡単至極。ただ人を見つければよいのだ。わしに従うごろつき（イルキン）ども、わしを恐れて裏切ることのない者どもをな。おまえさんのおかげで、この何か月かはやりにくくなった。ひっきりなしに首をつっこんで狩りたててくれるのでな。そのうち、わしを見つけていたろうよ」

「岩の下にナメクジが隠れてたってとこね」

ショウペグは笑った。黄ばんだ歯が、黄ばんでごわごわした白髪の前のバリケードみたいだ。「わしの方から秘密を明かしたのだ。おまえさんが起こしてくれた問題のために、とりわけ復讐をしようなどとは考えておらんよ」うるさいハエを追い払うように、ショウペグはもの憂げに空いている方の手を振った。

〈瞬間移動〉のいつもの感覚に、私は二日酔いめいて体の平衡を失い、骸骨が鎖につながれ、ネズミが走り回る地下独房の幻覚に一瞬包まれた。しかしなぜか、私はまだ魔術師の宝物庫の中にいた。

魔術師は呪文を発したのに私が消えなかったので、あまりのショックに口をあけたまま立ちつくした。私は魔法をねじれさせてくれた幸運に感謝した。こちらからも最高の一撃を放つ。痛む手の方から魔術師めがけて火がほとばしる。が、わずかに横にそれた。そばの仮面と像のヤニの目やたれさがった髪、つやのある木が爆発する炎となって燃え上がり、火は天井の低い梁に猛然と襲いかかった。

魔術師のしわだらけの顔が激怒に染まった。「やめろおお！」私を殺したい気持ちと、すぐに燃えひろがる炎に宝部屋の塔をさらしている心配とに心を引き裂かれ、魔術師は結局、振り向いて炎に魔法を唱えた。現実と思えぬ水の壁が地獄と化しかけていた場所に降り注いで、燃えている仮面をまき散らし、炎をあげる像をひっくり返した。

私は銀の箱を、中に蓄えられた貴重な知識ごと持ち上げ、開いた扉から逃げ出した。

部屋を出た瞬間、泣き叫ぶ声が響きわたり、あたりは完全な暗闇となった。私は閉じ込められたような息苦しさを感じた。塔中の窓や扉がぴしゃりと閉じて封印されたかのように。説明のつかない何か圧倒的な絶望感に、残っていた力が手足から抜けていった。私はうめき声をあげた。自分のあとから廊下を跳ねてくる恐ろしい悪夢から必死に逃げようとしていた。遠くからショウペグの冷たい笑い声が聞こえてきて、私は気づいた。相手を絶望で押しつぶすのが、ショウペグの宝を守る方法なのだ。本当に自殺したいほどの絶望状態に追いつめられて、首尾よく逃げおおせる盗賊がいるだろうか？　魔法に働く私の不思議な抵抗力があったからこそ、この致命的な魔法を弱めらておれるのだ。怒りを新たにして唇をかみしめ、小さな魔法の光球をともして廊下を走る速度をあげた。そこが魔術師の塔から外に出る道に続いていることを祈って。

そう簡単にはいかなかった。廊下はねじ曲がり、迷路のように重なりあって輪を作り、脇道や暗い階段の吹き抜けに通じたりしている。外から見るとこの塔は直径が二十歩ほどしかないはずなのに、私は窓のない廊下や扉のない広間をふらふらと、もうその三倍は歩いていた。閉じ込められた感じは少なくとも現実のようだ。

魔術師ども。私が最初にインプに魔術師とは関わりになりたくないといったのには、立派な理由があったのだ。

痛みと疲れで関節の動きは鈍り、目はひりひりしたが、絶望感をやわらげる力は働いていた。ただ頭は重くぼんやりして、魔術師の不思議な魔法書の中身を見たことで混乱していた。自分の心をのぞいて、あの妙な赤い世界をのたうちまわる以前にも魔法をいろいろ知っていたかどうか確認しようとしたが、ほとんど混乱するだけだった。

私はうなるような声で、これは魔法にかかった絶望感のせいじゃないのよと言いながら、石の床にどすんと腰をおろして壁に背中をもたせかけた。銀の箱をあけ、大事なルビーの円盤を取り出して、それを撫でながら、必要な呪文を出してちょうだいと告げた。呪文がついに理解できたと心に思えたそのとき、円盤の表面にその言葉が浮き出した。私はそれと知らずに呪文を修得していたのだ。

インプを召喚するのは気が進まなかった。彼は私のみならず、自分の元の主人も裏切っている。でも、彼を呼び出さなねばならない。彼だけが私を助けられる。助けるのを嫌がったら、絞め殺してしまえばいい。

あいにく私は、ショウペグがただ自分の目の前からインプを追い払っただけなのか、どこかほかの恐ろしい場所に追放したのかわからなかった。今はその変型とはいえ呪文は修得していたが、あのちび怪物を召喚しただめに力を使い果たして死ぬ恐れもある。その死に方は、自分の死に方優先度の上位ではなかった。そんなにたくさん選択肢はなかったが。

召喚に備えて失望感と同時にいらだちもつのりはじめ、そうした敗北主義の頭の二文字を遠ざけようと、すべてを脳から追い払った。手をこすりあわせ、ガルの王子邸で演奏する直前のリュートの名手のように、指を曲げて準備運動をする。石の床の一部からほこりを払うと、指先をなめて、ほこりの上に形の崩れた円を描いた。精神を集中させ、死物狂いで精神と意志を目的に向けて統一しようとする。唇をかみ、ぎりぎりまで努力を集中して、呪文のイメージを描き、一つの見なれた韻を踏む言葉の骨格を探した。

時間切れか。

「エリエンズ・トームがどこにあるか知らんが、おまえさんのような人間はずっと遠くにいてほしいものだ」ショウペグが長い廊下の向こうに小さく現われた。怪物じみた巨大な黒い影が背後に映っている。魔術師の強力な黒い杖がかすかな明かりのなかで光った。その明かりはまだ私の肩の上で光っていて、青白く私の行く手を照らしていたのだ。「おまえは魔法の効果そのものをゆがめてしまうのを、わかっているのか？」ショウペグは立ち止まった。まだ遠くにいて小さい。長い廊下で聞くとその声は虚ろに響いた。

私は乾いた唇を湿した。「それでわかったわ。それならあたしを止めるのはあきらめるのね。あんたの呪文は失敗するわ。あたしを閉じ込めようとしたときみたいにね」私はルビーの円盤をしまって蓋をしめ、注意深く慎重に罠（キャッチ）を仕掛けた。私のはったりが失敗したら――

ショウペグは笑った。その声が長い廊下に響いてまた静まるのを聞くと、頭のなかに氷のとげが刺さるような気がした。「見えすいたことを。魔法の影響をまったく受けんとは考えられん。ただ少しやりすごすだけだ。あんな——ちょっとした呪文ならな。それも呪文をかけられたことがわかっているときだけ。そのときは呪文の効果を避けられる」その長い指が、ひげの先をもてあそぶように胸の前で優雅な動きをした。

「あたしはあんたを手伝うつもりなんかないわよ。もしそれを頼みたいんだったら」私は立ち上がった。片手に剣を、もう片方に銀の箱を握って。

魔術師は物憂げに手を振った。「おまえがそうするとは元から思っておらんよ。こいつはちょっとした呪文ではないぞ！」そういって頭上に捧げた杖を両手でしならせた。息がつまり、突然手足が鋼鉄でできたようになると、意識がそこから切りはなされ、隔離されて、自分の体の中にとらわれる囚人となった。ショウペグがもう一度身振りをすると、私は巨大な強制力を持つ手に乱暴に扱われた人形のように、よろめいて平衡を失った。

「ここに来て。喉をかき切ってやるわ！」私はまだしゃべれることに驚きながら、自分の怒りを煽りたてて叫んだ。

「おまえはわたしのものだ、ジャクリスタ」そのしわがれたうなり声は、神経をいらだたせる。「わしはおまえの意志を操れるのだ。これは主人が奴隷にする命令だ。おまえがここに来るのだ。〈賢者の目〉を持ってこい」

赤い円盤。片方の膝が曲がって、長靴がぶざまに魔術師の方に向かって進み、よろよろした歩みが私を運んだ。体重がそちらの足にかかると、ひきずっていた方の足が前に出て、ふらふらと次の一歩を踏み出そうとするが、石の床をこすって嫌な音を立てた。私にはなにもできなかったが、その距離からでも魔術師の顔が緊張で白くなっているのは見えた。たしかに操られてはいるが、向こうも相当な力を使っている。

私は腕に剣を持ちあげるように、足には速度をゆるめるように命令した。何も起こらない。容赦なく一歩ごとに、魔術師に近づいていく。そばに行っても魔術師は身振りを続け、こぶしを握りしめると次には開いて強制された姿のままの私をよろめかせた。

逃げ出せなくても、少なくとも復讐を企てることはできる。青白い光の球はまだ私の後ろにふわふわ浮いていて、私の顔は影になっっていた。そこで、呪文を手で形作ることができない代わりに言葉を使って包み隠すことにした。

「急げここへ、おいで、スズメ！　インプよ！」

「急げここへ、全速力で！」

腰が痛む。ゆらゆらとあちこちへ一歩動くごとに胴体がぶざまに揺れた。

「出でよ、描かれて待つ円のなかに」

「出でよ、汝の待つ場所に」

「呪(のろ)いでもつぶやいておるのか、ジャクリスタ？」魔術師は本当に楽しそうにくすくす笑った。「もう遅いな」

ひどい呪文のリズム。きっと〈魔術師組合〉で勉強したことがないせいだ。汗が顔中にふきだし、私は歯を食いしばって、保(も)ちこたえている心と意志の力で魔法の言葉をつかんでいた。足の方は無理じいされ一歩また一歩と進んでいく。

「われに復讐の機会を、不和をなす者よ！」

「われ、魔術師に捕らわれ、死に向かう者」

「召喚する者の名は――」

私はもはや自分の言葉を隠そうとせず……

「さあ、イノミナドリースよ！」

私は、呪文が成功したしるしに、この完成にまで費やしてむだになった力が、戻ってくるだろうと思っていた。いや、そうなればいいと願っていた。魔法の刺激が皮膚にさざ波を立てたが、こんがらがった失望感がまだお腹でよじれているのが感じられるだけだった。ついに反逆した足は魔術師と顔をつきあわせるところまで私を運んで止まった。

ショウペグのもじゃもじゃの眉がひそめられ、怒りの表情を燃やす様が黒曜石のような黒い目に影を落とした。「おまえはわしをばかにしておるな？　あのインプ、最後の裏切りに自分の名前を教えおったか。まあよい、おまえはわしのものだ。銀の箱をわたせ」魔術師は手を差し出した。それがごくわずかに震えているのを見て、私は強い喜びを味わった。

腕が機械のように箱を持ち上げた。私は自分の痛めつけられた筋肉に、あいつの命令じゃなくてこちらの思うように動いて、と頼み脅しつけた。

緑の光が黒曜石の目のなかで反射して、ぱっとはじけた。ショウペグは私から目を離して私の後ろを見、その茫然とした視線はゆっくりと上がっていって、頭上の丸天井の高いところをのぞき見た。緑色の光がその顔に降り注いでいる。私の心をつかんでいた魔術師の鉄の力が不意に消え、私の手は痙攣した。その拍子に致死的な罠（キャッチ）の仕掛けが解き放たれた。十二本の毒針が六方向に飛び出し、魔術師の手や胸に襲いかかり、私の首と胸にも突き刺さった。

毒が思考と同じ速さで神経をかけめぐり、私はぐにゃぐにゃと崩れ落ちながら、ショウペグの歪んだ顔を見た。その固く結ばれた唇からかんだかい悲鳴が飛び出すように聞こえた。彼は魔法を一語も発することができずに崩おれ、その神経が麻痺して痙攣している指から黒い魔術師の杖は転がっていった。

私は視界がかすみ、体の下の硬い石も感じられず、自分の弱りつつある感覚が伝えてくるものが何なのか、定かにはわからなかった。緑に光るぼんやりした人影が私のぐんにゃりした体をまたいだ。影はとても大きく、丸天井の高いところいっぱいまでその肩がそびえている。遠くで吹雪が渦巻くようなかすかなうなりが耳を満たした。それが気のせいか怪物の声なのか、推測するしかない。

ちらちら光る黒い杖が空中に浮いて、その生き物の手にまっすぐ飛び込んだ。杖の両端を握ると、その手は琥珀色と真紅に光った。杖は震え、身をよじらせて、生き物が押しつぶされるときのような鋭い声を発しながら、その怪物の巨大な鉤爪のついたこぶしをねじった。鉄の塔のまわりに雷が落ちたようなつんとするにおいが鼻を刺したが、意識のずっと遠くでたいしたことでないと思えた。杖そのものから火花が吹き出すまでは。稲妻が杖と怪物の体のあいだをのたうって走り、怪物の腕をはいあがる蜘蛛の巣状の光の上を、火花を散らす球が転げ回った。緑に光る肩が丸く大きくなり、杖のかんだかい悲鳴が絶望的な調子を帯びるにつれて、うなり声が高まり……杖は屈服した。

そして、爆発した。破壊の際の光はすぐに凝固して、飛び散る火花となり、廊下に炎の雨を降らせた。私の頭は横に転がり、ショウペグが見えた。目が完全に白目になっている。その体が私のかすむ視界の外に持ち上げられた。遠くで鋭い音がして、次に遠ざかる雷の音のような、どすんという音がした。廊下の向こうからまた別の雨が降ってきて、赤い水滴が私の目の前の石に落ちた。

意識が遠のき、神経は反応が停止したことを伝えた。視界も針の先ほどの光になった。最後に見えたのは、瞳が蛇のように細い琥珀色の目だった。

ファーリが半分固くなった長細い黒パンを手渡した。私はそれを鞍袋の底に入っている四本のパンに加えた。「今日はマンゴとニンブルノブがエンディ・ハムハンガー裁判官の前に引き出されるそうだ」

　私はぶつぶついいながら、塩の塊が入った小さな箱をパンの横に入れた。「ってことは、やつらは賄賂の金さえ作れば一時間で自由の身になれるってことよね。ハムハンガーは上流ぶった生活がほんとに好きなんだから。甘い汁でそれがたっぷり賄（まかな）えるってわけよ。クノールの裁判官なんてみんな似たり寄ったりだけどさ」私は肩で顎の汗をぬぐってから、肩をすくめた。「とりあえず資金源は新しいのを見つけてもらわなきゃ」

　ファーリはけげんそうに私を見た。「なんだって？　おまえさん、とうとう盗賊の首領を見つけたのかね？」

　私は別の袋を詰めなおしてからうなずいた。香料をきかせたソーセージの長い輪をオレンジの下に入れる。「眠るように死んだわ。あんたの甥はもう馬に鞍をつけてくれたかしら？　この週が終わる前に上流に着きたいわ。暑さも沼地の蝿ももううんざり」

　ファーリは目を細めて自分の鼻を見た。「ほかにも話があるんだろう、ジャクリスタ？」

　私はまっすぐファーリを見た。「あんたが聞きたいようなことはなんにもないわよ、ファーリ。山に雪が降りはじめる頃にまた会いましょう」私は鞍袋をどさっと肩にかけ、〈鋼のワーム亭〉の新しい正面ドアから出て、横手に回り、馬小屋に入っていった。

　ラングレッグの馬房は空っぽだった。ファーリの頭の空っぽな甥をののしりながら、馬小屋の扉の外に飛び出すと、手綱を取って私の馬を引いているインプをあやうく突き倒すところだった。ラングレッグは驚いて、頭をのけぞらせながら横に跳びのいたので、インプは引きずられて倒れそうになった。心臓がどきどきする。インプにこうもやすやすと驚かされたことにいらだって、私は歯ぎしりした。

「水を欲しがってたんだよ」耳の長いインプは、琥珀色の目にかかっているばらばらな長さの髪の下から、はにかむように私を見ながらいった。「通りの向こうの方が水がおいしいんだ」

私は信じられないというしるしに眉を片方あげた。「味見したの？」

「ううん。でもラングレッグにはちがいがわかるんだ」

馬をなだめながら、私はインプの小さな手からひとまとめにした手綱を受け取った。馬の横に回って、ラングレッグの背中の後部に袋を置き、ひもでしばる。馬の腹帯を調べ、ゆるんでいたのできつく締めた。

「ジャクリスタ」私は目を上げて、びっくりした。私の馬の鞍の上にスズメが横ずわりして、こちらの目をのぞきこんでいたからだ。その目には言葉に出さない問いが悲しげに浮かんでいる。

「あんたを送り帰さなかったわよ」私は魔術師の塔のことを思い出して息がつまりそうになった。「でも、もしあそこで見たのがあんただったとしたら、どうしたらいいのかよくわからないのよ――〈スズメ〉。あんたは命を助けてくれて……」

「ぼく、言ったよね。最初にきみが〈賢者の目〉の入った箱を持ち上げたとき。あの毒は、すぐそばに友だちのいない人間には致命的なんだ。きみにはその友だちがそばで待っていた」インプは明るくほほえんだ。

「ぼくだけど」

「疫病神ってことでしょ」

インプは非難がましく頭を振った。耳の先がこっけいな感じでゆらゆらし、私はくすくす笑いそうになるのを急いで抑えた。「言っただろ、ジャクリスタ。きみがいってた『怪物』のことだけど――きみは毒が回ってたんだし、それに言わせてもらえば、その本当の姿が何であっても、きみが見たと思ってるものとはちがうよ。ショウペグみたいな年寄りの別の魔術師じゃない？ たぶんたくさん敵がいたはずだから、そいつら守りが薄くなるのを待ってたんだよ。あんなすごい毒にやられたもんだから、ショウペグは防衛線を守れなくなって——ついに誰かが入りこんだんだ。ぼくの方は……」小さなインプは無邪気な子供のように肩をすくめた。「きみの召喚は、ちょうどぼくたちが話してたとおりに働いたね。ぼくはじっと注意して待ってて、全速力であそこに着いたんだ」

私は突き刺すような視線を投げたが、インプの天真爛漫な態度に穴をあけることはできなかった。「呪文に使う力なんかあたしにはなかったわ、インプ」

インプは頭をのけぞらせて笑った。「唱えられたと思ったんだけどな。あの状況じゃ、きみは自分でも気がつかなかったのかもね。あの変形呪文をきいて、戻ってきみのそばにいたいってぼくが思ったからかなあ? 小さい点火で術がうまくいったんだ」

「そうなの。まだあんたを信じられないけど」

「それではどうしようもないね、ジャクリスタ。ところでぼくたち、いつカルサキに出発するの?」

私は道をちらほら歩いている人々を見、通りを見通し、顔をあげて、クノールの大城壁を背にした家々の屋根が空に接するあたりを見た。「ひとりで行きたいの」しわがれ声でそう言って、インプと目をあわせるのを避けた。

「ジャクリスタ」ふりむかざるを得なかった。「連れてってよ」

もちろんんだ。こうなることはわかっていた。「スズメ、あたしは身軽に旅をするのよ。来て、行って、ひとところには落ち着かないし、そうしたいとも思わない」

インプは力いっぱいにうなずいた。「そのとおり。だからこそ一緒に行きたいんだ。きみみたいな英雄と旅をしたいんだ」

おおげさなほど念入りに、私は目を細めて自分の鼻と彼のしし鼻をつきあわせて、その目をのぞきこんだ。

「あたしのことを言ってるの？」

一度まばたきして、彼は期待をこめてうなずいた。

「あたしはただの雇われ剣士なのよ、おちびさん、それか、何だかよくわからないけどね。もし、超自然の王国をたずねて不思議な冒険をしたいなら、力のある魔術師を探さなきゃだめよ。それか、勇敢な騎士たちの先頭に立って王国を探して征服するのなら、権力のある君主ね。別のとき、別の場所でなら、あたしももっといいものだったかもしれないけど、今はちがうわ。それに、あんたがいると気になることがあるの」

「ぼくを気にすることなんかないよ、ジャクリスタ、今もこれからも。ぼくはただのインプだもん。後のことなら、きみが言ってるのは、使えるものなら何でも使えばいいって聞こえるんだけど――じゃない？」

私は頭をしぼって考え、それからにやりと笑った。「いいわ。あんたが正気じゃないってことはわかってたのよ」何も言わずに私は指で彼の胸をつつき、ぐらりとよろめかせた。腕をぐるぐる回しながら、インプはうしろむけに鞍から落ちた。

彼は地面で足踏みするラングレッグのひづめの間から、驚きと喜びの入り混じった半信半疑の目で私を見た。「ほんと？」

二人とも馬鹿みたいに笑い始める寸前に、私はうなずいた。

「さあ、自分の馬に乗るのよ」

カザンで最低の盗賊二人

The Two Worst Thieves in Khazan

ケン・セント・アンドレ　清松みゆき訳

酒場はかろうじて照らされていたね。チラチラまたたくたいまつ、ずんぐりしたロウソクが二本、カウンターの向こうに傘のないオイル・ランプ。客たちが互いにぶつからず、だらしない女給たちがテーブルを移り歩くのに不自由しない程度だ。二人の盗賊は奥の薄暗い隅、裏口にほど近いところに座っていた。怪しげな革を着た大きな方は、とんでもなく不細工な北の蛮人か、さもなくば美貌のハーフ・ウルクと見えた。小さな方は間違いなくホブだった。ホブはネズミ革を縫い合わせた服を着ていて、おかげでさらに毛深く見えた。二人とも安ワインの大ジョッキに鼻を突っこみ、周りのことには知らんぷりを決めこんでいた。

扉がきしみながら開いた。なにか、いや、でかくて臭い誰かが、中をのぞきこみ、凸凹コンビを見つけて入ってきた。でかぶつは似合わない静かさで客たちを避け、腕の長さまで近づくと、腰革から小さく重いなにかをナイフで傷だらけのテーブルにドスンと投げつけた。重い短剣が刺さり、びーんと震える。が、テーブルの二人はまばたきひとつしなかった。でかぶつはコンビの大きな方をつかもうと手を伸ばしたが、手はその酔っ払いをすり抜けたので、そいつはよろめいた。で、オレは陰から出てきて、そいつの毛深い肩を軽くつかんでやった。やっこさん、尻(けつ)を刺された豚みたいに跳び上がった。が、オレの不細工な顔を見て、笑みを取り戻した。殴(なぐ)ろうとした拳は開かれ、オレをつかんだ。オレは大声で笑うそいつ(オーガー)に持ち上げられていた。そのときオレの相棒のホブは、テーブルにかけていた《しんきろう》の呪文を解き、オレの陰から跳びはねながら出てきた。

「だまされたね、エルザッツ！」

ホブは楽しそうに叫んだよ。

「だまされやがった！」

そしてホブどもがよくやる、ひっひっと甲高(かんだか)い笑い声をあげた。

赤毛のオーガーは、オレに吠えた。

「ルーファス！　この丸耳ゴブリンめ！」

「エルザッツ！　なら、お前はヤニ牙ハイエナだよ！」

オレは吠え返しながら、オーガーの手を振りほどいた。はずみでテーブルがひっくり返った。ホブのジージットはネズミのようなすばやさで、どぶ臭いワインの瓶を引っつかみ、倒れかかるテーブルを避けて跳んだ。

オーガーはテーブルを持ち上げ、オレたちとのあいだに戻した。うなり声で近くの丸椅子から人間をどかし、その上に獲物を前にしたゴリラさながらに腰を下ろした。座っていてさえ、エルザッツはオレと同じくらいの背丈がある。もちろん、オレは決して小さいほうじゃない。エルザッツは女給を呼びつけ、酒場一の器量よしに、カーマッド産エールと食い物を——血の滴るような肉であればなんでもいいと——注文した。

すぐにエールが運ばれてきた。入れ物はバケツほどでかかった。というか、いやいや、本当にバケツだったよ。オレたちは、おかわりをするとき、そいつにジョッキを直接突っこんだね。食い物もきた。ビーバーかなにか、でかいネズミのようなやつの丸焼きだろう。そして、オレたちは食い始めた。

「たいした幻(まぼろし)だったぜ、ジージット」

オレたちの新しい連れがうなずいた。

「すっかりだまされた。おまえがあんな呪文を使えるとは知らなかったよ」

「つい、こないだの冒険で習ったのさ。ホブの村にやってきた魔術師野郎から買ったんだ。金貨百枚も使っちゃったよ。でも、ボクら盗賊に魔法は必要だからね。高い買い物じゃなかった」

ちびは偉そうに答えた。知っている呪文はたかだか三つか四つのくせに、自慢したり見せびらかす機会を逃したことは一度もなかった。通りでエルザッツを見かけたとき、このオーガーが怒っているかもしれないんで、すばやくオトリをしかけたんだ。だが、エルザッツはオレたちがこの前コーストで裏切り、警備兵の前に放っておいたときのことはすっかり忘れていたようだったよ。

食うにつれて、エールはどんどんくみかわされ、地下探索やそのときの不運話がいくつか出たあと、赤毛のオーガーは用件を切り出した。

「お前たち二人の助けが必要なんだ」

オーガーは低い声でそう言った。

「助け？　どんな？」

オレは訊いた。古い地下探索仲間を助けるのはやぶさかではない。とくに、相手が金を持っていて、オレが持っていないときは。

「まあ聞いてくれ。それでわかる」

牙つき、豚鼻、全身赤毛、悪臭ぷんぷんの肉の塊りであるオーガーにしては礼儀正しかった。

「ルーファスだけに話しといてよ」

ホブは明るく、きーきー声で言った。

「そうしてくれたらさ、あのゴブリン娘たちに、あとで一緒に踊ってくれないかどうか、訊きにいけるんだけどな」

オレは手を伸ばし、ちびすけのネズミ服を捕まえて椅子に戻した。

「座ってろ、ジージット。酒を呑ませてくれたダンナの話を聞くんだよ」

ときには一緒に悪いこともしたオレの相棒、ホブのジージットは毛深い足を椅子の横木にぶらぶらさせ、左膝の上にできたかさぶたを剥がし、いらいらを隠そうともせずにエールのジョッキのなかに鼻面を突っこんだ。ホブどもには我慢強さなんてかけらもない。

前置きもそこそこに、エルザッツは話を始めた。

「俺と仲間たちはフロストゲートのだいぶ北東の浜沿いをうろついてた。そこで、古ぼけた神殿を見つけた。もちろん、襲った、奪った、火をかけた。煙がおさまったあと……ん、待てよ、他の言い方するならだな……」

「殊勝な心がけだねえ」

ジージットが冷たく笑った。

「ありがとよ」

オーガーはもぐもぐと礼を言い、話をつづけた。

「とにかくだ、俺は二袋の宝石と、少しばかりの金を手に入れたんだ。他の連中は先へ進んでもっと漁りたがっていた。だが、ある朝のことだ。俺が見張りに立っていたんだが、ジェマトリアの戦艦が三隻ばかり来やがった。俺たちは小さな入り江に追いこまれちまった。俺以外は酔っ払ってぐでんぐでんだった。おまけに、俺たちの船長の豚髭(ぶたひげ)ドラゴンベインは、戦いの名誉のために戦わなきゃいけない、なんて信じてやがる狂人だった」

オレは七杯めのエールを飲み干した――バケツは少しばかり前にまたいっぱいに注ぎ足されていた。オレはげっぷを吐いた。

「そんなときもあったぜ！　血まみれ刀と大海原！　なんで、ああしなくなったのかな？」

「キミが年食って、太って、のろまになったからだよ」

ホブが答えた。もっとも、あいつはそういうことが悪いことではなく、いいことだとでも思っているようだった。

「年食ってのろまになった。それはそうかもしれん」

オレは認めた。二十五歳の誕生日は一か月前のことだった。

「だが、太ったってのはなんだ？　まだ、腹を引っこめれば足が見えるぞ」

「そりゃ、同じくらい丸まった大きな足をしてるからさ」

ホブがせせら笑った。最近、あいつのほうこそ最初に会ったころのやせた、手並みのあざやかな泥棒機械の面影は消え、毛深いカボチャのようになってきてたよ。だが、そんなことで自分の口を慎もうなどとは思わないらしい。

「俺は昔ながらの海賊オーガーよろしく、とどまり、戦ったかって？」

エルザッツは九杯めのエールをあおった。

「ハッハッ！　ノーだ！　そんなことはしやしない！　俺はやめたんだ。仲間と別れた。いなくなった。消えた。ずる休みした。お休みした。幽霊になった……」

ジージットが頭に響く声で口をはさんだ。

「目に浮かぶようだよ。怒れるジェマトリア人の前に酔いつぶれている仲間を置き去りにして、自分だけ臆病にも逃げ出したんだ！」

「その通り！　それしかできなかった！　で、俺はこの栄光の、腐敗し、堕落したカザンに舞い戻ってきたわけだ」

オーガーは認めた。

「カザンはいいとこだよ」

オレが相槌を打つと、エルザッツは話をつづけた。

「それで、俺はこの街で宝石をいくつか売りさばくことにした。選んだ相手は〈黄昏(たそがれ)のスリーミア〉だ。女帝にコネがあって高値をつけてくれると聞いたんでね」

ジージットが口をはさんだ。

「ボクが聞いた話はそうじゃないね。あいつは変なところに蛇のような刺青(いれずみ)があって、客を裏切ることが多いってことだったけど」

「俺は約束を取りつけた。スリーミアはお宝を気に入って、金を払うから宮殿まで招いてくれた。山ほどの金になったね。運び屋に、人間の奴隷を二、三人連れて行ったよ。取り引き成立の証だといって、スリーミアはサンドロール産ブランデーを出してくれた。バカなことに、俺はそれを呑んじまった」

「まあ、しかたがないな」

「そう。しかたないよ。キミはバカでノンベエなんだから」

ジージットの声は小さかったので、エルザッツには聞こえなかっただろう。

「裏町で目を覚ましたときには、金も宝石もなしだ。幸いにも頭はつながってたが、戦争の古傷みたいに痛みやがった。俺は〈ぺてん通り〉にあるスリーミアの屋敷にどなりこみに行ったよ。だが、無愛想なトロールが四匹いやがって、俺を通そうとしねえ。俺はくどくどとも、がたがたとも言わなかった。だが、心に決めたんだ。俺を裏切ったあのエルフの魔術師は許さねえ。で、おまえたちを捜してたんだ」

「お前、何を考えてる?」

オレは訊いた。もう、相手の腹を探っても手後れだったがな。

「一つだけ教えてくれ。ルーファス、お前がキスした女はカエルになっちまうってのは本当か？」

「もう、そんな話がカザンまで伝わってるのか？」

オレはうめいた。ジージットのやつは、逆に嬉しそうに言いやがった。

「本当さ。ボクたちが、ドラゴンファイア連峰の小さな村に行ったときのことさ。このルーファスが、魔女の婆さんの足を踏んづけちゃったんだ。婆さん、声をあげて黒デーモンを呼び出したね。歯を剥いたやつを三匹さ。地獄から出てきたそんな化物とは戦いたくないからさ、ルーファスはキスをするから許してくれ、って言ったんだ。婆さん、最初は喜んだよ。でもさ、ルーファスの顔をよくよく見てみたらさ、髭ぼうぼうの垢まみれだろ。で、そんなもんにキスされるなんてとんでもない、と考え直しちゃった。で、その代わりに〈おぞましいキスの呪い〉で勘弁してやるってことにしたのさ。かわいそうなルーファス！　ここ三か月も愛のない生活を送ってるんだよねえ」

ジージットはそれだけ話すと、くすくす笑いながら座り直した。

「その話がカザンで知れ渡っているとは思わないな。俺はついこの前、旅のドワーフから聞いたんだ。他には言ってたやつはいねえ」

「実は、南のコーストに行こうと思ってたんだ。〈偉大なるＢＪ〉がこの呪いを解いてくれると思ったんでね。ジージットの七またいとこがＢＪの三番目の奥さんなんだ。だから、家族みたいなもんってことだ。で、ＢＪは家族のピンチを助けてくれるだろうと考えてな」

オレはそう言ったが、望みは薄いと思ってたよ。でも、そのときには、それしかすがるものがなかったのも事実さ。

オレたちは計画を練ろうと額を寄せ集めた。頭がぶつかって、空っぽの音がしたよ。

次の日の朝だ。オレはポニーに荷車を引かせて〈ぺてん通り〉に行った。で、宝石でごてごて飾り立てた〈黄昏のスリーミア〉の宮殿に着いた。ごちゃごちゃの塀が立ち並ぶカザンのなかで、ひときわ目立つ建物だった。確かに、トロールどもが門で見張りについていた。荷車にはでかい木箱を載せていた。鎖をしっかり巻きつけ、鍵をかけてね。オレはトロールに名乗った。

「〈むっつりルーファス〉、腕利きの冒険者だ。奥様がお待ちのはずだ」

オレの格好は、前の晩とは違っていた。エルザッツの用意周到さには恐れ入ったね。スリーミアの宮殿に行ったそのとき、オレはまっさらの服を着てたんだ。赤い絹のトーガに、真鍮の留め金つきの鎖帯だ。自慢の両腕には、肘から手首まで重い青銅の腕飾り、腰には重い山刀。風呂に入って、二、三か月分のごわ髭をそり落として、香水までつけていた。そう言っていいなら、まあ、男前だったね。

トロールどもはお辞儀をして、愛想笑いを浮かべたよ。

「二人は箱を運べ。中に奥様にお売りする宝物が入っている」

オレは命令した。

いちばん背の高いトロール、オレの倍以上ある緑色の肌のでかぶつが案内に立った。後ろから、木箱を抱えてよろよろしながら小さめの灰色のやつがついてきた。中は、生け垣と花壇で迷路になっていた。屋敷以外の壁には草木が生い茂っていたね。庭には、バラ、ケシ、ユリ、ハスの花――魔法の、麻薬になる花ばかり――が咲き乱れていたよ。歩いていくだけで、頭がくらくらした。

美人のスリーミアが入口で待っていた。ちょっと太目の闇エルフさ。唇(くちびる)は血よりも赤く、口の端から、できる限りかわいらしい牙ってのを想像してみな、そういうのがのぞいていた。やたら着にくそうな黒いレースのガウンを着て、宝石を散りばめた金の指輪がいくつも光っていた。

「あたくしの家へようこそ、ルーファス。北からすばらしい魔法の宝物をお持ちになったそうですね？数日前に街に帰ってらしたときには、そのような紳士ではなく、古長靴の内側のようにぼろぼろに見えましたのに」

オレは精一杯笑いかけて、低くお辞儀をした。

「あの汚いなりは見せかけだったんです。帝国の街道は危険ですからね。金持ちみたいななりをしていたら、宝も命もなくしちまいます」

「そうね。それはそうね」

スリーミアは低く言い、悲しそうに頭を振った。

「あなたの思慮深さはすばらしいわ。それに、宝物をまっすぐにあたくしのところへ持っていらしたこともね」

スリーミアは屋敷のなかにオレを招き入れた。トロールのリーダーは門へ戻ったが、荷物持ちは木箱を運んでついてきた。屋敷は豪勢に飾られてた——いつか、オレもあんな住み家を持ちたいね。

「知ってのとおり、オレはサロサールの北のドラゴンファイア連峰を冒険してましてね。そこから、つまらないもの二つ三つと、人ほどの大きさのすばらしい黄色の宝石を持って帰ったんですよ。ご覧になりますかい？」

そのころには、スリーミアの私室に着いてたね。

「それをそこに置きなさい」

スリーミアは隅を差しながら、トロールに言ったよ。

「さあ、もうお下がりなさい。でも、コックに食事と、サンドロール産ブランデーを持ってくるように言っておきなさい。ルーファスとあたくしはここで晩餐（ばんさん）にします。もしもの用心のために、あなたは扉のすぐ外にいなさい」

「おおせのままに、奥様」

トロールはどら声で答えると、木箱を嬉しげに置き、使いに出ていった。

スリーミアといえば、誘うように腰を下ろしながらも、ちっとばかりよそよそしげに言った。

「さて、ルーファス、もう少しお互いのことを知っておいたほうがいいわね」

オレは隣に座って片腕を柔らかい茶色の肩に這わせた。キスをしばらく延期できれば、少しはこのお遊びを楽しめるってもんだ。

スリーミアはオレのトーガをいじり始めた。オレはベルトをはずし、絨毯の上に服をばらまいた。

「ああ！　すばらしいわ！　ハーフ・ウルクはあたしをがっかりさせないわよね！　キスして、野蛮人！」

ときには、体がでかいのもいいことだ。

そのとき、ノックの音がして人間の召使いたちが食事と風変りな酒瓶を盆に載せて持ってきた。幸い、まだ下着はつけてたからまごつきはしなかった。トーガを拾い上げて腰に巻きつけただけさ。召し使いたちは小さな食卓を作って、三品の食事を載せ、南国の軽いワインを注いだ。サンドロール産ブランデーは後のために、横に置かれた。召し使いたちはオレたちの周りでばたばたしたあと、去っていった。扉を閉めるときに、すぐ外にトロールがいるのが見え、オレの気は少しばかり重くなった。

オレは食い物をほおばり、ワインをごくごくと呑み、それからスリーミアの浅黒い耳たぶを噛みにかかった。スリーミアはくすくす笑いながら、オレを突き放そうとした。

「ね、すばらしいブランデーがあるの。注いでさしあげるわ」

「いやいや」

オレはエルザッツの話に出てきた例のブランデーのことを思い出しながら言ったよ。

「まず、キミの唇を味わってからだよ」

オレはぐっと顔を近づけ、スリーミアにキスした。

「ああっ！　ルーファス！」

スリーミアは唇が触れるなり、悲鳴をあげた。

「あくくくくく……」

なにを言おうとしたか知らないが、スリーミアの声はびっくりしたって様子のケロケロに変わっちまった。もう、そのときにはオレの腕の中でもがいているのは、耳の尖(とが)った、牙のはえたエルフガエルさ。カエルは悲鳴をあげ続けていたんで、オレはしばらく静かにさせようと、自分のトーガを口に突っこんでやった。

木箱の横板が外れて、中からジージットが飛び出す。ジージットはスリーミアの上に飛び乗ると、オレと一緒になって彼女を押さえつけ、手ぎわよくそのカエルの手からダイヤを散りばめた指輪を外していった。オレたちは二人がかりでようやくカエルを押さえつけ、テーブルクロスと彼女の着物で縛り上げることができた。とはいえ、目つきを見るかぎり、長くはもちそうになかったがな。

ジージットはばたばたと部屋を回って、金になりそうなものを手あたりしだいに漁り、背負い袋に入れた。オレは箱に入れてあった武器と鎧を手早く身につけた。手足まであるスケールメイルを着て、頭に金属兜をかぶると、マシになったような気になったね。戦斧(ウォー・アックス)を手にしたら、扉にいるトロールとやり合えそうな気もしてきたが、まあ、それは試すつもりはなかった。

ホブがお宝を抱えて扉のほうに歩いていったんで、オレは扉を指差しながら小声でやつを止めたよ。

「くわばら、くわばら。他の出口を捜すんだ」

ジージットは部屋を捜し始めた。家具の裏を調べ、絵を動かし、壁を叩きって具合だ。で、ようやく隠し通路みたいなものを見つけることができた。スリーミアのやつ、すごい目でこっちを見てたよ。もし、視線で人が殺せるなら、オレたちは死んでたね。

「どこに続いてるんだろうな？」

ホブはニヤニヤしながら答えた。

「〈錠前破りのパングロス〉の言葉に従うなら、この隠し通路はスリーミアの宝の部屋につづいてるはずだよ。キミとエルザッツがいなけりゃ、ボクだけで捜せるんだけどね」

「じゃ、先を急ぐぞ。まだ、仕事はやっとこ半分しか片づいていないんだ」

故買屋をソファに縛りつけたまま、オレたちはロウソクをつかみ、通路に入っていった。ジージットが先にたち、床や壁を軽く叩きながら暗闇の中に進んでいく。オレは片手でジージットの短い黄色いマントをつかんでいた。半分だけ流れている人間の血のせいだろう、オレは小さなホブほど、暗闇では目が利かない。注意していたのに、ジージットの足もとでいきなり床が開き、ジージットは空中にぶら下がるはめになった。オレがこのたくましい腕を放さなかったから、あいつはマントが毛深い首に食いこんでちっとばかりゲホゲホやるはめになっちまった。が、下で光っていたトゲトゲに刺さらなかったのは幸せだったろう。オレたちは落とし穴を避けて、さらに闇のなかを進んだ。やっぱりジージットが先頭で、で、もう一回罠に引っかかっちまった。

今度は天井からだったよ。なにかがらがらと降りてきて、腕をぐいと引っぱり戻すのが精一杯だったね。仰向けに倒れて、かろうじてぶつからずにはすんだが、それでも、罠には捕まえられちまった。降ってきたのは、重い鉄の檻(おり)だったんだ。オレの力じゃとても持ち上げられそうになかった。トロールでもかなり骨折るだろうな。

「ボクは、格子の隙間から出られるねぇ」

ホブはくすくす笑いながら、檻からもがき出た。

「でも、キミはどうするつもりなのさ、ルーファス？　そうだね、宝はボクが持ってってあげるよ。〈死んだ犬亭〉で落ち合おうよ。でも、一晩しか待っていられないよ」

「スリーミアは、小人族を捕まえることは考えてなかったんだろうな。ちょっと待ってろ、上なら乗り越えて行けるはずだ」

オレは蜘蛛(くも)のように檻の上まで登った。そのときにわかったんだが、天井は見せかけで、檻がおさまっていた場所を通ってゆうゆう乗り越えることができたよ。

「ちくしょう、残念(ネズミとコウモリ)！」

オレがすぐ横に落っこちて来たとき、ジージットはそう言った。ホブどものよく使う言い回しだ。あいつが冗談を言ってることはわかってたさ。少なくとも、そう信じるよ。

その次は、分厚い木の扉だった。押してみたが、びくともしない。

「壊さにゃならんようだな。助走をつけよう」

オレは通路を少し戻った。

ジージットは扉に触ったままそろそろと横に避けた。それで、あれが、見つかったんだ。そう、扉の取っ手。暗かったんでさっぱり見えなかったんだ。

「ルーファス、ちょいと待った。ここに……」

ドン！

「ううう……」

オレは、力一杯走ってきて、左肩から体当たり。痛みにうめいたよ。

「ルーファス、大丈夫かい？」

オレは、またうめくしかなかった。

「あのね、こうすれば開くと思うよ」

ジージットは取っ手を回して、扉を押した。カチッと扉は開いたね。

「ジージット、体じゅうの骨が折れちまったよ」

オレは泣きごとを言った。本当は、さほどでもなかったがな。そのころには、左肩にも感触が戻ってきていたから。

「ルーファス、見つけちゃったよ」

ちびの盗賊は笑いながら言った。

「これだけのお宝、ボクがいままでに探検したどの迷宮にもなかったよ」

またたくロウソクの光のなかに、金、宝石、宝物の山が見えた。お宝の山は、ずっと暗がりのほうまであったね。ジージットのやつはその真ん中に這い寄っていくと、金や宝石をばーっと、空に放り投げ始めた。泉にでも浸かってるつもりだったんだろう。

オレもあいつとそう変わりなかった。とんでもないお宝に囲まれて、すぐに頭のなかは空っぽになっちまって、たわごとをわめき始めたんだ。

「金持ちだったら、金持ちだ！」

ジージットはゲラゲラ笑っていた。あいつは莫大な財産を手に入れて、ぜいたくに遊んで暮らしたいって望みをはっきり持ってたからな。

「金、金、金!」

オレはオレで、上を向いて顔に金貨をざらざら落としながら言いつづけてた。

「これだけ金があれば、一生飲んだくれていられるぜ!」

外の通路から、鉄が石を引っ掻く音がして、オレたちは我に返った。オレはジージットに尋ねた。

「スリーミアが、トロールを数多く護衛に使っているって話はしたっけな? どうも、そいつらは腹を立てているんじゃないかという気がするんだが?」

ホブはうなずいた。

「ああ、そうだね!」

さらに付け加える。

「で、とてもでかくて、とても怒ってるカエルもいたよねぇ」

噂をすればなんとやら、カエルのスリーミアが戸口に現われた。彼女のすぐ後にはたいまつを持ったトロールが付き従い、その後ろには一列に並んで、さらに数匹控えているのが見えた。

オレはすばやく短剣を抜くと、スリーミア目がけて投げつけた。だが、狙いは外れ、重いナイフはたいまつを持つトロールの喉に突き刺さった。血が吹き出してカエルに降りかかり、たいまつは大理石の床の上に転がった。

「ケロ、コロ、ころ、殺しておしまい!」

スリーミアが叫んだ。あっという間に、スリーミアは血をかぶっているものの美しい(ただし、少しばかり太目が好みなら)、完全なエルフの姿に戻って立っていた。へそをぐるりと囲んで、蛇の刺青が彫られている。

オレは毒づいた。

「グリッスルグリムの目にかけて、血が〈おぞましいキスの呪い〉を消し去っちまったんだ！」

「血は〈おぞましいキスをしたやつ〉も消し去ってくれるよ！」

スリーミアはオレを指差し、叫んだ。たいまつを拾って脇に避け、彼女は子飼いのトロールたちを中に入れた。

ジージットが出口を見つけた。

「急いで、ルーファス！　こっちだ！」

「あははははは！　あのバカども、あたくしの究極の罠のほうに逃げていったわ。トロールども、追いかけなさい！　この世からおさらばされる前に、あのカザンで最低の盗っ人(ぬすっと)二人を捕まえておいで！」

その言葉を聞いてもオレは、ジージットが見つけたその手近な出口を信じるしかなかった。

オレたちはロウソクも持たず、全速力で暗闇のなかに飛びこんだ。ジージットが前、あいつのケープをつかんで、オレが後ろから。何度か角を突っ走ったあと、いきなり行き止まりになっちまった。通路にかけてあった、匂いつきのカーテンにジージットは突っこんじまったよ。突っこんだ瞬間、ホブは〈錠前破りのパングロス〉の言葉を思い出したとさ。パングロスが言うには、スリーミアはカーテンの後ろに罠を隠すのがお好みらしい。ジージットは腕を突き出し、壁をつかむと体を引っぱり戻して前に行くのを防いだ。ついでに、足も伸ばしてオレをけつまずかせてくれたね。オレはカーテンに絡まりながら、ぶっ倒れた。頭は打たずにすんだよ。オレの上半身は底なしの落とし穴にはまりそうになってたからな。

三匹のトロールが棍棒を構え、大声でわめきながらてゆっくりと廊下を進んできた。トンネルのなかは真っ暗だったが、暗視の力があるから、オレたちを見つけるはずだ。

前門の落とし穴、後門のトロールってざまだ。

「どうするつもりだい、ルーファス？」

ちびのホブが訊いた。

オレは思わず言っちまった。

「わからん。お前が考えるのがスジだろう。力仕事はからっきしなんだから」

「あいつらを引っかけなきゃね」

ホブは思いついたように言った。

もう少し落とし穴をのぞきこんだとき、オレの頭にアイディアが浮かんだ。破れたカーテンを暗い穴のなかに投げ捨て、縁を指でつかんで、オレは落とし穴にぶら下がった。そしてジージットにささやいた。

「ここに降りてこい。さっさとしろ、トロールに見つかっちまうぞ。考えがある」

あいつが死体に取りついたネズミのように、オレの体にぶら下がってきたとき、オレは自分のひらめきを手早く伝えた。

「いいね、きっとうまくいくよ！」

ホブはくすくす笑った。

「うまくいかなかったら、おだぶつだな」

オレは指先だけでぶら下がり、自分の筋力と幸運に祈りながらつぶやいた。

一分もしないうちに、三匹のトロールが小走りに来るのが見えた。でかくて、緑色で醜（みにく）く、オレたちの身長ほどもある武器を構えている。オレたちを見つけ、喜んで鼻を鳴らしながら、小走りから一気に全力で走ってきた。オレたちが剣だけを頼りに、立ち向かっていると思いこんだらしい。

棍棒を振り回しながら、トロールどもはものすごい速さで突っこんできた。オレたちの姿はポンと弾けて消え、嬉しげな大笑いは絶望の悲鳴に変わったね。やつらは落ちていったのさ。底なしの穴の中に。トロールどもは、すばらしい戦士だが、あまり賢くもないし、空も飛べない。ジージットが《しんきろう》の呪文で、ありもしない床の上にオレたちが立っているように見せかけ、トロールどもを完全にだましたんだ。

ずる賢くトロールどもを全滅させて、スリーミアのお宝をいただくために、オレたちは静かにぶらぶら宝物庫に戻った。まあ、そのときのオレたちの驚きを考えてみてくれよ。オーガーのエルザッツが、市警備兵のウルク二十匹を引き連れて待ち構えていたんだぜ！　スリーミアはいなくなってた。エルザッツはもちろん、市警備兵にも会いたくはなかったんだろう。あの莫大な宝物を見れば、盗品の分を脱税してたってことで逮捕されるだろうからな。

「エルザッツ、昔からの友よ。なんで警備兵なんかと一緒にいるんだ!?」

エルザッツは、邪悪にニヤリと笑った。いいか、オーガーの〝邪悪にニヤリ〟を一回見たら、二度とそんな〝邪悪にニヤリ〟は見たくなくなるぜ。

「そいつの武器を取り上げろ」

エルザッツは命令を下した。

「悪いな、ルーファス。住居不法侵入罪だ」

「畜生、汚いぞ！」

ジージットが金切り声をあげた。

「どういうことなんだ？」

オレはまだわけがわからず、そう尋ねた。

ジージットは吐き捨てるように答えた。

「裏切られたんだよ。最初から仕組まれてたんだ」

警備兵が前に出てきて、オレたちの武器を取り上げた。戦うことも逃げることもできなかったよ。相手は少なくとも二十匹はいたし、その中には石弓（クロスボウ）の狙いをオレたちにつけてるのもいたからな。

エルザッツは冷たく笑った。

「なんのことかな、ちび盗賊？　俺は巨大カエルが見かけられたと報告を受けたんで、見回りを連れてきたんだ。そうしたら、盗賊が二人仕事をしていたじゃないか。盗賊を捕まえて、証拠物件を押収する。それ以外になにをすることがある？」

エルザッツの冷たい笑いは、本当に嫌味たらしかったね。コーストで罠にかけられたことを忘れちゃいなかったんだ。

「卑怯だぞ！」

ジージットは叫んで、手のなかに持ってた短剣でオーガーの顔めがけて飛びかかった。だが、石弓の連中は慌てなかったな。太矢が二本、飛び上がったホブを串刺しにして、あいつは、髪の房をほどけさせながら壁に叩きつけられちまった。ウルクが四匹群がって、オレを床に押さえつけた。オレは頭を殴りつけられ、それっきり気を失っちまった。

で、気がついたら、お前らと一緒に牢屋のなかさ。明日裁判にかけられるそうだ。闘技場か、〈審判〉か、どっちかに送られるだろう。そんなことはどうでもいい。だが、もし生き延びたら、絶対にあのオーガーも同じ目に遭わせてやる。レロトラーその人に誓って、やつに復讐してやる！

運命の審判

Under Khazan-Naked Doom

ケン・セント・アンドレ　高山浩訳

「ようビンブル。おまえは、どうやってオレが、こんなぺっぴんと仲よくなったかってことや、なんでオレがまるで伝導師みたいなことをやってるのか不思議に思ってるんだろうな。わけを説明してもいいが、ちょっと長くなるぜ。それじゃあ、前の話の続きから始めようか」

裁判はオレの思う通りにはならなかった。エルザッツとやつが率いる市警備兵は、オレを縛り上げて、猿ぐつわまではめやがったから、判決が下るまでオレにはどうしようもなかったんだ。オレはちんけな盗賊なんだから、カザンの闘技場で十回勝ち抜けっていう判決が妥当だと思うんだが、闘技場長は闘士は足りているから、オレはお呼びじゃないなどとぬかしやがった。おそらく、オレの大親友のエルザッツが、そう言うように鼻薬でも嗅がしたにちがいない。なにしろ、闘技場送りとなれば、まず確実にオレは勝ち抜いて自由を取り戻すだろうからな。そうなりゃ、エルザッツの魂なんて、錆びついた銅貨ほどの値打ちもないってことをやつは知ってるんだろう。

有罪を宣告された囚人の行き先はもうひとつある。カザン王立犯罪者処刑矯正施設という大層な名前がついている場所だ。まあ簡単に言っちまえば、カザンの街の地下にある、恐ろしいモンスターどもがうろついている洞窟なんだがな。噂によるとこの洞窟は、死の女神レロトラーが彼女の親衛隊を鍛えるための場所を造れと、かわいい部下のカーラ・カーンに命じたものだそうだ。カーラ・カーンはカザンの地下にあった自然の洞窟を改造して、御主人さまの期待に応えたってわけだ。もちろん、この洞窟は本来の目的に沿って使われたり、レロトラーが不遇な子供時代を思い出してくつろぐための場所として使われたりしているはずだ。

でも、ここ何世紀かは政治犯以外の犯罪者を投げ入れる穴となっているのも確かだ。もちろん、いったん穴に放りこまれて、再び太陽を拝めたやつはほとんどいない。

裁判が終わると、石弓(クロスボウ)を持ったゴブリン兵どもが、裁判所の地下へ降りていく長い階段へとオレを連行した。おそらく、地上から一五〇メートルも降りただろうか。警備兵に暗闇へと続く階段を連れられて行くあいだ、オレはずっとエルザッツとカザンの街を呪い続けた。それこそ、知っているかぎりの汚い言葉を使ってだ。きっとオレの悪態を聞きつけたんだろう、オレを引っ立てている警備兵たちは、ときおり獣のような声であざ笑った。暗がりの中だが、連中にとっちゃ、おてんと様の下より動きやすいから、オレの様子が手に取るようにわかるのだろう。

石造りの通路を抜けて自然の洞窟に入ると、また周囲が明るくなった。洞窟灯と呼ばれる光苔(ひかりごけ)が、岩肌に生えているからだ。この苔は前にも見たことがある。洞窟灯は陽が当たらない、涼しくて湿気の多い場所に生えるものだ。苔のかすかな光で、新月の夜ぐらいには見通すことができる。まあ目が慣れれば普通に動くことができるだろう。何かを細部まで見るためには、かなり近づかないといけないだろうがな。そう言えば、この苔を食べる洞窟に住む化け物もいたっけ。

洞窟に入って、通路はかなり広くなった。だが、先はゆっくりと曲がっていて奥を見ることはできない。洞窟の底まで降りると二匹の警備兵はオレを引き止めて、石弓を準備し始めた。周囲を見渡すと、床にばらばらになった骨が散らばっているのがわかる。どうやら洞窟を探索する前に、処刑されちまう可能性のほうが高そうだ。警備兵の一匹が縄を切ってくれたので、痺(しび)れていた腕に血が通い始めた。前に折りたたまれていた肩を広げることができ、オレはほっと一息つくことができた。

「ここで撃ち殺す気か?」

オレは警備兵に尋ねた。

「囚人として、この矯正施設に住ませてもらえるもんだとばかり思ってたんだが？」

「おまえは囚人じゃねぇよ」

オレの縄を切った混血のゴブリン警備兵がおぞましく笑いながら言った。

「おまえは、この穴に住む連中の食い物だぜ。ほ～ら、じっとしてれば俺の相棒の〈血染めの爪〉が心臓をぶち抜いて楽にしてくれるぞ。それとも、逃げ回って俺たちを楽しませてくれるのかい。逃げ切れるんなら、追いかけはしないぜ」

「武器はくれないのか」

オレは一応、尋ねてみた。

「武器をくれるんなら、一対一でも、二対一でも相手になってやるぜ」

オレの要求を聞いて、警備兵どもは大笑いした。どうやら、フェアプレイの精神なんてものは、ゴブリンやウルクには存在しないらしい。武器をもらうためには、連中をだます必要がありそうだ。

「おまえの持ち物なんて、尻（けつ）につけてるぼろ切れぐらいのもんだ。まあ、撃つのは三秒ほど待ってやるがな」

〈血染めの爪〉と呼ばれた警備兵が笑いながら答えた。

そいつの石弓にはすでに太矢がつがえてあり、いつでも撃てるようになっている。

「たいていのやつには、そんなに時間を与えないんだが、おまえはウルクの血が混ざっているから親切にしてやってんだぜ」

やつらがあげた耳障りな笑い声は、まるでジャッカルの吠え声のように洞窟に響いた。

「ちくしょう！」

オレは、さも意気消沈したようにつぶやいた。ちょっとでも時間を稼がなくては。なんとかして、こいつらの裏をかく方法を考え出してやる。やつらはオレよりも小柄だ。それでも力は強いようだし、ずる賢くもある。なんと言っても、武器と鎧を身につけている。まともに戦っても勝ち目はない。しかし、オレにはやつらが知らない力がある。それは〈おぞましいキスの呪い〉だ。オレは〈血染めの爪〉に近づきながら、痺れた肩を前後に振って指先に血が通うようにした。やつは適当にオレに狙（ねら）いをつけている。やつの指のほうが速ければ、オレの体に穴が開いてしまうだろう。

「わかった。走って逃げることにしよう。頼むから矢を外してくれよな」

オレは二匹にそう頼んだ。

頭の中で計画ができあがりつつあった。ゆっくりと〈血染めの爪〉に腕を伸ばす。

「準備はできたか？　〈あいくち（ダーク）〉よ」

〈血染めの爪〉が仲間に尋ねた。

「だいたいできたぜ。さあ、オレが太矢を構えたら走り出していいぞ。は、は、は、は！」

〈あいくち〉が笑いながら答えた。

「地獄へ向かってまっしぐらだ！」

〈血染めの爪〉が笑ったその瞬間、やつに隙ができた。好機到来。オレは、左に身をかわしながら右足でやつを蹴り上げた。その衝撃で、やつの石弓は天井を向いたので、放たれた矢は鍾乳石に命中した。右足が地面につくやいなや、オレはやつにすばやく近づき、やつの顔に自分の顔を押しつけながらはがい絞めしようとした。ゴブリンとウルクの血が混じった警備兵は、おそらくオレが噛（か）みつこうとしているのだと思ったことだろう。オレの口よりやつの口のほうが、はるかにでかい——オレの口は、大きさも見かけも人間のほうに似たのだ。ただし、オレは噛みつこうとしたんじゃない。オレはもう一匹の警備兵に撃たれないようにやつを盾にした。そして、暴れる腕を押さえながら、口をすぼめて顔を近づけ、やつに熱いキスをした。

「ケロケロケ～ロ」

やつはそう鳴き声をあげた。驚いてオレを放したやつは、自分が巨大なカエルに変身したことに気づいた。オレは、ショックを受けて立ちつくしているやつを相棒に投げつけ、二匹とも地面に転がしてやった。その機会を逃さず、床に散らばっている骨を踏みながら、オレは短距離走者のように曲がり角に向けて走りだした。曲がり角に達したとき、オレは肩越しに振り返ってみた。すると、〈血染めの爪〉は狂ったように跳び回っていたが、〈あいくち〉のほうは石弓を構え、慎重にオレに狙いをつけていた。そしてその瞬間、やつは矢を放った。

オレは床に倒れこんだ。いや、そのつもりだった。しかし、矢はオレの頬をかすめ、後頭部に鈍い衝撃を与えた。地面にひどく頭をぶつけてしまい、目から火花が散り、頭の中では鐘が鳴り響いた。それでもなんとか意識を保ったまま、這うようにして角の向うへ逃げこんだ。頭から血が流れ出しているようだったが、オレはふらつきながらも走りつづけた。やつらが追いかけてこないことを祈りながら。

オレは洞窟が三つのトンネルに分かれているところにたどり着いて、ようやく足を止めた。

警備兵どもが追いかけてくる様子はなかったので、オレは傷を調べることにした。後頭部を見ることはできないが、手で探ってみると頭は血だらけで、べっとりと血で濡れた髪の毛がもつれている。とはいえ、矢は刺さっていない。どうやら傷は浅いようだ。たぶん伸ばした髪の毛と、生まれつき丈夫な頭蓋骨のおかげで、ことなきを得たんだろう。

オレは床に座りこみ、息を整えながら、これから先どうしようかと考えることにした。もちろん、来た道を戻ることはできない。警備兵どもが待ち構えているだろうからな。しかし、ここにとどまるわけにもいかない。洞窟に住む肉食の連中が血の臭いを嗅ぎつけなかったとしても、ここにいれば餓死するだけだ。きっと目の前のトンネルのうち、どれかは出口につながっているんだろう。オレは左のトンネルを進むことにし、体中の力をかき集めてふらふらと歩き出した。

　トンネルを進むにつれて、だんだん暗く、そして狭くなってきた。が、唐突に卵形の小部屋に出た。この部屋で行き止まりのようだが、空の部屋ではない。反対側の壁に二本の鉄剣が突き刺さっていて、ギラギラとまばゆいばかりの光を発しているのだ。オレには魔法を操る力はないが、なにか魔法のものであることは感じた。壁に埋まって輝いている剣はどちらかというと平凡な形をした、両刃の短剣だ。いくら趣味の悪いカザンと言っても、洞窟の装飾というわけじゃないだろう。近づいて見ると、剣の上方の岩肌に何か文字が彫ってある。きっと魔術師が仕掛けた罠だとは思うんだが、オレには武器が必要だ。そこで、文字を調べてみることにした。オレは共通語の読み書きと、冒険中にエルフ語とドワーフ語を少しかじったことがある。こうした岩に印された文字はドワーフ語であることが多い。ドワーフ語は直線で書くことができて、彫りやすいからだ。柄が象牙でできている剣の上には「愚か者」、黒檀(こくたん)の方には「幼児」と彫られていた。

　どっちも期待できるような言葉じゃないな。

　どちらの言葉にも別の意味がある。オレはいくつか思いつく程度にはドワーフ語に堪能(たんのう)だ。例えば、ドワーフ語では「愚か者」と「英雄」というのは同じ言葉だ。語尾の感じを上げて発音すれば「愚か者」になり、下げて発音すれば「英雄」という意味になる。同じように「幼児」という言葉も、「絶望」とか「絶望した者」と判断することもできる。言葉の意味を考え、オレは「愚か者」の剣を選んで白い柄を握った。足を壁に突っ張り、引き抜こうとしたんだ。顔が真っ赤になり、息があがるまで引っぱってみた。手も赤くなるほど力をこめ、剣を揺らしてみたりもしたのだが、剣はびくともしなかった。そのうち息があがって吐き気がしてきた。

　そのとき、魔法の力がオレを襲った。ショックでオレの髪の毛は逆立ち、体中の血が沸騰したように感じた。熱い痛みが波のように体を駆け抜け、目の前が炎のカーテンで覆われたかと思うと、オレは意識を失った。

　どれくらい眠っていたんだろう。目を覚ますと、体中の傷という傷が完全に治っていた。矢の傷も消えて、オレはいままでの最高の体調になっていた。なぜそうなったかわからないが、オレの筋力は強くなり、知性も上がり、機敏さも増したように思えた。二本の剣は、オレを手招きするかのように壁に刺さったままだ。あきらかに「愚か者」の剣がオレを癒（いや）してくれたようだ。「幼児」の剣はなにをしてくれるだろうか？　それを知る方法は、剣をつかんでみることだけだが、オレはやめておくことにした。上昇した知性がそうしろと告げるのだ。一本目の剣は、オレを変えてくれた。しかし、二本目はどうだろう。同じように変えてくれるのだろうか。それともオレを殺してしまうのだろうか。魔術師ってやつはペテン師のようなもんだからな。いつだって、幸運と同時にとんでもない厄介事も用意しているようなやつらだ。少なくとも、神のようなグリッスルグリムはそうだった。カーラ・カーンがそうじゃないって言い切れるか？　つらい決心だったが、オレは剣を置いて立ち去ることにした。

　オレは三本のトンネルの分岐点まで引き返した。そして、今度はいちばん右のトンネルを進むことにした。右のトンネルはかなり薄暗かったが、まっ暗闇というわけではなかった。まるで地球の腸（はらわた）のように曲がりくねったトンネルを進んで行くと、とんでもない悪臭が漂い始めた。

　たまらなく引き返そうとしたとき、頭上から何かが襲ってきた。気配を感じて、物音を聞きつけた瞬間、オレはとっさに壁ぎわに身をかわした。さっきまでオレの頭があった空間を、巨大な足の先についた薄汚れた緑色の爪が切り裂いた。次に猿のように力強い腕が、オレをつかもうと手探りするのが見えた。まるで短剣のような爪をしていやがる。そいつの臭い息をかいで、オレの胃袋は口から飛び出しそうになってしまった。

ようやくオレは、その生き物がなんなのか思い当った。洞穴トロールだ。洞穴トロールにしては小さいやつで、オレより少し大きい程度だ。それでも、オレより力はあるだろう。暗がりの中から、赤いガラス玉のような目がオレを睨みつけてくる。たくましい喉からは、絶え間なく野獣のような吠え声をあげている。後頭部から伸びた黒い毛が、背中から腰まで覆っている。まるで天然の腰巻きみたいだ。洞穴トロールは武器や道具の類はなにも持っていない。人間に見えなくもないが、腹を空かした獣程度の知性しかないのだ。

そして、洞穴トロールが次にとった行動は、飢えた獣がするようにオレの腕に噛みつくことだった。オレの喉は張り裂けんばかりに悲鳴をあげ、もう一方の手を伸ばしてやつの目玉に指を突っ込んだ。目を完全につぶすことはできなかったが、やつがひるんだ隙に筋肉に食いこんだ牙を抜くことができた。

痛みと怒りの声をあげる洞穴トロールを、オレは肘で打った。すぐさま反撃がきたが、かいくぐるようにしてかわすことができた。勢いがついたトロールの腕は、骨が砕ける音をたてて岩肌に激突した。壁には、こぶし大のくぼみができた。トロールは新たな痛みに悲鳴をあげ、隙を見せた。すかさずオレはやつの股間を、渾身の力をこめて蹴り上げてやった。

洞窟のトロールの緑色の肌が、ますます濃い緑に染まった。

トロールが二重の苦しみに悶えているあいだに、オレは肩をつかんで、頭を岩肌に激突させた。岩は砕けたが、トロールの頭蓋骨も無事ではすまなかったようだ。洞穴トロールは動かなくなった。おそらく死んだんだろう。オレはとどめを刺そうと、殴りつける道具を探したがなにも見つからなかった。そこで、オレは何度もやつの頭を蹴り飛ばした。ちくしょう、なんて硬い頭なんだ。結局、痛んだのはオレの足のほうだった。痛みがおさまり、落ち着きを取り戻したオレは、骨とやつの血が溜まっている場所から立ち去り、先へ進むことにした。

オレは歩きながら、腕にめりこんだトロールの牙を抜き、悪態をつきながら投げ捨てた。少し血が流れていたが、痛みはおさまっている。

このあたりには細い脇道が何本もあるようだ。しかし、オレは気にせず本道を進むことにした。意外なことに、数キロも進むと本道は真鍮の帯で補強された木の扉に突き当った。注意深く扉を押し開けると、奥は広いほら穴がひろがっていた。ほら穴の中央には流れ込んだ湧き水が溜まっていて、周囲には葦や灯心草などが生えている。はるか頭上には、岩の裂け目から青い空が見え、陽光が差しこんでくる。

オレは水たまりに向かっている流れに沿って、注意深く降りていった。冷たい水を飲みたかったし、体に染みついたトロールの臭いも洗い流したかったのだ。水たまりをのぞきこむと、そこには小魚やおたまじゃくしが泳いでいるのが見えた。ほかにも水棲の生き物がいるようすだった。どうやら、ここにいれば飢え死にしないですみそうだ。

オレが水たまりを覗いていると、不意に後ろから粗末な槍が飛んできて、岩に当たって水の中に落ちた。とっさの判断で、オレは水たまりに落ちた槍をつかみ振り返った。

すると、人間の女が、もう別の槍を手にしてオレに向かって突進してくるじゃないか。彼女の顔には恐怖と狂乱が入り混じったような表情が浮かんでいる。相手は接近すると槍でオレの腸を引きずりだそうとしてきた。しかし、オレは拾い上げた槍で攻撃を受け流すことができた。

次に彼女はオレの脛を蹴ってきた。足はオレの腿に当たり、あやうく膝をつきそうになってしまった。それほど彼女の力は強かったのだ。とても、あの体格の女の力とは思えなかった。長引くとまずい。オレは早目に決着をつけることにした。

必死になったオレは、両手で槍の柄を持ち、なぎ払うように振り回した。この攻撃は彼女の意表をついたようだ。石の槍先が彼女の側頭部、ちょうど耳の上にあたりに命中し、彼女はふらつき武器を落とした。床に倒れて一瞬の隙ができた。すかさずオレは彼女の顔に槍を突きつけた。

とは言え、オレにはぐさりと槍を突き刺すつもりはなかった。こんな興奮した状態でも、彼女は手出しできないほど美しく見えたのだ。

「殺せ！　さっさと殺せ」

彼女が叫んだ。

「あたしは、ウルクの奴隷になんかならないわ」

彼女は怒りをこめた目でオレをにらみつけた。なぜ、こんなに怒ってるんだろう。

オレは槍を彼女の顔から離し、一歩退った。

「あんたを殺す気なんかないよ。だいたい、あんたは何者で、ここでなにをしてるんだ？」

彼女は座りこみ、オレをじっと見つめた。彼女の表情からすると、とりあえず落ち着きを取り戻したようだ。

「ごめんなさい。殺そうとしちゃって」

この言葉を聞き、オレは戦いが終わったことを確信した。

「やつらの仲間だと思ったの……」

「と、とんでもない！　オレはやつらの仲間なんかじゃないぞ」

オレは憤然として言った。

「オレの名前はルーファス。不運にもこの穴に放りこまれちまった哀れな盗賊さ。ところで、やつらって誰なんだ？」

オレのトンチンカンな答えを聞いて、彼女はにっこりと微笑み近づいてきた。

「あなたは単なる盗賊じゃないわ。ルーファス。だって、あたしの攻撃を三度もかわしたんですもの。単なる盗賊にできる芸当じゃないわ」

彼女は言った。

「あたしの名前はチェリーナ。この穴にいるあいだは友達になりましょうよ」

オレは今までこんなに愛らしい相手から友達になりましょうなんて言われたことはない。オレの友達なんて、ジージットやエルザッツみたいなむくつけき連中ばかりだったもんな。彼女の形のいい顔は、つやのあるルビー色の髪の毛に覆われ、色白の体からは細くてしなやかな手足が伸びている。まるで女神様のようじゃないか。オレと同じように、彼女は簡単な腰巻きしか身につけていない。もっとも、小さな亜麻の布切れが豊かな胸を覆っているがな。また、彼女は革の靴もはいている。あれなら、洞窟の床に転がる岩で足を傷つけることもないだろう。

「わかった。この地下迷宮から脱出するまでは協力しよう」

オレはそう言って、手を伸ばした。彼女は進んでその手を握った。彼女の手は温かく、また力強かった。どうしてこんな醜（みにく）いオレを受け入れてくれたのか不思議だったが、水たまりに映った自分の姿を見て腰をぬかしそうになった。なにしろ、そこに映っていたのは、昨日までとは似ても似つかぬ姿だったのだ。さっきの剣の魔法なんだろうか、オレは前よりも背が伸びて、スマートな体形になっていた。見慣れた、ずんぐりと無骨な姿ではないのだ。とは言え、顎はかなり突き出たままだし、長い犬歯も下唇の上にちょっと顔を出しているのは変わりないが。その姿を見ていると、オレは不潔なハーフ・ウルクであることを忘れ、子供のおとぎ話に出てくる英雄になったような気がしてきた。

「ルーファス。あたしの住み家に行きましょう。これからの行動について相談したいの」

「案内してくれ。チェリーナ」

チェリーナは槍を手にすると、波のように切り立った岩を越え歩き始めた。

「そうそう。あたしが投げつけた槍は持っててていいわよ」

彼女は歩きながら言った。

「それを作るのには、ずいぶん時間がかかったんだけどね」

そう言ってもらってオレは安心した。もともと、せっかく手に入れた武器を返すつもりなどなかったからだ。

「ありがとう。機会があったら、お礼はするよ」

「ぜひともお願いするわ」

彼女はきっぱりと言った。しかし、その時点では、それがなにを意味するのかはわからなかったし、尋ねるつもりもなかった。

彼女は壁ぎわにある石筍の後ろに隠れていた通路に案内してくれた。オレたちは狭い通路を身をくねらせながら通り抜け、再び広い洞窟にたどり着いた。洞窟の右手側、少し低くなった場所には泉があって、周囲には竹や水草が茂っている。左手の奥には、石灰を含んだ水が固まってできた珍しい形をした鍾乳石が並んでいて、まるで迷路のようになっていた。

チェリーナは水たまりのほうへと下っていった。

「あたしはここに住んでいるの。出口にも近いのよ」

彼女はそう言うと鍾乳石が並んでいる場所を指した。

「あっちにあるの。でも、気をつけて、キノコを栽培してるゴブリンたちもいるのよ。あなたを見たとき、そいつらだと思いこんじゃった。ちょくちょくゴブリンたちからキノコを盗み出してるから、捕まったらきっと殺されると思うわ」

彼女の住み家へ歩きながら、チェリーナはカザンではよくある話を聞かせてくれた。彼女がある夜、通りを歩いていると、ウルクの悪漢たちが襲いかかってきたそうだ。もちろん抵抗したが、騒ぎを聞きつけてやってきた警備兵に全員捕まっちまったらしい。悪漢どもは賄賂(わいろ)を支払って、すぐに釈放されたが、彼女はあまり金を持っていなかったんだ。そして、何日も牢獄に閉じこめられたあげく、この穴に放りこまれたという寸法だ。彼女は半死半生のようすだったので、警備兵どもは石弓を撃たなかったらしい。矢が無駄になるだけだと思ったんだろうな。おかげで彼女は痛みと熱にうなされながらも、トンネルの奥へと進むことができたわけだ。どうにかして彼女は黒い水をたたえた水たまりの淵までたどり着くことができた。そこの水は、腐ったような臭いはするし、油のようにもねっとりしていたんだが、死ぬほど喉が渇いていた彼女は、その水を飲んだ。それが毒だったとしても、苦しみから解放されることになるからな。

水を飲んでしばらくすると、体中が痛みだしたので、彼女は毒を飲んじまったんだと思ったそうだ。ところがすぐに体調は回復し、四肢に力はみなぎって歩けるようになり、視力も回復した。それだけでなく、いままで感じたことがないほど体調がよくなったそうだ。

「だいたい一か月前のことよ、ルーファス。あれから、あたしは槍を作ったり、魚を捕まえたり、キノコを盗んだり、ゴブリンたちと戦ったり、あたりを探索したりといろいろ大変だったの。それでようやく出口を見つけたから、近々脱出しようと思ってた。お互い、本当にいいタイミングで出会ったわね」

「なんであっちが出口だと思うんだ？」

竹や葦などの植物が茂っている泉の岸に近づきながらオレは質問した。そのとき気づいたんだが、どうやら泉の中には魚やカエル、それにザリガニなどの水棲の生き物がたくさんいるようだ。ただし、少し硫黄(いおう)の臭いもする。

「自分の目で確かめて」

彼女は竹藪を通り過ぎると、垂直に切り立った岩肌にぽっかりと口を開けているトンネルを指差した。トンネルの上には、ドワーフ語でひとこと「出口」と彫ってある。

「あそこは調べたのか？　チェリーナ」

オレは尋ねた。

「途中まではね。あの中はとても暗いの。だからいつも途中で引き返してたの」

「それじゃ、今日はもう休むことにして、明日の朝、出口を調べることにしようぜ」

彼女はうなずいた。

オレたちは、その後、休息をとったり、食事をしたり、語り合ったりして過ごした。オレは彼女の話を聞き、またオレの経験も話した。そして、同じ場所を通ってきたことや、二人ともこの迷宮の中で、魔法の恩恵にあずかったことなどわかった。

オレたちは水浴びをしたあと、できるかぎりたくさんのカエルや魚を捕まえた。そして、明朝にそなえてまた食事をとった。入れ物がないので、食べ物を持っていくわけにはいかないからだ。太陽が星に代わるころ、オレたちは眠ることにした。しばらくすると、チェリーナは、まるでオレが恋人であるかのように寄り添ってきた。

残念だったがオレは手後れになる前に、チェリーナを押し返した。自分でも驚くほどの自制心だ。オレは彼女に、オレにかけられた呪いと、カエルになった警備兵のことを話した。すると彼女は笑い飛ばしながらも、少し離れてくれた。オレは彼女をカエルにしたくはなかったし、彼女だってなりたくないはずだ。

天井から差しこんできた朝の光を浴びてオレたちは目を覚ました。ミズガラシの葉を食べて腹を満たすと、槍を手に出口へと向かった。トンネルのなかでは、右手でチェリーナの左手を取って、彼女をオレが先導することにした。なにしろ、この暗闇の中では、彼女は足元さえ見えないからな。ウルクの血のおかげで、オレはこの程度ならなんとか見えるのだ。すこし下りぎみに続いているトンネルの幅は広く、床は滑らかだ。どうやら人工的なトンネルに思える。高熱か、強力な魔法の力で掘られたんだろう。この事実を知って、オレは希望を持った。何か危険はあるだろうが、出口と書いてあるのはまんざら嘘ではなさそうだ。

オレは左手に持った槍の先で床をつつきながらトンネルを進んで行った。進むにつれて、後ろから差していた光もしだいに薄れていった。

「こんなに暗いのに、よく見えるわね。ルーファス」

「なんとかな」

オレはそう答えた。

「オレたちの体は熱を発していて、そのおかげで暗いたいまつで照らしているように見えるんだ。石の床は真っ暗でもなにも見えないんだけど、空気は少しだけ明るく見えるのさ。安全ってわけじゃないけど、なんとかつまずかない程度には見えてるよ」

「いいわね。あたしもあなたの姿が見たいわ。これじゃ目隠しされてるより始末が悪いもの。あなたが手を離したら、あたしは振り向いて洞窟に走って戻るしかないわ。まったく、一人じゃここまで来れなかったでしょうよ」

「まあ、そんなに心配しなくていいぜ。そのかわり、ちょっと静かにしててくれないか。物音を聞きたいんだ」

オレは彼女に頼んだ。

「なにしろ、この暗闇じゃ、目よりも耳のほうが頼りになるからな」

暗闇の中を進んで行くあいだ、オレは歩数を数えていた。七五四歩進んだ所で、左手に細い脇道が合流していた。脇道は一九二四歩目と、三四一二歩目にもあった。どの脇道も数十センチほどの幅しかないので、調べてみる気にもならなかった。トンネルを進むにつれて、しだいに温かくなり、壁に洞窟灯が生え始めた。苔が発する光もだんだんと増してきて、ついにはチェリーナがこう言った。

「ルーファス、あなたが見えるわ。ちょっと薄暗いけど、もう手を引いてもらわなくても大丈夫」

オレは彼女の柔らかい手を放すと、前方に見つけた裂け目に向かって大股に歩きだした。

オレたちは、トンネルを半分に引き裂くように走っている裂け目から一メートルほど離れた場所で立ち止まった。左右に走る裂け目で、床が分断されている。オレは裂け目に沿って右側へ注意しながら進んで行った。予想に反して、崖とは反対側の壁に小さな聖堂があった。

「あれは何かしら?」

槍を構えながら、チェリーナが叫んだ。

「こいつはでっかいカエルの彫像だな。どうやら翡翠(ひすい)でできてるようだぞ」

オレは答えた。

「翡翠ですって!」

チェリーナはしわがれた声を出した。

「翡翠だったら、すごく価値があるじゃない。持って行きましょうよ」

そう言うと、彼女は聖堂に近づいた。

「気をつけろ、きっとなにかの罠だぞ。それに、どのみち大きすぎて持っていけないよ。こんな時に、魔法の彫像を傷つけるなんてのは、ばかげたことだと思うんだが？」

「見てルーファス。像の前に施しを入れる鉢があるわ。中には、ほら指輪よ」

チェリーナは、珍しい形をした指輪をつまみあげた。指輪は、カエルが自分の後ろ足に噛みついている形を模したものだ。すぐにチェリーナは、その指輪をはめようとした。

「そんなものを身につけていると死んじまうぞ」

オレがこう叫ぶと、彼女はためらった。

「どういうことかしら？」

彼女は尋ねた。

「オレは以前、コーストでそんな形をした指輪を見たことがあるんだ。その指輪をつければ、おそらく大陸の半分ほど飛ばされて、おそろしい目に遭うに違いない。高度な魔法で、オレたちのどちらかがな」

チェリーナは未練たっぷりのようすだった。数日前のオレなら、彼女から指輪を取り上げて、自分で身につけたことだろう。だが、オレは彼女をじっと見つめて、様子をうかがった。優に一分以上もオレを見つめた後、チェリーナは指輪を鉢に戻して聖堂から離れ、こう言った。

「二人でここまでやってこれたんだから、この先も一緒にやっていきたいわ」

オレは思わず彼女にキスしたい気になったが、どうにか自制することができた。

「さあ、別の方向を探そうぜ」

オレは言った。

オレたちは底が見えないほど深い裂け目を渡る橋のようなものがないか探したが、そんなものは見当たらなかった。見つかったのは、数十センチの幅でアーチ状に反対側へと続いている薄い岩だけだった。

「変な音が聞こえない？」

チェリーナが尋ねた。

「オレにはなにも聞こえないが」

「ネズミが鳴いているような甲高い音なんだけど」

音は聞こえなかったが、オレは不安になった。あまりにも順調すぎる。

「あの上を渡ることができそうか？　槍を横に持ってバランスを取って、確実にすばやく歩くんだ。幸い、風はない」

オレはチェリーナに聞いた。

「大丈夫だと思うわ。あなたが先に行ってくれる？」

彼女は頼んだ。

「わかった。先に行こう」

オレは両手で槍を持ち、深呼吸して気持ちを落ち着けた。そして一歩目を踏み出した。オレの足の下にある岩は堅くてしっかりとしている。それを確かめて、二歩目、三歩目と進んで行った。オレは軽業師のように、確実な足取りで橋のいちばん高くなっている部分を目指した。後ろからチェリーナもついてきている。彼女の槍が揺れ、バランスを失いかけたが、なんとか落ちずにすんだようだ。チェリーナは息を整えると、また進み出した。

突然、頭上から茶色の毛皮の塊が降ってきた。だが、オレは危険を予期していたので、慌てなかった。オレは頭上に槍を振りかざした。茶色の稲妻に見えた巨大なコウモリは、甲高い怒りの声をあげながら、すばやく槍を避けた。

「なによ、あれは?」

チェリーナが叫ぶ。

「コウモリさ。それも吸血コウモリだ!」

オレも叫ぶようにして答えた。

「動き続けるんだ。だけど、オレから離れるなよ」

続きを叫ぶ余裕を与えず、次の攻撃が来た。顔を歪めた五匹の不潔な生き物が、翼で突風を起こしながらオレに襲いかかってきたのだ。やつらは血に飢えている。オレは一歩踏みこんで槍を突き出したが、まるで幽霊を突くようなものだった。やつらはすばやく槍をかわしている。だが、こうしていれば、オレにも触れることはできないはずだ。

次の攻撃までに少し間があったので、オレはチェリーナに向かって叫んだ。

「噛みつかれても慌てるな。血を吸うだけだから。喉にでも噛みつかれないかぎり、致命傷にはならないはずだ。だから、喉と目を守るんだ。さっきも言ったように、動きを止めるなよ」

オレたちは、苦しみながらも橋の半ばまでやってきた。眼下に広がる闇の中から、犬ほどもある吸血コウモリどもが何百匹も飛び上がってくる。さっきまで静かだった洞窟に、甲高い鳴き声と、翼をばたつかせる音が響く。オレの耳は、やつらが出す超音波で痛くなってきた。

数百匹のネズミの仲間が、オレたちのまわりを飛び回っている。オレは槍の柄をつかんで、振り回した。

最初は空振りだったが、コウモリ同士がぶつかるくらい集ってくると、命中しだし、飢えた連中を何匹か叩き落とすことができた。後ろで槍を振り回しているチェリーナのあえぎ声が聞こえてきた。

その時、一匹のコウモリがオレの足に取りつき、筋肉に深々と牙を埋めこんだ。足に痛みが走り、思わず叫び声をあげちまったが、そいつにかまっている余裕はない。裂け目の反対側まで、あと少しだ。彼女も大変だっただろうに、オレの足に噛みついたコウモリに気づき、槍で突き刺して落としてくれた。

あと一歩で渡り切るところまでたどり着き、オレは堅い地面に足を踏み出そうとした。そのとき、後ろからオレの名を呼ぶ声が聞こえた。振り向くと、コウモリに埋めつくされかかったチェリーナが、よろめいて橋から転げ落ちそうになっている姿が見えた。オレは自分の周りを飛び回るコウモリを無視して、彼女へ手を伸ばした。オレの手は、なんとか彼女の髪の毛をつかみ、チェリーナは地獄へ落ちずにすんだ。

地獄へ落ちないまでも、宙吊りになった彼女が悲鳴をあげ、槍から手を離した。槍は裂け目の壁に当って音を立てながら落ちていった。彼女の体は揺れて岩壁に激突した。その衝撃で、オレの肩は痛んだが、手は離さなかった。血に飢えたコウモリどもがオレの顔に噛みつこうとするあいだも、オレは力をゆるめず、やっと彼女を引き上げることができた。

ショックを受けているチェリーナは、ヒステリックに叫び声をあげている。オレのほうも、まだ恐怖と怒りが収まってはいない。オレは翼をつかんでコウモリどもを彼女から引き剥がし、ゴミのように床に投げ捨てた。そのとき、一匹のコウモリがオレの胸に飛びこんできた。そいつはオレの首に噛みつこうとしてきたので、顎を胸に押しつけ喉を守りながら、オレは小さな汚れた目をにらみつけた。そして、逆にコウモリの首に噛みつき、首を振りながら背骨を噛み砕いてやった。オレは頭をさっと振って、動かなくなったそいつを投げ捨てた。

チェリーナを抱えると、オレはいちばん近くのトンネルに逃げこんだ。岩で囲まれているから、一度にそう多くのコウモリの相手をしなくてもすむはずだ。トンネルの奥へと進むにつれて、しだいにコウモリの数が減ってきた。そして、何度か角を曲がったあと、ついに一匹もいなくなった。

安全なところまでたどり着いて、ようやくオレは岩の上に腰掛けた。そして、まだヒステリックな叫び声をあげているチェリーナをなだめようとした。しばらく彼女をさすっていると、ようやく彼女は落ち着きを取り戻した。彼女の滑らかな肌は、いくつもの引っ掻き傷や嚙み傷で痛めつけられていた。もちろんオレの体も傷だらけだ。二人とも、薄い血の膜で覆われているようだった。流れる血が病原菌を流し出してくれることを祈るばかりだ。傷口から病気に感染したとしても、発病までには何日かかかるだろう。病に倒れる前に、医者を探し出して手当てしてもらわなければならない。

オレたちは、血が固まるまでその場に留まった。二人とも体中ぼろぼろになっちまった上に、武器を失い、食物もない。そのうち、チェリーナは寝息をたて始め、疲れ切ったオレも壁にもたれたまま眠りに落ちた。

目が覚めたとき、チェリーナはまだすやすやと眠っていた。オレは彼女を残して、裂け目へと戻って行った。そこでオレは槍を探した。槍は投げ捨てた場所に残っていた。

槍の先にはコウモリの死体と、やつが流した血がついていた。オレは死体を引き裂き、心臓と内臓を食べた。がつがつと食べつくすと、体中に新たな力がみなぎってくるのを感じた。

自分の体を点検して、オレはさっき受けた傷がほとんど治りかけていることに気づいた。コウモリを食べたせいではなく、剣の魔力が残っているおかげだろう。あたりを見渡して、オレは何本ものトンネルを見つけた。しかし、どれもほぼ同じ大きさで、どれかを選ぶことはできない。そこでオレは武器を手に、チェリーナのもとへ戻って行った。

彼女が目を覚ましたので、オレたちはトンネルの奥へと進むことにした。彼女は腹を空かせていたが、オレのようにコウモリを食べたりはしないだろう。その代わり、オレは洞窟灯を剥いで、彼女に食べるように勧めた。

「この苔がどんなに不味いか、あなたは知らないの?」

チェリーナは苔を噛みながら不平を言った。

「雑草よりも不味いのよ」

オレもおつきあいで、コケをすこし口にしてみた。

「確かに不味いな。でもチェリーナ、これを食べてりゃ少なくとも水分は取れる。それに何か腹に入ってたほうがましってもんだろう」

結局、彼女は洞窟灯を食べたが、決して好物というわけではなかった。

傷つき、こわばっていた筋肉も、トンネルを進むうちにしだいにほぐれてきた。引き返すことはないと思い、オレは歩数を数えるのをやめた。ときおり合流する脇道のそばにある岩に、簡単な矢を模した目印がつけてあるのにオレは気づいた。洞窟灯を矢の形にはぎ取って他の部分より暗くして目印にしているのだ。特にはっきりとつけてある目印を見つけて、さすがにオレはチェリーナに教えることにした。

「なにか住んでいるんじゃないかしら? それに太鼓が鳴る音が聞こえない?」

彼女は、そう答えた。

オレには聞こえなかったが、彼女がそう言うなら、事実だろう。

「どうやら誰かの住み家に入っちまったようだな。ここからは用事があるなら、ささやき声で話すことにしようぜ」

彼女は同意してうなずいた。それからオレたちは、曲がりくねっているトンネルを三、四キロは進んだ。通路はゆっくりと登っていて、進むにつれてしだいに暖かくなってきた。そして、硫黄の臭いが漂ってきて、オレの鼻はむずむずとしだした。

壁にちらちらと赤い光が踊りだし、洞窟灯はまばらになっていった。気温が急速に高くなり、もう暑いといっていいほどだ。ついに汗がにじみだした。次の角を曲がって、オレたちは暑さと光の源(みなもと)を見つけた。

通路を深い溝が横切っていて、その底に真っ赤な溶岩が流れていたのだ。足元の岩さえも触れないほど熱くなっている。溝の手前の左側に、別の通路が続いているのだが、数メートル先にある木製の扉で行き止まっている。扉にはなにか黒いもので、ドワーフ語の「恐怖」という言葉が殴り書きしてあるのが見える。溝の両側には、橋のように板を渡すためのくぼみがつけてある。近づいて探してみると、溝の反対側の壁に板が立てかけてある。

このときには、オレの耳にもチェリーナが言っていた太鼓の音が聞こえるようになっていた。音はあたりの中から聞こえるように思えた。ド〜ン、ド〜ンとゆっくり低く響く音と、タン、タタタンと早く高い音が交互に鳴り響いている。ついにはゴブリンのしわがれた声も聞こえてきた。どうやら「やつらは、こっちへ行ったようだぞ」と言っているようだ。洞窟に住むゴブリンたちが、そう遠くないところまで迫っているらしい。実際、ここまでゴブリンと出会わずにこられたのが不思議なくらいだ。

「三つの選択肢がある」

オレはささやいた。

「ひとつは、ここにとどまって戦うこと、もうひとつは、扉を開けてみること、最後は、溝を飛び越えてみることだ」

「移動するべきだわ」

彼女は、そう答えた。

「でも、あたしには、あの溝は飛び越えられそうにないわ。あなた、あたしを抱えたまま跳び越せる？」

「わからん。でも、失敗すれば二人とも焼け死んじまうのはぞっとしないな」

本当のところ、オレ一人なら溝を跳び越えることはできると思う。しかし、カエルの彫像のところで、彼女がオレの言うことを聞いてくれたときから、絶対に彼女を見捨てまいと決心していた。

「扉を開けて逃げようぜ」

オレたちは、急いで扉の前に行こうとした。しかし、脇の通路に入る前に、先頭を行くゴブリンに見つかってしまった。ゴブリンは、髪の毛のない緑色の頭をした身長一・二メートルほどの不気味な人間型の生物だ。先頭のゴブリンを見ると、石のナイフと小型の弓で武装している。やつの矢は小枝よりはましといった程度のものだが、銅でできた矢尻には黒いものが塗ってある。おそらく毒だろう。ベルトと火トカゲの皮で作った腰巻きを着た先頭のゴブリンは、オレたちを見つけて甲高い声をあげた。オレが槍を投げる真似をすると、やつは慌てて角の向こうへ引き返した。しかし、後ろから大勢の仲間がやってくる声が聞こえる。

「急げ！　こっちだ」

オレはそう叫ぶと、チェリーナの手を取って脇道に入り、死に物狂いで走りだした。通路は驚くほど真っ直ぐに続いており、少し下っているようだった。後からは、脇道に入ってきたゴブリンたちがはやしたてる声が聞こえてくる。彼らはオレたちのあとをついてくるにはくるのだが、真剣に追いつこうとしている様子はなかった。まるで、オレたちをどこかに追いこんでいるかのようだ。

そして、実際にオレたちは追いこまれていたのだ。しだいに太鼓の音が、タタタタタタと速いテンポで単調な高い音になっていった。数百メートルも走っただろうか、オレたちは広い部屋に出た。そこには、子どもから大人まで、さまざまな種類のゴブリンたちが大勢いた。どうやらゴブリンのねぐらについたようだ。連中には家と呼べるようなものはなく、岩のくぼみや草を敷いた上に座りこんでいる。ゴブリンたちは、オレたちが現れると大声をあげだしたが、危害を加えようとはしない。その代わり、部屋の中央に向かって道を開けた。オレたちは連中が導くほうへと走るしかなかった。

オレたちは部屋の中央にある炉へと追い込まれた。炉でははっきりとはわからないが、おそらく人間のものらしき肉が焼かれていた。そこで何者かがオレたちを迎えた。

「ようこそ、小さな人間よ！」

深みのある低い声が響いた。

チェリーナとオレは、いままでに見たこともない化け物の前で、思わず立ちすくんでしまった。魔法の炎で覆われたデーモンに似た黒い化け物が、巨大な石の王座に座っていた。そいつには角と鋭い爪があり、四本の腕にはそれぞれ異なった種類の武器を手にしている。どの武器も魔法の炎で包まれて輝いて見えた。

オレは覚悟を決めて、貧弱な槍を構えた。化け物は恐ろしい牙をむき出してにやりと笑い、オレを真っ二つにしようと剣を振り上げた。

そのとき、チェリーナがオレの脇腹をつついてささやいた。

「だめよ。あたしの真似をしてちょうだい。それしか方法はないわ」

そう言うと彼女は化け物の前にひれ伏し、床に口づけをした。

「ああ、偉大なるお方よ！　なにとぞ、わたしたちを殺さないでください」

彼女は叫んだ。

オレはとっさに槍を頭上に上げて身を守ろうとしたが、オレの体よりも大きく炎に包まれた剣に触れると、あっさりと半分に折れて燃えてしまった。素手になったオレは立ちつくし、死を覚悟した。化け物が今度こそオレを斬ろうと剣を振り上げたとき、チェリーナがオレの足を引っぱってささやいた。

「早く伏せなさいってば！　ああ、偉大なる者よ。なにとぞ、わたくしたちを殺さないでください」

彼女は、またそう叫んだ。

オレはようやく彼女の考えが理解できた。オレの性分には反するのだがひざまずき、一度頭上に上げた手を揺らしながら下ろしつつ、何度も頭を床にこすりつけるようにひれ伏した。

「すばらしきお方よ！　どうか、わたしたちを殺さないでください。殺さないでいただけるなら、永遠にあなた様を崇拝いたします」

オレは謡(うた)うように言った。

ちょっと迷ったようだったが、化け物は四つの武器を下ろすと、王座から立ち上がってオレたちに近づいてきた。

「わっはっはっは！」

そいつが大声で笑うと、ゴブリンたちはすくみ上がった。そいつはしばらく笑いつづけた。その間、オレたちは思いつくかぎりの賞賛の言葉を叫んだ。

「ああ、万能の者よ。深き洞窟の華麗なる王よ。高貴な炎の王よ」

などなど、チェリーナの口からは、いくらでも言葉がわいて出た。こんな状況でも、想像力がちゃんと働いているようだ。

ゴブリンたちは、戸惑い恐れているようだった。オレたちがすぐに殺されるものだと思っていたのだから当然だろう。いままで、こんな態度をとった冒険者はいなかったはずだ。

「やめるんだ」

化け物が言った。

オレたちは口を閉ざし、震えながら次の言葉を待った。

「俺様のことを神のように崇めているのか?」

そいつが訊いてくる。

「それはもう、あなた様は、この迷宮の偉大な神でございます」

チェリーナが追従した。

「どうかお慈悲で、わたくしたちをお助けください。偉大なる者よ。さすれば、あなた様の行為は末長く讃えられるでしょう!」

「ふむ」

デーモンに似た者は考えこんだ。

「確かに、こうやって崇められるのは気持ちがいいものだ。なにしろ、ここの連中は俺様を恐れはするのだが、こうして崇拝してくれるわけではないからな。だが、オレはおまえたちを食ってしまおうと思っていたのだ。それを、うわべだけの賞賛で我慢しろと言うのか、うん?」

「ああ、偉大なるお方よ。わたくしたちを食べるのはいつでもできます。どうかいましばらく賞賛をお受けください」

チェリーナが懇願した。

「ああ、超越せし者よ。わたしたちは、食べてしまうよりももっと役に立ちます」

オレは思い切って提案した。

「なんだ、おまえは、さっき俺様に刃向おうとした勇敢なやつじゃないか」

バルルク（バルログ）はいかにも悪魔らしく、歯をむき出しにして笑った。

「なにが言いたいのか、ちゃんと話してみろ。この小さな人間よ。少し興味がわいてきたぞ」

「高貴なる王よ。わたしたちを今夜の夕食にしてしまったら、今後、あなた様はこの不毛な洞窟でなにをお食べになるのですか？」

オレは尋ねた。

「ゴブリン、トロール、火トカゲ、キノコ、それにたまには、おまえたちのような英雄どもを食べることもあるな」

化け物が言った。

「なにしろ、俺様の腹を満たすごちそうなんてなにもないからな」

すかさずオレは言葉をはさんだ。

「そうでございましょう。でも地上には、想像もできないようなごちそうが山ほどございます。例えば、子羊や鹿、ロブスターに魚、クジャクやエルフ、ブドウやパン、それに口から炎が出るほど辛いチリ・ソース、また神にこそふさわしい甘いチョコレートなどなど、なんでもございますとも」

「地上だと！　俺様が足を踏み入れることができぬ世界じゃないか」

デーモンがどなった。

「あんな明るい陽光を浴びたら死んでしまう」

そいつは嫌なことを思い出させられて、怒りだしたようだ。ちょっと大胆すぎただろうか？

「わたくしどもなら、そこへ行くことができますわ」

チェリーナはさえずるような美しい声で言った。

「あなた様にふさわしい、美味な食べ物を運んでこられるわけなんです」

「本当に運んできてくれるんだろうな。おまえたちは信用できるのか？」

バルルクは尋ねた。

「わたくしどもは、あなた様の偉大さを目にして、すっかり敬服いたしました。決して裏切るようなことはございません」

チェリーナは精一杯、誠実そうな声で言った。

「恐れながら、わたしの話を聞いてくれないでしょうか？」

オレは尋ねた。

バルルクはうなずいた。どうやらオレがなにを言うのか興味を持ったようだ。

「恐れず口に出してみろ。従者よ」

「あなた様は、地上に持っていけば莫大な価値がある宝物をお持ちでしょう。わたくしに宝石や黄金などの宝物を預けていただければ、地上で先ほど申しましたような美味な食物と交換してまいります。戻ってきたときに、報酬としてさらに宝物をいただけるということにすれば、わたしを信頼することができるのではないでしょうか？」

「確かに、この数百年間集めてきた、ピカピカ光るきれいな物はいっぱいあるがな。よろしい、必要なだけ持っていけばいい。ただし、おまえが地上に行っているあいだ、その女はここにとどまって、俺様を楽しませてもらおう」

「ああ、偉大なる者よ。わたしは、彼女を置いていくことはできません。二人を殺すことはできても、愛する者と引き離すことはできません」

オレはたまらず、そう口走ってしまった。

「愛している？　そんな言葉はオレの辞書にはないぞ。だがおまえが命をかけるのを見ると、どうやら愛とは強いものらしいな」

バルルクが言った。

「おまえたちをどうするかは、宝物庫に行きながら考えるとしよう。そこで、おまえは必要な宝を持って行けばいい」

「ああ、御主人様。あなた様の卑しい従者に、お名前を教えていただけますか？」

チェリーナが懇願した。

「俺様の名か」

化け物が低い声で言う。

「人間には発音できない音も混ざっているんだが、簡単にすれば俺様はシンファーシェムファーゼンと呼ばれている。だがおまえたちは〈黒き炎〉と呼べばよい」

〈黒き炎〉は立ち上がり、洞窟の奥へ進むと、後をついてこいとオレたちを手招いた。ゴブリンどもが、慌てて道を開ける。オレたちは小走りで〈黒き炎〉の後に従った。いくつものトンネルを歩き、とある部屋にたどりついた。

部屋は暗かったが、〈黒き炎〉がまとっている炎で、想像を絶する量の宝物が床に散らばっていた。あらゆる種類の貨幣が山と積まれているし、あちこちに宝石や黒曜石などが混ざって広がっている。他にも金銀でできた盃などもある。すでに死んでしまった英雄たちの武器や鎧も見える。それはもう無尽蔵と言っていいほどで、以前一回見たスリーミアの宝物庫をはるかに上回っている。

「これはすばらしい！」

オレは叫んだ。

「なにゆえ、こんなに集められたのですか？」

「もちろん、どれもきれいだし、中には魔法がかかっている物もあるからな。だが、ゴブリンどもがこれを奪い合って争わないようにという理由もある。連中はここにあるいちばんつまらない宝物でも、殺し合ってしまうだろうからな」

〈黒き炎〉はそう答えた。そういう理由で、彼はいつもゴブリンたちに注意を払っていたのか。

「だが食える物はひとつもないのだ。両手で持てるだけの宝物を持って、ごちそうを手に入れてこい。それだけあれば充分だろう」

「なんて気前がよい裕福な王様なんでしょう！　宝物を取ってもよろしいですか？」

チェリーナが言った。

「よかろう」

そう言うと、ほとんど神と言えるほどの力を持つ〈黒き炎〉は、振り返ってゴブリンのリーダーを呼びつけた。

「ガーグスノークよ。こいつらを地上まで送り届けよ。もちろん出口を守っている衛兵を避けてな」

「ほ、本当に行ってもよいのですか？」

オレは尋ねた。これほど計画どおりにことが運ぶとは思わなかったぜ。

「よかろう。俺様の従者として地上に赴くがよい。だが、裏切ったりしないように魔法をかけさせてもらうがな。俺様を敬うかぎり、おまえの守り神でいてやろう。だが、もし裏切れば、待っているのは死だけだぞ」

〈黒き炎〉は手を伸ばし、オレとチェリーナをつかんだ。やつの炎がオレたちの体を駆け巡り、オレたちの体は炎に包まれた。だが、焼き殺されはしなかった。

「これで、俺様の一部が常におまえたちを見張っているわけだ。俺様の命令を聞いているかぎり無敵の力を得たことにもなる」

〈黒き炎〉はオレたちを離した。オレは驚きの目でチェリーナを見つめたが、彼女の顔にも同じ表情が浮かんでいた。なにしろ、彼女の体のまわりに炎がちらついて見えるのだ。おそらくオレも、そう見えるのだろう。しばらくすると炎は見えなくなった。だが、体に力が宿った感じは残った。

それから数十分間、オレたちは、ありとあらゆる美辞麗句を並べ立てて、深き洞窟の偉大な王を賞め讃え続けた。そのうち、〈黒き炎〉がもうよい、食事の時間だと言って、オレたちを黙らせた。寛大な〈黒き炎〉が、オレたちと一緒にキノコやトカゲのステーキを食べるのを見て、ゴブリンたちはさぞかし驚いたことだろう。

食事のあと、オレは思い切って尋ねてみた。

「ああ、すばらしき王よ。あなた様は、強力な魔力をお持ちですね？」

「俺様の魔力は他に類を見ないぞ」

〈黒き炎〉は自慢した。

「あなた様の従者の悩みを聞いていただけないでしょうか？」

オレは大胆にもそう言った。

「なにをして欲しいのだ？」

バルルクは威すように尋ねた。

「あなた様の手を煩わせて申し訳ありませんが、わたしにかかっている呪いを解くことは可能でしょうか？」

「なんだと！　オレ様の力を疑うのか！」

〈黒き炎〉が叫んだ。

「オレ様に解けない呪いなどない！　どんな呪いか言え、言うんだ！」

他にどうにかしようがあったろうか？　オレは〈黒き炎〉に、いかにして例の魔女に呪いをかけられ、オレがキスした相手がカエルになっちまうことになったかを説明した。

「そんなすばらしい力を捨てたいと言うのか？」

〈黒き炎〉は驚いて、そう言った。

「やはりおまえたち定命の者の考えは理解できん。よかろう、呪いをガークスノークに移してやろう。きっとありがたがるぞ」

彼は炎に包まれた手をオレの胸に当て、オレには理解できない言葉で呪文を唱えた。オレはなにも感じなかったが、バルルクの手が離れると、実験してみていいかな、とチェリーナに尋ねた。

「きみがカエルになりたいのなら、まずかったかな？」

オレは歯をむき出しにしてまぬけ面で笑った。

「というわけで、わが友ビンブルよ、この食料と香辛料がいっぱいにつまった荷車をこっそりと運び出さないといかんし、伝説の料理人と言われたおまえに一緒に行ってもらいたいんだ。ほらよ、これが当面の報酬だ。もし、地下迷宮の王、〈黒き炎〉様にお仕えしてもらえるなら、もっともっと手に入るぜ」

ビンブルは、ゴブリンが引いている覆いがかかった荷車とオレを疑いのまなざしで見つめた。そして、貪欲そうな目を受け取ったダイヤモンドの腕輪にやり、すけべ丸出しの目を美しいチェリーナに移した。彼女がウィンクを投げると、彼女の顔の周囲に燃えたぎる炎がはっきりと見えた。ホビット野郎の驚いた顔といったら見ものだったぜ。

「わかった。オレっちになにをしろと言うんだ？　もうちびっと宝をくれれば、なんでもしてやるぜ」

そう言うと、ビンブルは巣穴に飛びこんだ。そして十分後、あいつはパンパンにふくらんだ背負い袋をしょって穴から出てきた。オレたちは荷を満載した荷車に乗ると、西へ向かって出発した。

これで、エルザッツのちくしょうを高貴な〈黒き炎〉様の領地におびき寄せる方法さえ思いつけば、ジージットの仇（かたき）が討てるってもんだ。チェリーナとオレはいまも〈黒き炎〉様のために働きつづけている。オレたちゃ転んでもただじゃ起きないのさ。

魔術師あるところ道あり

Where There's a Wizard There's a Way

ベア・ピーターズ　安田均訳

「面倒なことになったぞ」

その言葉を裏づけるものは、イバラの茂みにしゃがむわたしの位置からはほとんど見えなかった。注意を引いたのは、北コースト高地の森の開けたところ——昇ったばかりの太陽が金色の光を降りそそぐ、のどかな光景——だった。草は三十センチにも満たない。あちこち緑の下草が大きな輪を描き、野生の花もちらほら咲いている。わずかにこの草地の静けさを乱しているのは、翡翠(ひすい)色の土台にはめこまれた四角い月長石(ムーンストーン)さながらの、灰色の石造りの城だった。

「あの城なら少なくとも五十人の兵がいる」

傍らの屈強そうな戦士が低い声でつぶやく。この鎧の人物はわたしの友人で、ときには護衛ともなってくれるアレクサンドルだ。彼の黒い眉は人を威嚇するほど太く、わたしたちがともに行動するとき大いに威力を発揮した。

わたしたちは草地の端まで這っていき、自分が招いた事態を目にした。眠れる岩の堆積——その堂々たるたたずまいに、わたし個人はコーストにいればよかったと思った。

「行こう、アレックス」

わたしは優雅に、いやせめて静かに、茂みから這い出そうとした。

「ヘルム将軍には言葉を選んで話すことにしよう」

小さな声でぶつぶつ言いながら、傷ついた熊ほども物音を立てずに、わたしの相棒はイバラの中から出てきた。わたしたちはにわか造りのキャンプに戻る道を歩き出した。

どうしてこんな窮地に陥(おちい)ったのだろう？　今度の仕事の相手である、あのご立派な将軍との会話が思い浮かんできた。コーストの居酒屋〈老いぼれクーティー亭〉で出会ってから、田舎道をてくてく歩いてもう七日。

「この仕事は……

……ちょろいもんさ！」

テーブルの向こうのたくましい赤髭の戦士が笑った。両手でテーブルをバンと叩いたので、彼が自分で置いた凝った飾りつきの兜が横倒しになった。

「たった十人かそこらだ。ちょいと行って、きみの腕前を見せてやればいいんだ。火の玉や、いろんな爆発や、稲妻なんかを見たら、やつらは降参して門を開けるに決まってる。はっはっは！　こんな簡単なことがあるかね？」

ヘルム将軍はまるで樫の木のような腕を伸ばし、カーマッド産黒エールの大ジョッキをつかんだ。あっという間に飲み干して、もう一杯、と怒鳴る。

将軍の注意をもう一度仕事のほうに向けようと、わたしは穏やかに話し始めた。

「まったく結構なお話です、ヘルム将軍。わたしの少なからぬ技能と、この包囲戦の専門家たちの才能を提供しましょう」

わたしは三人の友人のほうに手を広げてみせた。こうした居酒屋で酒に包囲されても、もっと恐るべき砦などでは包囲されない面々だ。仲間たちもわたしと同様に、将軍が計画の全貌を明らかにするのを待っていた。

「おしゃべりとそのたくましい体格の他に、あなたはなにを提供してくださるのです?」
要点だけを言うと、わたしは上体を後ろに反らし、エルフのヴィンテージ・ワイン、シルヴィヌリアンの九年物を一口やった。見たところ田舎風の居酒屋だが、〈老いぼれクーティー亭〉には、ワインの他にもいろいろと気の利いた品がそろっていた。

「こりゃ手厳しい、魔術師殿! この俺がへいこらして、智略家フィンガルフの助けを請うというのか? 物乞いのように? いやいや、とんでもない! ワッハッハ!」

ヘルムは頭をのけぞらして割れんばかりの笑い声をあげ、居合わせた客たちの好奇の目を引いた。

自分の手柄はかなりの賞賛を受け、冒険仲間からも尊敬されているものとわたしは自負していた。それにしても、彼の笑い声はどうもわざとらしく不自然な感じがする。

息を切らせながら、戦士は続けた。

「アー、フー! 魔術師はユーモアがわからないと聞いていたが……。いや、俺は一人じゃなく、六十五人の精鋭を連れてきた。大断崖地方のこちら側では最高の兵士で、半分以上が訓練を積んだ古参兵だ。これでわかったろう? あんなわずかばかりの守備兵を脅しつけるのは、造作もないことだよ」

将軍は味方してくれる者はいないかと、テーブルを見回す。誰もいないので、言葉を続けた。

「俺が手にした確かな情報によると、男爵の兵の残りは、襲撃してきたオーガーを迎え討つため、城から一日かもう少し行ったところまで出かけているということだ」

髭の戦士は言葉を切った。それから、ずっと静かな調子で続けた。

「では、魔術師殿、やってもらえるのか、もらえないのか? グリンボウ男爵の財産を奪って逃げるつもりなら、すぐに行動しなくてはならん」

ヘルムは大ジョッキの縁越しに、刺すような目つきでじっとわたしを見た。

「それとも、本物の魔術師を探さなくてはならんのかね？」

ビールをぐいっと一杯やって、答えを待っている。

〝いいだろう〟とわたしは思った。〝いまは引き下がって、臆病者のように思わせておいてもいい。それとも、この見知らぬ戦士の頼みを内容もよく知らずに引き受けるかだ。伝説――それとも死体――どちらが残るかというだけのこと〟

一方、わたしたちの仲間には資金が不足しているのもはっきりしていた。どんどん増えていく勘定を催促されないのも、居酒屋の主人の老バターマンとわたしが友人だからにすぎない。わたしはテーブルの周りの顔を一人ずつ見て、将軍についていくかどうか、友人たちに無言の問いを投げかけた。

いつものようにわたしの右には、アレクサンドルが座っている。友人であり、護衛であり、雇われ戦士だ。なんでも屋の彼は、わたしが魔法に使う品物も運んでくれる。彼は同意のしるしにうなずいた。わたしの決めたことに黙って従ってくれるだろう。アレクサンドルにとっては、うまい食べ物と女と金貨さえ手に入るなら、どんな戦いも同じだった。

そのさらに右、将軍の隣に座っていたのは、旅の途中で仲間に加わった若い冒険者ファルコ・アンダーフットだ。お宝探索は彼にはカザンの銅貨のように新しい経験だったが、機転とホブならではの弓の腕前のために、わたしたちにとって貴重な存在となった。背丈は九十センチ足らずだが、たいていのホブよりはデカかった。それでもテーブルの上にやっと頭が出るだけだ。くしゃくしゃの縮れ毛のせいで、有能な冒険者というより、歳若い少年のように見えた。

そばかすだらけの顔には、考えこむような表情が浮かんでいた。

「こいつはちょっとおかしいよ」

いったん言葉を切り、肩をすくめてつづける。

「あんたの優れた経験には敬服している。だが、こんなのはおいらには初めてだ。地下迷宮の方が性(しょう)に合ってるよ。洞窟(トンネル)の中なら誰が味方かわかる——敵はたいがい緑色だね」

わたしの左には四人の仲間のうちただ一人の異性、ドワーフの女性がいた。若くてドワーフにしてはなかなかスタイルがよく、感じも悪くない。ルビーと名乗っていたが、わたしたちはみな、当然これは本当の名前ではないと考えた。ドワーフの女性は六人に一人がルビーという名前なのだ。

ドワーフは名前や一族をひじょうに秘密にしたがり、時期がくるまでは明かさない。ドワーフの女性を洞窟や砦の外で見ることはめったにない。こういう身近にいないということとドワーフの男性はみんな髭を生やしているということから、ドワーフの女性にも髭があるという伝説が生れた。ルビーや彼女の姉妹たち冒険家は、こんなつまらない考えは誤りだということを身をもって示していた。

ルビーの背は一メートル足らず。ファルコと同じように、ルビーもテーブルからやっと顔が出ているだけだ。しかし、ファルコとは違って、ダイヤモンドのかけらのような目が黒い眉の下からじっと見ているので、脆弱(ぜいじゃく)な若者だと錯覚することはない。非常に熟練した鉱夫であり、どこへ行くにもドワーフの魔法のつるはしを持って行く。ドワーフとして、わたしたちの「会計顧問」でもある。ルビーの金貨の扱いは息を呑むほど見事で、収入の少ないときもうまくやりくりしてくれた。ルビーに取り引きを任せておけば、商人に粗悪品をつかまされることはない。

いつも言葉数は少なかったが、遠慮なく要点を突いた。ルビーの言葉はつるはしを石に打ちこむように、テーブル一面に鳴り響いた。

「報酬は半分ちょうだいね！」

ヘルム将軍は口からビールを吹き出した。ちょうどそのとき、大ジョッキをぐいっとやったところだったのだ。将軍は溺れそうに喘いで見えた。

「うっ、ぐはっ！　半分？　半分だと！　気は確かか、女ドワーフ？」

彼は哀願するようにこちらを見た。

「この女をマジで連れてかないといけないのか？　きみたち四人だけで半分！」

ヘルム将軍は気づかなかったが、彼がわめきたてたことで、わたしの気持ちは決まった。ルビーはわたしたちの仲間なのだ。「女ごとき」の判断だといって疑うのは、ルビーと一緒に旅をしているわたしたちの判断を疑うことだ。もはやわたしに必要なのは、将軍の申し出る金だけではなかった。これから彼が手に入れようとしているものを、すべて半分もらうことに決めた。

わたしは小声でつぶやき、それから戦士に向かって言った。

「将軍、ドワーフがこのアイテムの価値を品定めしたんですよ。本当に言い争うつもりですか？」

わたしがこう言うと、赤毛の戦士の周囲の空気が急に冷えこんだ。魔術師であるおかげで、小声で相手の椅子の下に冷気の呪文をかけて、話の要点を強調することもできるのだ。

「まあまあ、将軍」

わたしは目だけは除いて、顔をよぎる微笑を浮かべて言った。

「あなたの六十五人に対してわたしたちは四人ですが、おわかりのようにわたしたちには隠れた力があります。それに――――」

わたしは最後を引き伸ばす。

「あなたは魔術師を必要としている！」

ヘルムはわたしをまっすぐに見た。まるでなにか秘密の考えか、弱味でも見つけようとしているかのようだった。とうとう、はるか卓の下の乗馬靴からこみあげてきたかと思えるほどのため息をついて答えた。

「アー、ハー！　魔術師とドワーフが相手じゃ、まっとうな戦士に勝ち目はない。兵士たちに説明するのにどえらい時間がかかる。しかしきみの言うとおり、確かに魔術師が必要だ」

髭の中にオオカミのような笑みが広がった。

「では魔術師殿、決まりだ。半分は君たち、半分は俺だ」

テーブルの上に獣のような手を出して全員と握手する。

ヘルム将軍は立ち上がり、赤く染めた馬の毛がとさかのようについている風変わりな兜を手にした。

「日の出の一時間前に、北門で会おう」

彼はくるりと背を向けて行こうとして、立ち止まった。

「最低一週間分の食料を持ってきてくれよ。ハッハッハ！　それでも、少しは……」

「……努力せんとな、獲物の半分が欲しけりゃ！」

「少しは、ですって？　ご覧になったでしょう？　あの城壁のなかには少なくとも五十人はいますよ」

わたしはヘルム将軍に食ってかかった。

「料理人と馬具係を除くと、五十三人です」

ヘルムの偵察兵の一人が口をはさむ。将軍とわたしが怖い顔をしているのを見て、キツネのような顔の小男は調子外れの口笛を吹きながら行ってしまった。

「将軍、あれだけの兵士では、敵を城に閉じこめておくだけでもやっとのこと、城を取るなど論外です。計画はすっかり御破算です！」

　わたしにはこの論理の進め方は当然だと思われた。わたしはすでに、居酒屋の主人のバターマンに支払いをもう少し待ってもらう方法を考えようとしていた。すると、鎧姿のあの間抜けがまた言い始めた。

「そこなんだよ、親愛なるフィンガルフ、智略に優れた魔術師殿。だからきみに来てもらったんだ。ただついてきただけで、なにもせずに、獲物の半分をほいほいと持って行こうと思ってるのか?!」

　率直なところ、それこそわたしが望んでいたことだったが、どうもそういう議論では解決しないように思った。わたしはもう一度説得にかかった。ヘルム将軍の板金鎧に守りを固めた頭の中にもいくらかは届くかと望みをかけたが、無駄だった。

「あの城壁は少なくとも一メートルの厚みで、それも固い石なのですよ、ご立派な髭面の方！　わたしに何をしてほしいのです？　あれを消せとでも？」

「まあ、そんなところだ」

　将軍は胸に手を組んで、期待をこめて待っていた。わたしの務めをこのように簡単に説明さえすれば、黙って従うとでも思っているようだ。紛れもなく、このウドの大木が期待していたのは、わたしが城の上まで飛んで行き、守備兵をスズメに変え、石の壁を消すことだった。まあ、ぼんくら魔術師もいれば、大魔術師もいる！　もしこのわたしにグリンボウ城の石の壁を消すほどの力があったなら、〈老いぼれクーティー亭〉で仕事を探してなどいない。実際、なにかを消すことができるものなら、まず目の前の無骨者から大喜びで始めただろう。

「誰を雇ったと思っているのです、偉大なるビヨルン、それともビオロム、ひょっとしてカーラ・カーン？

わたしの技能のなかには、うず高く積まれた石を消し去るのは入ってはいません」

こんなことで単純馬鹿を相手に議論することになるとは、信じられなかった。わたしは別のやり方を試してみた。

言うことをきかない子供を丸めこむときの調子で、わたしは言った。

「無茶を言わないでください。兵士があと二、三百人いたなら、なんとかできたかもしれません。でも、これでは……」

申し訳なさそうな顔をして、言葉を濁（にご）す。

総指令官はわたしをぎらりとにらみつけた。眼光のすさまじさには、居酒屋の壁のペンキもめくれあがるかと思われた。

「おまえは魔術師だと言ったぞ！　この任務を引き受けたんだ。〈老いぼれクーティー亭〉の客の半分は、俺たちが握手したのを見ているんだからな」

やっとわたしにもわかった。どうりでこの馬鹿頭、天辺から抜けるほど大げさな笑い方をしたわけだ。

将軍の声は、暴れ牛の引く荷車のように鳴り響いた。

「俺が茂みの中にこそこそ逃げこんで、あれを忘れてしまうなんて思ったら、とんでもないぞ！」

彼は顔を紫色にして言葉を切り、大きく息を吸った。大爆発が来るなと思い、わたしは足を踏ん張った。

「物のわかった戦士なら、誰もおまえを雇わないようにしてやるからな。〈竜の口〉地方からカルテジャン平原まで、そこらじゅうの居酒屋で言いふらしてやる。おまえをとっちめてやるぞ。お、おまえなんか……〈魔術師組合〉に密告だ！」

ヘルムは息を切らしてハアハア言いながら、背中に吊るした大剣に手を伸ばした。

アレックスは両刃の戦斧の柄に手をかけた。周りを取り巻いていた戦士たちは賭け率を決めて、二手に分かれた。わたしたちが対決している横で、激しい賭けのやり取りが始まった。兵士の全部が全部、将軍の味方ではないとわかって、わたしは大いに喜んだ。とはいえ、わたしとの武力対立に関心が集まっているのは、城の前に進み出て門を叩くのと同様、おもしろくないことだった。

「まあまあ、ヘルム将軍！　こんなに弁がたつとは思いませんでしたよ」

将軍は動きを止めてじっとにらんでいたが、剣の柄から手を離した。わたしはこの機に乗じた。

「わたしは実際には組合には入ってはいませんが、あの人たちとは友好的にやっています。ですから……別の考え方をしようではありませんか」

このころには将軍の怒りもなりをひそめてしまったので、兵士たちは興味をなくし、野営の用意をしに行った。

わたしは将軍を大きな切り株の方へ手招きした。最近切られたばかりで、テーブルにちょうどよかった。

「城には見張りをつけてあるでしょうね？　人の出入りはありませんか？」

旅行用の荷物を下ろしながら言った。

赤髭の戦士は凝った飾りの兜を取りながら、ぶつぶつと言った。

「むろん、見張りはつけてある。俺をなんだと思ってるんだ？」

〝なんでもいい〟とわたしは思った。〝そう、神様だって、小魚だって。いちいち挙げていたら一日はかかる〟わたしは荷物の中をひっ掻き回して、やっと木炭を見つけた。

「ひょっとして、破城槌のように役に立つ物は近くに隠してないでしょうね――たとえば投石機とかカタパルトとか？」

戦士のむっつりした顔を見てわたしは続けた。

「やはりね。結局、わたしが近づいて行って降伏を勧めるというだけの計画だったのですね。もちろん、コーストにいたときには、敵はもっと少ないということでしたが」

わたしは片手を上げて、将軍がまくしたてようとするのを制した。

「わたしの手助けと軍勢風(ホーステイル)のちょっとしたごまかしをやれば、あなたの提案した計画がうまくいかないとは言いません。さあ、これを見てください……」

わたしは切り株の上に描き始めた。


グリンボウ城に通じる道は、近くの小さな村から出ている草の生えた道だけだった。わたしたちは計画に必要なものを手に入れるために、この村に出かけた。わたしたちが城から来たのではないとわかると、住民はたちまちわたしたちに興味を示した。品物の売買か、交換ができそうだと考えたのだ。商売の企てに熱心な彼らには気の毒だが、わたしたちはみんな一文なしだった。

住民の話では、グリンボウ城で必要なものが生じると、軍のお偉方がここにやってきて、略奪するのがいつものことで……それと一緒に、手の届くところにある貴重品はなんでも持っていくのだという。このため、村じゅうにかなりの不満の声があがっていた。人々はえらそうな男爵がやっつけられるのを見たがっているようだった。

借りは働いて返すということでよければ、取り引きができるだろうとわたしは切り出した。人々は最初のうち乗り気ではなかったが、わたしたちになにが必要で、交換の条件はなにかをはっきりさせると、やっと話がついた。

要は、このあたりに魔術師はいないのだった。最後にいた魔術師は、待ち伏せしてグリンボウを暗殺しようとしたために、殺されたという。まったく、田舎の人間につきものの病気の数には果てしがない。大勢の若者が街への道へ冒険に出かけていくのも不思議ではない。わたしは癒しの呪文を使いまくり、とうとう一言も唱えられないほど弱ってしまった。そこで、小屋に行って休んだ。その間、ファルコとアレックスとルビーの指導で、将軍はわたしたちが計画した喜歌劇の準備を整えた。

わたしは横になったばかりだとしか思えなかったが、女性のささやく甲高い声がした。

「起きなさい、不精者。仕事よ！」

わたしは寝返りをうち……どさっとベッドから落ちた。午後だ。間違いない。戸口からの光がまともに顔に当たっていた。失った力を取り戻そうと横になったときには、こうではなかった。まだぼんやりしたまま、わたしのごまかしがうまくいくかどうか試すときが来たのだと思った。

「不精者！」

ドワーフは不満そうにくり返すと、足音高く小屋を出て行った。

目は覚ましたが、決して爽快とはいえない気分で外に出ると、将軍の兵が二列に分かれていた。とさかつきの兜を被ってまばゆく輝くばかりの将軍が、最初の列を率いていた。磨きあげた鎧を着て、その上から深紅色のマントをつけ、軍勢唯一の本物の軍馬にまたがった姿は実に見事だ。列にいる兵たちは、真紅の陣羽織に見せたいようだが、普通のくすんだ色の外衣を着ていた。ありふれた織物を大急ぎで染めたため、深紅というよりえび茶色に見える。

第二の列も同じようないでたちだったが、陣羽織だけは黒だったので、立派に見えた。この列を率いるのはアレクサンドルだ。いつもの灰色の鋼鉄の環鎧の上に、黒いチェニックを着ている。背中には黒いビロードに包んだわたしの杖を吊るしている。これはわたしが緊急のときに使う特別製の魔法の杖で、安全のためにアレックスに運んでもらっている。

アレックスがかぶっているのは、将軍の兜によく似た模造品だった。村の鍛冶屋でルビーが造ったもので、兜の飾りに垂らしてある黒い尾は、村の子馬から失敬した。アレックスのために用意した馬は、せいぜいばかでかい農耕馬だった。それでもその背にわたしの友人が乗ると、納屋の巨獣（ベヒモス）は思ったほど不釣り合いには見えなかった。先頭の両者を一緒にして見れば堂々としたものだった。

わたしは旅の荷物から探し出して、黒いフードつきのマントを着た。全体に施された銀糸の縫取り模様は、世界中のどこの言葉にもない文字のように見えた。実は、この美しい模様は、わたしの知り合いのエルフの乙女が意味のない唐草模様（アラベスク）風の文字に刺したものだった。このマントを身につけるといかにも近づきがたいように見える……まさに魔術師の力の象徴だった。年老いた灰色の牝馬にまたがっているのだけが、わずかな欠点だったが。

支度ができたので、先触れ役のファルコが前を子馬に乗り、わたしたちは城に向かった。午後の日射しを受けて砂ぼこりを上げながら行進する様は、壮観だった。アレックスとヘルム将軍は最初に城の前の空き地に出た。アレックスは右を向き、ヘルムは左を向いた。隊員たちは実に整然と秩序だっていた。列は十五人ずつ距離をあけた。それから隊長たちは道のほうを向き、歩兵の列がうねるようにして後に続いた。わたしたちの前には十五人が二列、それぞれ三十人の兵が道の左右に並んでいる。アレックスとヘルムは真ん中に陣取って、わたしを待っていた。

わたしはこの陣形の後方、行進で舞い上がった砂ぼこりの真っ只中にいて、ある重要な魔法の準備をしていた。わたしの後ろには残りの五人がいて、先に長旗（ペナント）のついた矛を持っている。わたしは杖を掲げて唱えた……本当は凝った飾りのついたテントの支柱なのだが、その日早くにこうした場合に備えて、その場しのぎの魔法の杖に変えておいたのだ。試してみたが、数回の呪文には耐えられるはずだ。

「現れいでよ
わが軍勢、
深紅の陣羽織を着た
騎兵隊！」

わたしは右のほうに手を振った。すると、ヘルム将軍の兵士の後ろに、武器を手にした十五人の騎兵の列が現れた。降ってわいたように現れるところが、うまく砂ぼこりに紛れてくれるとよいのだが。この騎兵たちの陣羽織は、将軍の兵のえび茶色より少し鮮やかすぎたが、しかたがない。左を向いて、もう一度杖を振り上げ、呪文を唱えた。

「黒き陣羽織は
大胆不敵な騎兵団、
敵方たちよ
目にも見よ！」

アレックスの列の後ろに新たな騎兵の列ができた。ここでも砂ぼこりが消えないうちに、今度の幻（まぼろし）騎兵の出現も隠してくれたらと願った。幻はその場にじっと立っていた。実は、わたしには動かすだけの力は残っていなかった。それには、一歩ごとに次々と幻を作り直さねばならず、もちろん前の魔法も解かねばならない。この早わざをやってのけるには桁外れの力か、はるかに熟練した魔法の技が必要なのだ。

この一仕事で息が切れ、額に汗も噴き出してきたが、わたしはフードを引き上げ、老いた灰色の牝馬を駆り立てた。ファルコは偉そうな微笑を浮かべ、わたしの前を行く。アレックスとヘルムは離れてわたしたちを通し、五人の矛兵の後に続いた。

砦まで半ば近づくと、木を丸ごと五本まとめて鉄の帯をはめ、礎石から綱で引き上げてある門という名の遮蔽物があった。

大声が響く。

「止まれ！　何者だ？」

わたしはそ知らぬ顔をして進むことにした。敵がどの程度警戒しているの見きわめ、こちらを軽く見てはならぬことを示すのだ。もちろん、弩（アーバレスト）の太矢が飛んでくるのは軽く見られるどころではなかった。ファルコの子馬の足元の地面に、太矢がぶすっと突き立つ。

「止まれ！　返事をしろ。さもないと次はおまえを撃つ」

再び大きな声がした。わたしたちは止まった。だが、わたしは矢狭間を備えた城壁の上で、ちらっと動くものを見ないではいられなかった。

「姿を見せろ。わが主人は姿なき者には答えぬ。臆病な犬どもも相手にはされぬ！」

いいぞ、ファルコ。彼は完璧に先触れの役目を演じている。わたしは口がからからになって、一言も言えなかった。

狭間の間に立ち上がる人影があった。アレックスやヘルムほど背は高くないが、胸板はがっしりしていた。錆で茶色くなった鎧に、ひしゃげたスープ鉢みたいな鉄の兜。左の目に眼帯をしていて、盗賊のような風貌だ。盗賊のような！

わたしの計画は城壁内に魔術の使い手がいないことを前提にしていた。もしこの男が盗賊で、なにかちょっとした魔法を知っていたなら困ったことになる。すでに男はファルコに向かって大声を張り上げていた。

「そうら、小っこいの、これで見えるだろう？　なんの用だ？」

わたしはそいつが気にいらなかった。なぜか自信たっぷりのようだ。この錆だらけの鎧を着た太っちょは、どこまで読んでいるのだろう？

ファルコの演技は続いた。

「我らがお相手する方のお名前を承りたい、それとも名もなきお方か？」

そいつはわたしたちの力に探りを入れようと、いろいろな表情をして見せた。だが恐怖の表情はなかった。

「俺はトーガー・アイアンハンドだ。グリンボウ男爵に代ってここを指揮している。さあ、用件を言え。さもなくば、すぐに立ち去れ」

「わたしはファルコ・アンダーフット、偉大なる魔術師ビヨルン殿の先触れ役である」

ファルコはマント姿のわたしの方を手で示した。

「ここにおられるはその指揮官、紅色死神軍団のヘルム将軍と、悪夢戦士団のアレクサンドル将軍である。眼前に居並ぶは、その前衛部隊である」

さて軍団というのは本来、騎兵と歩兵を合わせた約千人の兵のことだ。その軍団が一個も向かってきそうだと言うことになれば、コーストくらいの大都市でも蜂の巣をつついたような騒ぎとなる。こんな頼りなさそうな守備隊の主人なら、恐ろしさのあまり体が痺(しび)れてしまうにちがいない。

ファルコは練習通りにしゃべり続けた。

「偉大なるわが主人ビヨルン殿は、グリンボウ男爵と一戦交えんがために来た。男爵が卑怯にも姿を見せぬ場合には、代償としてその財宝をいただく」

有名で強大な魔術師の名を使うのはちょっと危険だが、コーストの民政職についてからというもの、ビヨルンはなかなか多忙の身だ。居所の見当はついている。それに……これがうまくいけば、彼も悪い気はしないだろう。もし失敗した場合には、もっと大きな問題を心配しなくてはならないが。

しばらく沈黙があった。わたしはファルコを手招きした。台詞をつけてやってから、城の方角に弓を射る真似をした。ファルコは自分の場所に戻って演技を続けた。

「主人ビヨルン殿には、臆病なグリンボウが逃げたことはお見通しである。ビヨルン殿のお情けにより、おまえたちの命と身につけているものは見逃してくださる。もし……もし城を捨て、城および城内にあるものをわれわれに引き渡すならばだ」

口上を述べてしまって、ファルコはひと息入れた。

もっと強力な最後通牒が必要となってきた。わたしはアレックスのほうに身を乗り出した。アレックスはわたしの提案を聞いて大声を張り上げたので、芝居は終わったも同然と思っていたファルコはびっくりした。

わが護衛アレックスの声が響き渡る。

「城の者ども、よおく聞け！　心臓が百回打つ間に返事をしてもらおう。さもなくば、お前たちの骨は大地に散ることになるぞ」

城壁の相手が返事をしようとしていたところへ、アレックスの挑戦の言葉が轟いた。すぐに相手は城壁のなかに消えた。

わたしは将軍の方に向き直って訊いた。

「提案を受け入れると思いますか？」

ヘルムは馬上から振り返って、軍団を見渡した。

「三十騎しか出せなかったのか？　とても軍団には見えん」

やれやれ、気分が滅入ってきた。この計画にもっと確信を持ってもらいたいものだ。そうすれば心の支えになるのだが。

再びトーガーが城壁の上に現れた。

「俺の言葉は少ないが、どれもおまえたちのような傲慢（ごうまん）なやつの耳には入らないだろう。自分の骨を心配するんだな、お偉い魔術師殿、この石でもくらえ！」

石と言う言葉が発せられると同時に、城壁のなかからズンという音がした。頭上に大きな石が飛んできた。アレックスの兵のまん前に落ちる。石は跳ね返り、大急ぎで歩兵が飛び退いた場所を抜け、偽物の騎兵隊の列にまっすぐ突っこんだ。騎兵隊はあっという間に消え、幻だということを暴露した。石は弾んで森の中に消えた。

すでに、将軍の馬は森を目指して駆け出していた。

「逃げろ！」

ファルコのために叫ぶと、アレックスとわたしは矛兵を助けにかかった。二人は将軍のすぐあとに続いて逃げていた。後の二人を馬の背に引き上げ、全速力で空き地の端に向かった。わたしの牝馬はほとんど最初から遅れた。

背後でまたしても、ズンという音。うなじの毛が逆立った。わたしたちを狙っているのか？　またしても山のように大きな石が――わたしの想像力が過剰でそう見えたのかもしれない――もう一つの騎兵の列にぶつかり、魔法が解けた。城壁から笑い声が響いた。

そのころには、軍勢のほとんどは森の隠れ場に着き、残るは後わずかだった。ファルコの子馬は恐慌を起こして、町への道を突っ走った。あのホブは子馬の背中でぴょんぴょん跳ねながら、「ウオー、ウオー」と叫んでいたが、とうとう見えなくなった。

アレックスの農耕馬は立派な軍馬に匹敵する働きをし、まっすぐに空き地の端のイバラに向かった。アレックスは馬の背から飛び降り、滑りながら止まると、さっと戦斧を引き抜いた。不運な矛兵は乗ったまま立ち並ぶ木々に衝突し、馬の背からなぎ払われた。ドスンと地面に落ちると下生えの中で気絶した。

わたしは道の方へと退却したが、恐怖に脅えた馬はまるで役に立たなかった。牝馬の速度はだんだん落ちてきた。荒い息をつきながらそれでも速足ではあったが、いまにも大儀そうなゆったりした歩調になりそうに思えて、すぐに矛兵とわたしは飛び降り、茂みに逃げこんだ。

森のかなり安全なところに着くとすぐ、城のほうを振り返った。最後の矛兵が空き地に取り残されていた。兵士はなんの目的もなくただ恐怖のために矛をしっかりと握って、道を右へ左へと走り、行きつ戻りつしていた。彼が一歩か二歩片側に逃げる。すると、城の守備兵は彼の足もとに弩の太矢を放つ。そこで、彼はもう一方へと逃げる。だが、それも束の間、別の矢が行く手をさえぎり、それを見て城の連中は面白がるのだった。笑い声が耳に響き、矛兵は無茶苦茶に動き回っていた。残酷な射撃練習の的だった。

わたしは向こう見ずな行動には乗り気でない。

戦うより話をする方が向いている。優れた魔術師は誰でもそうだ。巧妙さがわたしたちの商売道具で、物事がうまく行くように少し魔法の力を借りる。だが、わたしの計画のせいで取り残された兵士が、追い詰められてこんな目に会っているのを見て、怒りが燃え上がった。

わたしは隠れ場から出て、恐怖に取りつかれた男に向かって叫んだ。

「こっちに走れ。恐れるな、守ってやる！」

どんなかすかな希望も、彼には充分だった。矛を低く構え、猛スピードでまっすぐわたしの方に走ってくる。獲物の豹変ぶりを見て、トーガーは中庭に向かってどなった。

「射て！」

今度はやつは本当に真剣だったが、わたしもだ。これはわたしに対するトーガーの挑戦であり、矛兵の命がかかっていた。

恐怖に脅えた男は走った。

投石機がまたしてもズンと響いた。

大きな灰色の石が城壁の上高く舞い上がり、すごい勢いで、狙い違わず飛んできた。それは逃げる男の数メートル後ろに落ち、いったん跳ね上って、兵士を虫けらのようにぺちゃんこにしてしまうだろう。わたしはテント柱のまにあわせの杖を掲げて、呪文を唱えた。

「理性の力よ、
消え失せろ。
走れ、兵士、
風よりも速く！」

石は彼の後ろの地面にあたって跳ね上り、空中を十メートルは飛んだ。逃げる戦士のほうにまっすぐ向っている。杖から火花が飛び出し、矛兵の腹部にあたった。突然、戦士の脚がぼやけて見えた。弓から放たれた矢のように、戦士は石を引き離して、わたしのほうに飛んできた。

石は一、二回跳ねたあと、追跡をあきらめたとでもいうように動かなく無害になった。

わたしはすばやい頭のめぐりに得意になっていたが、たちまち過ちに気づいた。脅えきった戦士はまだ石の脅威にとりつかれていて、彼を救うために起こした変化がわかっていなかった。彼は矛をわたしの胸に向けたまま、やみくもに突っ込んでくる。

大変な速さで向ってきたので、反応できなかった。

矛がわたしの胸から五メートルに迫ったとき、アレックスが後ろから飛び出した。斧の側面で矛の先をぴしゃりと打つと、矛先はわたしの足元の地面に向った。先が地面に突き刺さり、勢いのついた戦士はまだ柄を握ったまま、空中に飛び上がった。矛の描く孤の頂点に来たとき、兵士の手が離れ、わたしのかけた魔法の勢いのまま、後ろの木の上に突っ込んだ。

城から笑い声が響きわたった。一部始終を見ていてすっかり浮かれ気分の敵兵たちは、なにも手につかなかっただろう。もしヘルムの兵士たちを集められたなら、あの場ですぐに城を奪うことも可能だった。守備隊どもはこちらの茶番劇を目にして、動けなくなっていたはずだ。

もはや、あきらめてコーストに帰りたいという気はなくなった。この石の塊の城を奪い取り、最後に笑うのは誰か見てやろうではないか！

「気でも狂ったか？　われわれには城攻めの道具もないし、作る時間もない。グリンボウは一日かそこらで戻ってくる。それに、きみの結構な魔法も見せてもらったしな。終わりだ、おしまいだ。俺は行く」

赤髭の将軍は興奮して腕を振りながら、行ったり来たりした。

わたしたちは最初の襲撃を計画した空き地に戻ってきていた。わたしはテーブルに使った切り株の上に腰を下ろした。将軍とわたしとの話し合いは行き詰まった。

「わたしたちは帰りません。ヘルム将軍、わたしはあの手ごわい城を手に入れますよ。あなたもあなたの兵士たちも、わたしの計画にはどうしても必要なのです」

「きみの計画など、もうたくさんだ。少しも役に立たなかったではないか？」

ヘルムは怒鳴りながら、足を踏みならして近づいてきた。

「きみを雇うとは俺も馬鹿だったよ。きみが役に立つなんて考えたのは大馬鹿だった。分け前が半分ほしいって？　ほら、全部あそこにある」

彼はいらだたしげに城を指した。

「半分取ればいい。トーガーはきっと気にしないだろうよ」

そう言って彼は腕組みをし、わたしに背を向けると、森の奥を見た。ヘルムにとっては、明らかに話し合いは終わったのだ。

ところが、わたしのほうはまるで終ってはいない。こういう状況について、あまり考えてはいなかったが、トンカチ頭の兵士たちに笑い者にされたあげくに、味方の戦士からも怒鳴られて、おめおめ引き下がってはいられない。

わたしは切り株の上でぴょんと立ち上がった。テント支柱のごまかしの杖に手を触れると火花が飛び出した。近くにいた戦士たちのほとんどはこの閃光に注意をひかれた。将軍とわたしの言い合いには馴れっこになっていたが、魔法となればまた別だ。

「みなさん! 戦士たち! 集まってください。さあ、こっちへ。将軍が出されたすばらしい提案には、みなさんが興味を持つだろうと確信しています」

将軍のにらみつけるような顔を見下ろしながら、わたしは話し始めた。

「われわれの指揮官は『城内の兵士は我々には多すぎる』と言われます。『数は多いし、防御も固い』と。さらに、『やつらに投石機があるが、われわれにはない』と。そして『悪党グリンボウ男爵が戻ってきて、われわれを捕える』と。『われわれの魔法は、それだけで城を奪えるほどのものではない。だから逃げるべきだ』これはみんなヘルム将軍の言われたことです」

わたしが演説でひとこと言うたび、当人はますます怒りをたぎらせた。彼の目つきは、わたしのもろい精神のために地獄の場所を温めておいてやる、と言っていた。わたしが正しいことはヘルムにもわかっている。全部本当のことだったので、彼は一言も反駁(はんばく)できなかった。

兵士たちはぶつぶつ言って地面を見つめた。わたし同様、馬鹿にされるのはいやだったのだ。一人が口を開いた。

「将軍の言われる通りです。魔術師殿、あなたの魔法は今日はあまり役に立ちませんでした」

ヘルムはにやりとした。兵士たちはまだ自分の味方だ、貪欲な魔術師はまだ犠牲の山羊として使える——と思っているのだろう。

「その通りですね」

わたしの答えにはみんな、友人さえも驚いた。

「わたしの計画と魔法だけでは、城に入ることはできませんでした」

この言葉がみんなの心にしみ入るように、わたしは間をおいた。

ヘルムがこの隙に乗じて言い出した。

「こんなくだらんことはもうたくさん……」

わたしは彼をさえぎった。

「わたしたちが一緒に解決しなければならない問題を、魔法だけで解決しようとしたからです。魔法の小細工で侵入しようとしましたが、将軍の言ったとおり。守備は非常に堅固で、魔法だけで破ることはできません。そう、グリンボウ城はわたしの魔法では太刀打ちできません。それにみなさんの武力でも太刀打ちできません」

〝だから悪いのはお互いさまなのだ〟とわたしは思った。

「そりゃそうでしょう！　わたしたちはどちらも、城と自分たちという二つの敵を相手にしていたのです。あなたがたはわたしがなにもかもすればいいと思い、わたしはあなたがたがやればいいと思いました。わたしたちはお互いの足を引っ張っていたのです。この仕事はどちらか一方だけではできません。わたしは敵を消すことはできないし、あなたがたは敵を叩き潰すことはできません。一方だけではだめなのです！」

ヘルムはわたしの言わんとすることがピンと来て、それが気にいらないようだった。

「もうたくさんだ、こんな……」

ヘルムが言いかけたので、わたしは一気にまくしたてた。

「たくさんですって？　まだ始めてもいないんですよ。わたしたちは軍事的な問題を、策略やごまかしで解決しようとしていたのです。そりゃあ、策略やごまかしはしかるべきところで使うなら結構です。しかし、岩が相手では策略もごまかしも効きません。打ち砕くほかはありません。兵士のみなさんは優れた強い槌なのです。わたしたちが力を合わせるなら、わたしの魔法はこの岩を砕くつるはしとなるでしょう。

みなさんは手ぶらで帰るために、はるばるやってきたのではないでしょう。ヘルム将軍が言われるように、このまま回れ右をして、しっぽを巻いて逃げたいのですか？　それとも、ここにとどまってアレクサンドル将軍に従い、城を手に入れる軍事計画を聞いて、みんなで金持になろうとは思いませんか？」

兵士たちは大いに気に入ったようだった。ヘルム将軍は怒りで爆発しそうに思われた。背中の鞘から長剣が抜かれ、首の静脈が盛り上がる。

「おのれ……俺は……」

唾を飛ばしながら言うと、わたしのほうに一歩踏み出した。

「俺は……俺は……」　わたしは切り株の上から見下ろしながら、彼の方に身をかがめて、呪文を唱えた。

「われは見たり、
憤怒（ふんぬ）の形相。
独善的な怒りには、
炎の剣が相応（ふさわ）しい」

わたしの右手から閃光があがると、彼は一歩下がった。炎はわたしの手から彼の剣に飛び移り、刃を伝って柄をも呑みこんだ。ヘルムの顔に恐怖と怒りが浮かんだが、結局、苦痛には勝てなかった。将軍は剣を落とした。わたしはほっとため息をついた。

わたしの顔と彼の顔とは間近だった。彼の耳にだけ聞こえる声で言った。

「あなたなしでやるよりは、あなたがいるほうがずっと仕事はやりやすいでしょう。ですが、ご安心を。この城は必ず取りますよ。さあ、やるのですか、やらないのですか？」

わたしを虫けらのように叩きつけてやりたいという気持ちが、彼の目に現れていた。だがちょっと考えて、貪欲さが勝利を収めた。待ってもよかろう。もう一度失敗したときには、この生意気な魔術師をずっと不愉快な目に遭わせてやるのだ。

「わかった、わかった」

将軍は、眼には全く浮かんでいない微笑みを浮かべた。

「何も急ぐことはない」

彼はヒョウのような身のこなしで、切り株の上に登った。鎧をつけた腕をわたしの無防備な肩の上にどんと置いたので、屋根の梁が落ちてきたかと思うほどだった。そうして将軍は親友だと言わんばかりの態度で話をつづけた。

「またしても、早まった行動をしてしまった。わが友、フィンガルフ、たぶん俺は間違っていたよ。グリンボウ城を攻め落とす俺たちの新しい計画を見ようではないか」

兵士たちには、彼は怒りを忘れてしまったように見えた。どこから見てもにこにこしている。この大きなゴリラには警戒が必要だ。でっかい猿のように怒り狂う赤毛の戦士に比べれば、地獄のほうがまだましだ。

城の周りの茂みで暗い中、アレックスとわたしはうずくまっていた。夜明けまで一時間ほどあり、わたしたちは合図を待っていた。わたしの襲撃計画のさまざまな準備ができしだい、ヘルムの兵士の一人が知らせてくれる手はずだった。

計画の中心は非常に有能なドワーフのルビーの肩にかかっていた。計画を相談すると、うまく行きそうだとルビーも同意した。命令した仕事はできると請け合ってくれたが、ただひとつの変更はファルコに応援を頼むことだった。いいではないか、ファルコは彼女がするであろうこの仕事に精通しているのだから、とわたしは思った。

「手早く汚くやることになるわ」

と、ルビーはぶつぶつ言った。仕事を〝きちんとやる〟時間がないのが気にいらないのだ。わたしにはどうでもよかった。必要なのは記念碑的な仕事ではなく、夜明けまでにすばやく仕上げることだ。でないと、みんな後悔することになる。

ルビーとファルコは城を取り囲む空き地の東側に向かった。日没後一時間半ほどして、仕事に取りかかった。一方、将軍の兵士たちは城の西側をぐるりと弧をなして囲んだ。茂みから、わたしたちは灰色の石の城壁を見張っていた。将軍の率いる六人の分遣隊には、別の任務のために位置についてもらった。町へつづく道を警備することだ。

まもなく、将軍の特務部隊を配置したのは賢明な策だったと実証された。真夜中過ぎに、すさまじい音を立てて城門が開き、そこから一人の人物が馬にまたがって、急に出来た口からあの弩の太い矢のように飛び出した。門は驚くほどの速さで閉まり、馬はみるみる森に近づいた。が、その激しい突進も、森まであと百メートルほどのところで、滑りながらの急停止となった。

道の真ん中にヘルム将軍がいた。剣を手に軍馬にまたがる姿は、まさに冷酷な死神そのものだ。左右を矛兵が固めている。これでは太刀打ちできないと見て、馬上の兵士は降伏した。

夜はしだいに更けていった。

わたしは荷物の中から、これからの魔法に必要な二つの小さな品物を探した。ごそごそと時間をかけてかき回してようやく見つけたのは、薬草エキスを蒸留した飲み薬の小瓶が二つ。どちらも容易に手に入るものではなく、ひとつは特に珍しいものだった。

最初の小瓶にはブラッドルートのシロップが入っていた。この薬草の名前は、そこから作られた薬の色が血のように濃く赤いところからきている。ブラッドルートのシロップは、飲んだ者の力を一時間のあいだ二倍にする性質があって、戦士のあいだでは特によく知られている（訳注：これが書かれたときのルールでは魔法は「体力」を消費した。現在は「魔力」を消費するので、魔力も増やすと理解していただきたい）。

これを使うことの欠点は二つある。効き目が切れると、高まった力が急に失われ、疲労感に襲われる。第二の欠点は薬草のシロップそのものがなかなか手に入らないことだ。有害な作用を避けるには、抽出と精製が充分でなければならない。安全なのは経験を積んだ植物学者の作ったものだけだ。偽物は飲んだ者の力を強めるどころか、弱めてしまうのだ。偽物のブラッドルートのほうが、本物よりもずっとよく出回っている。

二つ目の小瓶には、ブラッドルートとよく似た、クリスマスローズのシロップが入っている。効果はいくぶん弱いが、ずっと長く続く。副作用はさらに厳しく、倦怠感が一日続き、二十四時間のあいだ力全般が失われる。

二つの力増強の霊薬を持ち歩く理由は、アレックスとわたしのあいだの地面の上に置かれた黒いビロードの袋の中身――特別製の魔法の杖――にあった。この前の冒険のとき、わたしは誇りであり喜びであるそれを手に入れた。ある廃墟を探検していて、五、六人の他の探索者の一行が残さざるを得なかった物のなかに、この杖があったのだ。

こうした杖は、莫大な金貨を払って〈魔術師組合〉の大魔術師に作ってもらう種類のもので、所有者と強いつながりがある。肉眼では、地下迷宮の底よりも黒い漆で仕上げた、普通の木の杖と思われるだろう。魔術師の目には、隠された力の揺らめくような輝きが見える。こうした杖は、それを使って唱えられた呪文を「知っている」のだ。杖は魔法の力の湧き出る泉として働き、自然環境と結びついている抵抗力を減じる。そこで、魔法の使い手が自然を新しい現実に配置し直すのに必要な力が、いくらか少なくてすむというわけだ。この配置し直す（リコンフィギュア）というのが魔法の呪文の基本だ。

要するに、この杖は便利な魔法の品だった。では、先ほどのごまかしの一幕で、どうしてこの杖を使わなかったのか？

強力な魔法の品物には必ずあることだが、この杖にはその構造上、ありがたくもない副作用がある。魔法の杖は一度使われると、同調している魔術師の陰の人格となり始めるのだ。杖を作ってもらった魔術師本人であれば、なんら問題はない。杖がその人の能力を越えることはないからだ。しかし、同調している魔術師以外の者が使おうとすれば、杖は使い手を意志の戦いに引きずりこむ。杖を使おうとしている魔術師が元の所有者よりも魔力や知力で劣っていたり、魔法の力が未熟だったりすると、杖はその魔術師を支配してしまう。そうなると、魔術師は杖の奴隷だ。

だから、あれはアレックスが持ち運びする。魔法や杖の使用ということになると、戦士は役に立たない。杖が持ち主を支配しようにも、取り引きする物がない。だからわたしは呪文を一時的に補強するために、いつもはテント柱のごまかしの杖を使い、さらに予備の小枝まで持っているのだ。そうしたものは頼りにならないし、それ自体危険だが、少なくとも木の棒の精神奴隷になるリスクは冒したくなかった。

杖を使うために、意志の戦いをしてみることもできる——が、杖の方が強いことはわかっていた。前の持ち主が使ったものより強い呪文を、いろいろと唱えてみることで、それをわたし用に再配置できたかもしれない。だが残念ながら、杖の知らない呪文がまだわかっていなかった。となると、残された方法はわたしの魔力や知力を変えて、杖の力をしのぐようにすること——つまり、力を高める薬草のシロップに頼るしかない。最初の飲み薬の力で、必要な呪文を唱えることができる。二つ目の飲み薬は、わたしがやり終える前に最初の薬の効き目が切れて、杖が支配しようとしたときに、わたしを守ってくれる物だった。

すべてが計画通りにいけば、この二つ目の事態は起こらないはずだが。

露が降り始めた。

まったく結構なことだ——もうわたしは疲れたし、おまけに濡れている。あと一時間すれば、太陽の光が射してきて、わたしの計画はすっかりだめになる。こんな風に一晩じゅう待っていると、気も狂いそうだ。真夜中に馬に乗った人物が城から現れ、わたしの誇大妄想的な空想がふくれ上がってからは、影が射せばグリンボウの兵が戻ってきたように見えた。何か物音がするたびに、トーガーの兵士たちが岩を飛ばし始めたのかと思った。

わたしは計画がうまくいくかとやきもきしていた。今度は門の前での喜歌劇などではない。一度始まると、のっぴきならない状態に陥るだろう。しかも、わたしは真正面にいる。城からの砲撃とヘルムの兵士たちのあいだで、ちょうどつぶされてしまう。

『こそり』という音に、わたしは跳び上がった。闇のなかから現れたのは、みずぼらしい格好をしたヘルムの偵察兵で、キツネのような顔の小男だった。

「いるのは魔術師ですかい？」

と、小声で言う。答えのかわりに鼻に火でもつけてやりたい思いだったが、光を出す危険は犯せないので我慢した。

「そうだ」

わたしはきしるような声で言った。びっくりして喉から飛び出しそうになった心臓がようやく収まった。

「ドワーフがもうすぐだと言ってやす」

キツネ男は言葉を続けた。

「ヘルム将軍から、今度はうまくやらねえと、その首を引っこ抜く、との仰せであります」

この偵察兵は、すでに重荷を背負っているわたしに最後の脅しをかけることに喜びでも感じているのだろうか。

この上なく冷ややかな声で、わたしは小男に言った。

「ご苦労だった。さあ、引っこんでろ。残りの生涯をメンフクロウとなって過ごしたくなければな」

そう言って、わたしはブラッドルートのシロップを飲み、かがんで杖をつかんだ。

木の杖に潜む精神がわたしを試そうとして、一瞬抵抗を試みる。霊薬によってわたしの力が高まっているのを感知して静まったが、そいつは死と税金といった必ずや来る約束ごとのように、心の背後にうろついていた。わたしは腕を上げ神秘的な身振りで、アレックスとわたしの周りに円を描いた。力を呼び起こし、これからやる仕事に精神を集中する。

「城壁めざす
われらが姿、

隠したまえ、
人間の……」

わたしは言葉を切った。

「トーガーの兵士たちのなかに、他の種族がいたか？」

一瞬、偵察兵は考えこんだ。

「ええと……いいえ、自分は誰も見ませんでした」

「よろしい」

もう一度呪文を唱える。

「城壁めざす
われらが姿、
隠したまえ
人間の目から」

アレックスとわたしにとってはなにも変わらなかったが、普通の人間の目にはわたしたちの姿は見事に消えたはずだった。偵察兵は、耳元の空中からわたしの声がするのに目を丸くした。

「ヘルムに伝えるんだ。こちらの合図が見えるまで待ち、それから急いで来るようにと」

キツネのような小男は後ずさって木にぶつかり、それから向きを変えると明けそめた夜のなかに駆け出していった。

「行こう、アレックス。やるべき仕事がある」

西側の城壁の真ん中をめざして、空き地を突っ切った。魔法で守られてはいたが、身を低くして走った。もしトーガーが盗賊らしい魔法の知識を持っており、それで先ほどの幻を見破ったとしたら、今度の呪文も長くはもたないかもしれない。だから、わたしたちは這うように走り、トーガーが寝床でも門でもどこでもいいが、ぐっすり寝ていて、城壁の上にだけはいないでほしいと願った。

城に着いたとき、わたしはぜいぜい言いながらも、できるだけ静かにしようとした。走ったのと呪文に力を使ったので息切れしていたのだ。アレックスは平気だった。

「それで?」

そよ風よりもひそかなささやき声で、アレックスは言った。

わたしはひと息つき、心臓のドキドキという音が耳に聞こえてくるほど大きくなければと思った。

「待つ……はあ、はあ……待つんだ、ルビーの合図を」

喘ぎながら言ったが、休めばよくなるだろう。

わたしがルビーに話した計画というのは、ドワーフの魔法のつるはしで、森から城壁の下までトンネルを掘ることだった。これを一晩でやるのは超人的な離れ業だが、特殊な才能を持ったドワーフなら充分こなせるものだ。城内に入ったルビーとファルコは敵の気をそらすような大騒ぎを起こす手筈だった。なにが適当かは二人の創造力に任せたが、ひとつだけ、城の外から見るか聞くかできるという条件をつけた。

アレックスが最初に物音を聞いた。わたしには聞こえなかったが、わたしに知らせようとアレックスが袖(そで)を引いたときには、城内の内側で赤々とした炎が燃え上がるのが見えた。やったぞ、ルビー! ぐずぐずしてはいられなかった。

われながらびっくりするような勢いで、冷たい石の壁から跳び退き、黒い漆の杖を振り上げた。わたしは気を楽にしてはっきりと呪文を唱え、城壁めがけて魔法の力を投げつけた。

「時は来たりて、
血潮はたぎる。
行く手を阻むな、
おお、泥の壁よ」

石の壁が緑色に輝き、それは約十メートルの高さにまで広がった。下の方は五メートルほどの幅がある。石がまるで泥のようにだらだらと垂れ始め、しだいに壁の厚みは剥れ落ち、地面には大きなプリンのような泥の山ができた。城壁はいままさに溶けていた。石はたちまち泥と化した。

そこで輝きが薄れ、石はもう溶けなくなった。

「どうしたんだ? まだ終わってないぞ」

アレックスがどなる。

空き地の端から、ヘルムの兵士たちの一団がわたしたちのほうに走ってきた。光を見て進撃の合図だと思ったのだ。暗闇を背に黒い人影だったが、動いたのでわかった。ときの声も上げずにやってきたので、中庭の火で目がくらんでいる守備兵たちはなおさらびっくりしてしまうだろう。兵士たちが向かっていたのは、城に入る突破口だったが——そんなものは見つからない。機敏な守備兵のいる壁に阻まれて、たちどころに殺されてしまうだろう。もしかしたらいまごろ、中では城を守る兵士たちがルビーとホブを探しているかもしれない。わたしが壁に穴を開けられないために、全員がおしまいになるのだ！

わたしは体をしゃんと起こし、薬で人工的に高めた力をとことん振りしぼって、もう一度呪文を唱えた。

「溶けて流れよ、
石の壁！
消えてなくなれ、
いますぐに！」

再び輝きが現れ、壁の表面から泥が流れ始めた。城壁にははっきりと分かるくぼみが、三十センチ、六十センチと広がり、それから輝きが薄れた。

ヘルムの兵士の先頭がわたしたちのところに着いた。

「突破口はどこだ？」

「あれで終わりか？」

「輝きはどうした？」

「どうなってるんだ？」

壁に突破口を作れなかったら大変なことになるのを兵士たちは知っていた。むろん、わたしだって知っている。だが、わたしの力は危険なほどに弱まりかけていた。杖が支配しようとして、わたしの心をたぐっているのが感じられる。

アレックスがわたしの肩をつかんだ。

「なんとかしないと、あいつら殺されてしまうぞ！」

ルビーとファルコのことだとわかったが、周りに集まってきている兵士を指していたのかもしれない。本来なら、城壁は溶けて穴が開くか圧力から崩れるかしているはずだった。たとえ命を賭けた努力をしても、わたしにはこれ以上岩を溶かすことはできない。その瞬間、怒りがこみ上げてきた——なんとかしなければ、最後の猛烈な攻撃をかけねば！

わたしはアレックスから身を振りほどいた。壁に向かうと、衰えていく力の炎を消えないようにし、疑念を締め出した。一か八かの大きな賭けだ——そのために冒険に出ているのではないか？　最後の呪文を唱えながら、口のなかに灰の味がした。

「燃えろ、炎よ！
湧き出せ、力！
吹き飛べ、城壁、
地獄まで！」

高く上げた杖から、荷車の車輪ほどもあるプラズマの球が飛び出し、耳をつんざくような音を立てて城壁にぶつかった。過熱した石がバーンという音をあげて爆発し、壁は内側に崩れた。溶けかけた岩の破片が中庭に飛び散った。突破口はまだ真っ赤に輝いていて、その熱気がドラゴンの息（ブレス）のようにわたしのほうに押し寄せ、それから赤い輝きは薄れていった。

目の前に光の点が踊った。閃光で目がくらんだのかと思ったが、もっと恐ろしいことが起こっているのがわかった。渦巻く暗黒の壁が驚くような速さで現れ、すべての光を消し去り、心も張り裂けるような闇へとわたしは呑みこまれた。

わたしはアレックスの腕のなかで意識を取り戻した。わたしたち二人だけが、まだ城の外にいた。壁に開いた穴から煙があがり、その向こうの中庭が修羅場となっているのがかいま見えた。わたしたちが開けた穴から突入した兵士の一団が、主門を開けようと奮闘していた。わたしはアレックスに向かって言った。

「なぜ入らないんだ？　どうなったんだ？」

力の回復があまりに早すぎるように思われた。

「みんなは壁を見ていたが、本当の見ものはきみだと俺にはわかっていた」

わが友は乾いた笑い声をあげて言った。

「さっきのは本当にすごかったよ。城の全部をすっかり照らし出した。他の連中はきみがうまく開けた穴から突撃を始めたが、そのとき、きみの体が狂ったように震えているのがわかった。一か所に立ったまま、引き絞った弓弦（ゆづる）のように揺れていた。きみが運に頼ってやりすぎ、杖がいまにも支配しようとしているのがわかった」

戦士はひと息入れて、確かめるようにわたしを見た。

わたしはうなずき、まだ右手に杖を握っているのを見て驚いた。

「俺は非常手段に出て、片手で君の顎をつかんで口をこじ開けた。それからもう一方の手でこいつを流しこんだんだ」

アレクサンドルは空になったクリスマスローズのシロップの小瓶を見せた。

「きみを支えたとき、マントから失敬した。もしなにか起こったとき、手遅れにならないうちにきみが自分で飲めるかどうか心配だったんだ。薬を呑みこんだとたん、きみはバタッと倒れて気を失った。そこで俺が寝かせると、すぐまたぱっと起き上がって質問を始めたってわけさ」

ようやくわたしは、押し寄せてくる暗黒との戦いを思い出した。それからアレックスの大きくて素朴な顔がわたしを見下ろしていたことも。アレックスの手を借りて立ち上がった。霊薬の効き目は現れていた。

「行こう、もうひと仕事だ」

「大丈夫なのか?」

友人は心配そうだった。それも当然だが、城のなかではまだ戦いが続いていて、わたしたちの救援が必要かもしれなかった。わたしはうなずき、中へ入った。

まったくの不意打ちだったことは、はっきりと見てとれた。意識を失った兵士があちこちに倒れていて、大部分は城の守備兵だった。ヘルムの兵士たちは主門の方に進もうとしたが、孤立した敵兵の二つのうちの一つの激しい抵抗にあって苦戦していた。

すばしこい人影があの恐るべき門を繋いでいる太綱をよじ登った。見ている間に、男は下の騒動の届かないところまで登り、必死になってロープを鋸で切った。あっという間にぶつんと綱が切れて、門は地面に激突した。当の男は平衡を失って、門の重量の反作用で空中に跳ね飛ばされた。男は敵と味方が戦闘中のところに落ちてきて、とんでもない混乱状態となった。

門が地面に衝突するとすぐに、丸太の上を馬が突進してくる音が聞こえた。風変わりな兜と深紅色のマントという輝くばかりのいでたちで、将軍が矛兵の分遣隊を率いて入城した。いまや開いた門の中で戦っていた兵士の群れに突っこんだ将軍は、敵も味方も押し分けて進み、兵士たちは軍馬にボーリングのピンのように薙ぎ倒された。

こうして反対側からも攻撃されて、門前の戦いは終った。守備兵たちは武器を捨てて命請いを始めた。

城の主塔の入口の前で、トーガーの率いる一隊が最後の反撃に出た。わたしの開けた穴からこちらの軍がなだれこんだとき、兵士たちと同様にトーガーも驚いた。それでも、この片目の戦士は主塔の入口に部下を結集できた。扉を閉めてかんぬきをかけるあいだ、入口付近を守ってさえいられたら、主塔にこもって戦いを続けられると知っていたのだ。

城壁に残っていたわずかの射手は味方に当たるのを恐れて、弓を射ることができなかった。門のところでは、ヘルムに降参しようとする兵士とわたしたちの兵士とが入り交じっていた。一方、主塔の前では双方入り乱れて戦っていた。射手はどうすることもできず、最後の衝突の結果を待っていた。

護衛役のアレックスに守られて、わたしはトーガーの周りの戦闘の端に進んで叫んだ。

「トーガー隊長、やめろ。休戦を提案する」

堂々とした声で叫んだつもりだったが、疲れたキーキー声にしかならなかった。クリスマスローズの効果はともかく、わたしは疲れ果てていた。

声は弱くても、思ったとおりの効果はあった。守備兵の司令官はわたしたちのほうを見て、大声で答えた。

「魔術師殿、全兵士を代表して休戦の提案を受け入れよう」

「休戦なんかしないぞ！」

雷のような声が落ちた。ヘルム将軍にはこの取り決めは気に入らなかった。

「あいつとまだら服の兵士どもは、この俺に戦いを挑んだのだ。俺はやつらが降伏するまで戦うぞ」

ヘルムは馬の背にまたがって行進をしただけで、戦いには加わっていなかった。明らかに、もっと戦う気なのだ。

わたしはヘルムのほうに進んだ。ヘルムの頑固な愚かしさにはうんざりしていたので、いまこそこの場ではっきり言ってやるのだ。

「すばらしい計画です、将軍。兵士がもっと死ねば、あなたの取り分が増え、しかもその責任はトーガーにあるというわけですね。いやあ、わたしには思いつきませんでした」

「魔術師、そこまで言うのはあんまりだ！」

将軍は憤慨した。

「俺はただ財宝を要求する権利をはっきりと、間違いのないようにしておきたいだけだ」

わたしは耳を疑った。この間抜けは自分が参加できなかったので取り分が減りかねないという理由だけで、もっと戦いをつづけたがっている。

「ご覧の通り、この兵士たちは傭兵ですから、グリンボウの財宝がどうなろうと知ったことではありません。自分たちの務めを果たして、わたしの作戦に敗れました。わたしたちは数で劣っていたので、不意打ちを食らわせたのです。連中には戦いをつづける必要はありません。道義は果たしたのです。とことん戦いを続けるなら、相手は命がけになるでしょう。あなたも兵士たちも、無駄に命を危険にさらすことになります。ですが、ヘルム将軍、敵の兵士たちは戦いたくないと思いますよ。それにもまして、わたしは戦いたくないし、あなたの兵士たちだってそうでしょう。勝敗は決したのです。誰にとっても、もう充分ですよ！」

ヘルムの体格や大げさな話しぶりや金貨への欲望は、こうした兵士たちを集めるのに役立ったが、戦闘では本当に兵士たちを率いていたとは思えなかった。ヘルムの兵士としてやってきた連中は、いままでは間違いなくわたしの兵士だった。ヘルムはなんの利益もないのに、兵士たちの血を流そうとしていたのだ。

兵士たちはわたしの言葉に喝采した。トーガーの兵士も、ヘルムの兵士だった者も、もうこれ以上血を流さずに事をおさめたかった。

前将軍はかっとなった。馬に拍車をかけ、わたしの頭めがけて剣を鎌のように振り回しながら、まっすぐこちらに向かってきた。わたしは身をかわすのがやっとだった。力をすっかり使い果たしていたので、どうにか唱えられたのはいちばん弱い呪文だけで、軍馬や武装した馬鹿者を止めることのできるものではなかった。

わたしは杖を離し、軍馬の前に手をかざして叫んだ。

「光を！」

この呪文がいちばんたやすい。蝋燭を使わずに夜中まで研究できるように、魔術師の見習いが覚えるものだ。ほとんど魔力はいらないが、それだけに成果も小さい。軍馬の目の前に鬼火が現れた。

驚いた軍馬は棒立ちになり、ヘルムは投げ出されてどさっと地面に落ちた。ヘルムがぼうっとしているあいだにアレックスが駆け寄り、戦斧の平を飾り立てた兜の上に振り下ろし、すっかり意識不明にしてしまった。

これを見て双方の戦士たちのあいだから、またまた喝采の声があがった。

アレックスはトーガーのそばに進んだ。

「トーガー隊長、智略家フィンガルフに代わり、喜んで降伏を受け入れよう。さらに、わが軍に手向かいをしないというなら、武器と身の回りの物は持っていてもよい。これで文句はないはずだ。どうかね？」

「あんたとこの魔術師が負傷者の手当てを手伝ってくれれば、それで結構だ。このいまいましい岩の塊がお望みなら、喜んで明け渡す」

片目の戦士はアレックスと握手した。

「おーい、ルビーとファルコはどこだ？」

集まった兵士たちはわたしの質問にぽかんとした顔だ。

「女ドワーフと若いホブだ。あいつらが火をつけたんだから、城内のどっかにいるはずだ」

「騒動が始まるとすぐに、ホブとドワーフが馬小屋に駆けこむのを見たぞ」

射手が城壁の上から叫んだ。この言葉が終わったとたんに大きな音がして、戦いのあいだずっと激しく燃えていた馬小屋の屋根が、おき火と火花の渦を巻きながら崩れ落ちた。みんな茫然として言葉もなかった。戦いに出て死ぬならまだしも、馬小屋で焼かれるなんて。

「ふうっ！」

軍勢の集っている端の方の地面から、声がした。ルビーがぶつぶつ言いながら身をぶるっとさせ、まるで大きなモグラのように中庭の芝生から頭を出した。

「二度とホブの言うことなんか聞くもんか！」

ルビーはつるはしを手にして穴から出ると、あとから出てきたもしゃもしゃ頭をにらみつけた。

「燃えている建物のなかに隠れるなんて……」

「でも、うまくいっただろ？」

ホブは我慢できないように言った。

「誰もおいらたちを追って来なかったじゃないか」

ほっとして、誰も彼もが声をあげて笑っていた。わたしはあっけにとられた。ほんのちょっと前まで互いに殺し合おうとしていた戦士たちが、いまでは負傷者を助けに駆け回り、笑ったり励まし合ったりしている。

ほんとに戦士の性格ときたら、狂暴さにしろなんにしろ、大したものだと思う。

「さて、トーガー隊長、グリンボウ男爵の宝物庫の鍵さえもらえるなら、正午までにそちらの兵士たちには荷物をまとめて出て行ってもらってかまいません」

守備隊長は横目でわたしを見た。

「宝物だって？」

怪訝そうに言う。

「グリンボウには、そんなものはない。もし宝物庫があったら、俺たちが予備の兵舎として使っていたね。この城には金貨一枚だってないよ」

わたしはあんぐり口を開けた。

「金貨がない？」

わたしは茫然として、アレックスを見た。

「金貨がないって？」

信じられない思いで、再びトーガーを振り返る。

「金貨はない？」

「ないね。探すのなら手伝うが、グリンボウは俺たちを雇うのに最後の金まで使ったって言ってたよ。男爵が略奪に出ているあいだ、俺たちはここを守っていたんだ」

アレックスはじろりとトーガーを見た。グリンボウがだめなら……

「よせよ、そんな目で見るのは。ここへ来るのに、食料を買ったり武具を修理したりで、金貨は使ってしまった。もしうまくいけば、男爵が帰ってきたとき、つぎの略奪では一緒に手を組んで歩合をもらおうと思っていた。戦好きと聞いていたからな。いまじゃ、その見込みもなさそうだが」

片目の戦士はわたしたちの顔をのぞきこみ、反応をうかがおうとした。

「あんたらは城がほしいんだと思ってたよ」

困ったことになった。

兵士たちの戦利品がない。男爵はいまにも戻ってくるはずだ。これだけ苦労して、得たものといえば穴だらけの大きな岩の城だけ、おまけに門は壊れている。

こうなると、本当においしい計画がなにか必要だった。


城の馬のなかであまり役に立たない馬に『ヘルム前将軍』をくくりつけてしまうと、馬の尻をひと打ちして町のほうへ送り出した。これを見て、兵士たちは大いに面白がった。これで話す相手がずいぶん物わかりがよくなった。アレクサンドルやルビーやトーガーと相談したあと、兵士たちを呼び集めた。

「兵士のみんな、集まってくれ。われらは充分な働きをした。ルビーの活躍は実に見事だった。兵士のみんなも全員、トーガーの兵士も含めて、本当によく戦った。もしみんなのなかで、他の者ほどの働きができなかったと思う者があるなら、まだ勇気のほどを証明する機会は充分ある。

と言うのも、ええと……」

わたしは詰まった。ここが難しいところだ。

「……グリンボウ男爵が財宝を持って行ってしまったからだ」

たちまち不平の声があがった。さっさと話してしまわないとまずいことになる。

「ただ、すべてが失われたわけではない！　わたしたちが一致団結するなら、予想していたよりももっとたくさんの金貨が手に入る。ヘルムなど想像もできないほどの金貨を手にする、新しい考えがわたしにはある。アレックス隊長もトーガー隊長も、儲けを手にするにはこの案しかないと請け合っている」

二人の戦士はわたしのそばに歩み寄り、わたしを支持していることをはっきりと示した。

「まず第一に、がんばった者には全員、馬かラバを一頭約束する。手に入れた金貨は平等に分ける。それと、いまやわたしたちのものとなったグリンボウ男爵の土地を二十エーカーずつ。第二に、トーガーの兵士たちは、男爵との約束の任務を可能なかぎり果たしたので、もはや自由の身だ。わたしはトーガーを雇うことを申し出て、彼らの軍勢をわが軍に加えた。彼らにも金貨の分け前はある」

兵士たちはまだぶつぶつ言っていた。彼らは雇われの戦士であり、冒険者だ。なんのために土地などいるだろう。将来の値打ちもわからないのに。

「金貨の分け前の話などしてなんになる。金貨はないと言われたではないか?」

兵士たちが求めているのは、わたしがいましようとしていることへの釈明となるものだった。

「わたしの計画の第三にして、最後の点は……」

高まる不満の声に、わたしの声はかき消されそうになった。

「聞いてくれ、ここからが大事なんだ。なぜなら、土地をどうやれば金貨が手に入るかというところだから。わたしたちはここにとどまって、グリンボウの食べ物を食べ、酒を飲み、税金を集める。彼が帰ってくるまで、土地を所有し私腹を肥やすのだ。それから、今度加わった兵士たちとともに、グリンボウを罠にかけて金を奪おう。グリンボウを捕らえて身代金を取れば、もっと金貨が増える。ほら、これで納得できたはず? 金貨と土地が手に入り、任務は楽で、食事はきちんととれる。さあ、どうかな、今度の計画は?」

喝采の声が心地よくわたしの耳に響いた。

たったひとつの小さな真実

One Small Detail

キャサリン・カー　こあらだまり訳

1.

　ドラゴン大陸北部にそびえる山々は、人間にしろエルフにしろ住むにはあまりに寒く、危険で険しい。しかし、その山裾（やますそ）はなだらかだ。山の頂から流れは川となり、豊かに草原を茂らせる。レロトラーが協定を破る以前の黄金時代、帝国でもっとも良い馬を産出するのは、〈ドラゴンファイア丘陵〉だと言われていた。さらに賢者たちは、丘でももっとも良い馬の産地は小さな街シンダーズだと言っていた。そして、賢者たちはこれを言うことはなかったが、冒険者なら誰もが、シンダーズで最高のエールを出すのは〈ワイバーンの翼〉亭だと言っただろう。この酒場は、夏がいちばんよい時期だ。窓の鎧戸は開け放たれ、草いきれと焼けた肉の匂いが混ざり合う。遠くには、白く雪をかぶった山脈が見え、目の前に広がる草原では、銀灰の毛並みを持つ丘の馬たちが、澄んだ水をたたえた川のほとりで草を食（は）んでいる。冒険者たちの多くは、太陽が金色の光を草原に投げかける間、窓際に座って馬を見ながら、自家製ブラウンエールの一杯か二杯をひっかけているだけで、思ってもみないほどそこで時間を過ごしてしまう。

　酒場にもっとも長居した地下探索者は、偶然にも魔術師だった。彼女はエラダーナという名で、とある早春、午後も遅い時間に宿を訪れた。川は雪解けの水で茶色く濁（にご）り、窓は雨を避けるために固く閉ざされていた。緑色のケープから水を滴らせながら、彼女は酒場に静かに入ってきた。あまりにもそっとだから、店主が彼女に気づくのに少しかかった。グレイというのが店主の名前だった。店主のグレイ――見た目通りの名だ。父親に想像力が欠けていたからだ――には、他に気にかけねばならないことがあった。この春で二歳になる娘のこと。娘には世話をする母親がいなかったからだ。実際、誰かが背後でくしゃみをしたとき、グレイは自分の妻のことを考えていた。彼はぱっと振り返った。

「こんにちは。旅のお方。エールをお持ちしましょうか？　お泊まりですよね？」

「もちろん、エールはいただくわ。泊まっていくかどうかは、まだ決めていないけど」

客は水の滴るクロークを脱ぐと、傍らの一枚板のテーブルの上に放った。それから頭を振って、頬や顔の輪郭に張りついた濡れた長い巻き毛を振り払った。髪は漆黒だった。それに瞳も。けれど、肌は真珠のように白く、やはり真珠のようにかすかにピンク色を帯びていた。

「ご主人、エールは？」

「これは失礼しました。ええと、あの、つまり、申し訳ない」

ジョッキを取りに走るあいだ、グレイは自分はなんと愚か者なのかと思った。こんな美人が自分のようないやしい酒場の店主に目を止めるはずはないと。しかし、それに関しては、彼は自分を低く見積もりすぎていた。というのも、グレイは美男だった。背が高く、エールの樽や薪の束、牛肉の塊やカブの袋を持ち上げるといった日々の労働で鍛えた体は、戦士のように引き締まっていた。エラダーナはすぐに彼の見た目を気に入った。エールが運ばれて支払いがすみ、彼女に付き合うためにグレイがもう一杯自分のぶんも持ってくると、二人はおしゃべりに没頭した。

その夜は雨と寒さのおかげで、シンダーズの誰も酒場に出かけようとはしなかった。エラダーナは火のそばに座り、グレイの小さな娘と遊んでいた。赤毛だからグレイは娘をレッドバードと呼んでいた。三人ぶんの温かい食事をグレイが用意する間、雨は外で激しく打ちつけていた。エラダーナは何年も旅をし、魔術を学びながら帝国の山野で起こる異変や邪悪な出来事に目を光らせていた。だから、かわいらしい子どもとハンサムな宿の主人と酒場で過ごすことは、楽園にいるようだった。夜、レッドバードが眠りにつくと、グレイは、はるばるカザンから持ってきた最高のブランデーを、自分と客人のために小さなグラスに注いだ。

「奥さんのことはごめんなさい。病気で亡くなったの？」

「死んだって？　いや、違う。俺に愛想をつかしたんだ」

「まあ」

「コーストから来た剣士と出て行った」

「まあ」

あまりに長い間グレイが沈黙していたため、エラダーナは場を和ませるために何か面白い旅の話はないかと探し始めた。

グレイはためらいがちに「あの野郎、ウルクにはらわたを食われればよかったんだ。カエルの日のブランチにでもなっちまえ」と言った。

「そう思うのもわかるわ」

グレイはうなずいた。笑おうとしたが、突然泣き出した。エラダーナはその肩に腕を回して、ただ、慰(なぐさ)めようとした。顔をぬぐってやりもした。それから、気がつけばひとつひとつ、ことが進んでいた。最初は口づけだった。そして、抱擁。次は、誰にでも想像がつくことだった。孤独な人たちが、二人っきりで心地よい酒場の暖炉のそばにいたら起こるようなことだ。

エラダーナは次の朝、雨があがればすぐに旅に戻るのだと自分に言い聞かせた。けれど、天候が回復すると、窓から見える外の景色やいろいろなことが心地よかった。彼女は次の二週間とどまることにした。そしてそのまた次の二週間も。そうして、夏至の直前の日に、彼女は身ごもっていることに気づいた。もちろん、冬至の二か月後に息子が生まれるまで、彼女が去ることはなかった。

しかし、そのころエラダーナは刺激的な冒険を求めようになっていった。彼女はグレイの妻に心から共感した。グレイは誠実な男で申し分のない父親であり、働き者だった。つまりは、ドラゴンの尾の冗長さと同じぐらい退屈な男だった。彼にとっては酒造りと料理が生活のすべて。気に掛けるというとエールとローストのことや、ビール造りとパンを焼くことぐらいだ。自分の息子キャドヴァーンが乳離れするころには、エラダーナはあと一晩、グレイが麦芽や酵母について話しているのを聞こうものならおかしくなるというところまで来ていた。創造性を欠いている以外罪のないこの男をカエルに変えたり、何か他の恐ろしい魔法をかけてしまったりするかわりに、エラダーナは自分の古い冒険道具をまとめ、出て行った。ある秋の朝、彼女は二人の子どもに別れの口づけをし、夫にちょくちょく顔を見せに戻ると約束すると、カザンに向かう西の道をたどった。丸二日というもの、エラダーナは子どもたちが恋しくて泣きつづけた。しかし、道行きで〈魔術師組合〉からの情報を得ると、自分が正しい決断をしたのだと知った。

それは彼女にとってだけではなく、帝国にとってもよい決断だった。というのも、レロトラーがカーラ・カーンの魂にまでその爪を深く深く食い込ませることで問題が生じだしていたからだ。エラダーナはこの地には自分のような魔術師が必要だと悟った。魔法を善き目的で使い、自身の力のかぎりに市井の人たちとその苦しみに心を砕くような。山岳では多くの奇怪なできごとに対応が求められ、多くの暗い道を歩いてそこを浄化しなければならなかった。それでも、エラダーナは毎年冬にはシンダーズに戻り、息子を訪ね、義理の娘をわが子のように気遣い、なにか不自由があってはならないとグレイに金貨の袋を残していった。いつも春に彼らはエラダーナにとどまるように懇願(こんがん)した。彼女はいつもその誘惑にかられた。それでも、彼女は魔物たちが人族に与えるかもしれない脅威を思い、闇の住まう世界の底での孤独な哨戒(しょうかい)へと戻っていった。

それでもなお、闇はシンダーズを見つけ出し、手を伸ばした。息子が七歳になった年、エラダーナが街に戻り宿に帰ると、グレイが怒りに我を失っていて、レッドバードは暖炉の前で泣きじゃくっていた。そこに息子キャドヴァーンの姿はなかった。

「グレイ！」

彼女は叫んだ。

「わたしを見て！　そんな――なにがあったの？」

グレイは彼女の声で魔法が解けたようすだった。一瞬、エラダーナを見て、ずぶ濡れの犬のように体を震わせた。

「ああっ、神様っ！　あいつが息子を奪ったんだ。あいつだ、あの、老いぼれ。古い塔の。なんてことだ！　お前には何が起こったか想像もつかないだろうよ」

「さっぱりわからないわ」

彼女は全身の血の一滴までもが凍りついたように感じた。

「教えてくれない？」

グレイはやっとのことでレッドバードを抱えて膝に座らせた。レッドバードは父親が話す間、石のように縮こまりエラダーナの顔を見つめ、力のある継母がすべてを正しく導いてくれないかという淡い期待を抱いていた。

ここから北に数キロ離れたところ、街と山々の中間に、古い石の塔が立っている。それは、丘のウルクたちを警戒するために、馬飼いたちの手によって、大昔に建てられたものだ。やがて軍備が整えられ、略奪がまれになってくると、塔は放棄された。ただし、それも去年の夏までのことだ。シンダーズに、ある老人とそれに付き従う者たちが突然現れたのだ。この老人は自分のことをマルソーンと名乗り、〈ワイバーンの翼〉亭に何日かとどまり、塔の持ち主たちに取引を持ち掛けた。彼は裕福に見えた。この魔術師――実際に彼が強力な魔法を身に着けていることは疑いようもなかった――は、惜しみなく金を振りまいた。そして、塔が購入されると、彼はそこに手下とともに向かった。それからというもの、しばしば彼のボディーガードが街にやってきて、エールやちょっとしたぜいたく品を買っていくようになった。

「そして、先週、マルソーン本人がやってきた」

グレイは語った。

「あいつは酒場の椅子にゆったりと腰かけて、ダイスを取り出して、丁重にゲームをしないかと持ち掛けたんだ。だけど、俺はあいつが魔術師だと知っていた。魔術師と賭け事をするなんて、馬鹿なことだ。だから断った。そしたら、あいつは怒って俺を罵った。そして、勝たなくとも、どちらにしろ欲しいものはすべてを奪うのだといった。あいつは怒ってここから出て行った。俺はうんざりしてた。だけどそれっきりだったから、もうそんなことは忘れてたと思ったんだ。今朝までは」

グレイの血の気が引いた顔は、名前と同じく灰色だった。

「一時間も前のことじゃない。マルソーンとその手下の男がここに飛びこんできた。あいつらは俺たちの息子につかみかかった。俺は止めようとしたけど、立っている場所から一歩も動けなかった。まるで石になったみたいだった。レッドバードは老人ににらまれただけでその場に倒れて、あいつらが立ち去ってからも長い間動かなかった。俺はお前が扉の所にやってくるまで動けなかった。お前が来てやっと、俺は動いたりしゃべったりできるようになったんだ」

最初、エラダーナは驚くばかりで、怒りがまったく湧いてこなかった。それから、彼女は気がついた。怒りがあまりにも強く燃え盛っていて、暴言を吐いたり、拳を振り上げたりするといった些末なことを飲みこんでしまっているのだ。

「街に行けば、兵士がいる」

グレイが続けた。

「ああいう輩は役には立たないわ。危険が増えるだけ」

エラダーナは両手をテーブルについて立ち上がった。

「わたしが一人で行くわ。キャドヴァーンはわたしを賭けに乗せるための餌よ」

賭けてもいいわ。これは、卑劣な誘拐とは違うわ。この男はわたしになにかをさせたがっている。

「神々に誓って、俺も行く。あいつは俺の息子だ！」

「あなたには面倒を見なくちゃいけない娘もいる。違う？」

グレイは反論しようとした。しかし、膝の上の娘が目に涙をためて彼を見ていたため、思いとどまった。

それでも、グレイはエラダーナが北に向かうために彼の馬屋からいちばんいい馬を連れて行くよう譲らなかった。

その名もなき古い塔は、山の端に立っていた。そこは岩だらけの渓流が長い谷を作り、草原に注ぐ場所だ。円形を描く壁の中央からは、細い石の針が突き出していた。エラダーナが馬で訪れたとき、周囲の草地は奇妙なほど静かだった。鳥の声もなく、路傍のやぶを駆ける兎の姿もなかった。馬は落ち着きをなくし、いないて頭を振り、目をせわしなく巡らせた。生き物をこの中に無理矢理連れていくことが罪に思え、彼女は馬を哀れに思った。エラダーナは馬から降りると手綱を鞍に結びつけ、尻を叩いて家路に送り出した。

エラダーナはひとり、円形の壁にある鉄の門に向かった。そこは開け放たれており、すぐ内側に二人の男が立っていた。彼らはぼろぼろの服の上に鎧を身に着け、剣に手をかけていた。向こうで二人はゆっくりと頭を振り、こちらに視線を向ける。しかし、実際には彼らはエラダーナを見ていなかった。男たちが魔法をかけられていることがすぐにわかった。

「あんたがエラダーナだな。息子のためにやってきた。違うか?」

盾に鋼を打ちつけたような鋭い声が問いかけた。声は塔の前から入り口に向ってかけられた。泥とぬかるみの中を進むと、両刃の斧に寄りかかるようにして立つ、たくましい背の高い人影があった。そのおぼろげな姿は近づいてみるまで人間ではないとわからなかった。その肌は油じみていて死んだような白だった。髪も白い。瞳は明るいピンク色だった。彼の荒々しい顔は、ウルクの血が混じっていることを表していた。そいつが彼女に向かって笑いかけると、唇がめくれあがり、前歯があらわになった。

「俺の主人があんたを待っている。妙な真似をしようとするなよ。さもなければ、俺やそこにいる仲間があんたをみじん切りにする」

先頭をウルクに、後ろには剣士二人にはさまれ、エラダーナは塔に入り、腐った肉と汚れた藁の臭いのする部屋へ入った。煙をあげる炎を囲んで、三匹の純粋なウルクがダイスゲームに興じている。その傍らでは、壁に据えつけられた輪につながれた白と茶のヤギが哀れな鳴き声をあげていた。疑いようもなく、この後生きたままヤギを貪り食うつもりなのだろう。ひどい臭いのするぬかるみの中からは、上に続く階段がまっすぐに伸びていた。

「ヴァル、リカード。俺と来い」

混血は魔法にかかっている戦士の二人に声をかけた。

「主の部屋に特別な客を連れていく」

下の階のひどい臭いの後では、マルソーンの部屋はほっと息がつけた。けれど、それ以外の状況であったなら、エラダーナはここに漂う純粋な悪意に胸が悪くなっただろう。この感覚は邪悪と言うには小さいし、恐怖というには悪意に満ちていた。そして、同時に危険でもあった。頭に思い浮かんだイメージは、妹を泣かせるためだけに、彼女のよく歌う小鳥を絞め殺す悪ガキだった。みすぼらしい、死に満ちた光景だった。マルソーンの手下は、窓の回りにほとんど擦り切れた黒い布をかけていた。木製の床は、真ん中がすりきれた赤と黄色のカーペットで覆われていた。老人は、巨大な樫材の椅子に腰かけ、クッション付きの椅子に足をあげてくつろいでいた。やせた男だった。腕は枝のようで、顔は骸骨の上に古い羊皮紙を張りつけたようだ。男が歯のない口でエラダーナに微笑みかけると、唇からはいっそう血の気が失せた。

「さて。きみは来たわけだ」

声は枯れた木の枝をこすり合わせたようだった。

「来ることはわかっていた。子どもに対する母親の愛！　感動的じゃないか？」

「わたしの子どもに何をしたの？」

「石にした。もとに戻すことはできる。わしはきみに敬意を払っているのだよ。エラダーナ。最大限の敬意だ」

「それでこの塔全体に魔除けを張っているの？」

「ああ。わしの小さな罠に気がついたのかい？　ここにいるかぎり、きみはひとつも呪文を唱えることはできない。たったひとつもね。それに対しては自信がある。しかし、魔除けだろうと何だろうと、それでもきみは来た。感動的だよ。本当に、これこそが、母親の献身というものだ。ゴーロ。よく覚えておけ。よく覚えておくんだ。おまえの種族にはこんな高貴さはない」

ナメクジのような白いハーフ・ウルクは、炎につばを吐きかけた。わずかな間、エラダーナはスローイングダガーを抜いて、マルソーンを殺して椅子に戻すことを考えた。けれど、ゴーロと剣士が彼女を寸刻みにすることは間違いなかった。そうなると、キャドヴァーンはここで石像として、風雨に浸食されながらぼろぼろに崩れ落ちるまで過ごすことになる。

「あなたはわたしから何がほしいのかしら。ご老人」

「きみの助けだよ。わしが取りかかっている魔法の技に手を貸すと約束するなら、きみの息子は戻そう」

彼は椅子に背を預け、指先を檻のように組み合わせた。

「わしは何か月も計画を練ってきた。ドラゴン大陸中の偉大なる魔術師に質問すると、みんなきみがいちばん信頼できると口をそろえた。彼らが言うには、エラダーナが誓ったなら、それはなされたと思っていいと。この絶対的な正直さがきみの魔力の定めであり、制約であり、真髄なのだろう。きみの一匹狼の魔法学派では、よくあるものなんだろうね」

エラダーナはなにも言わなかったが、マルソーンがそんな推察のあげくに死んでしまえばいいと思っていた。潜在的な魔法の才能しか持たずに生まれてきたエラダーナは、自分自身の犠牲によってその力を発現させていた。彼女が嘘をつけば、魔法の力は弱まってしまう。そして、それを続ければ、すぐにでも失われてしまうのだ。

「ああ。唇が真っ青じゃないか」

マルソーンは喉の奥で笑った。

「さて、きみは嘘をつくことができない。わしも嘘をつく必要はない。取引といこう。きみがわしが求めるものを手に入れる手伝いをすると約束するなら、わしはきみの息子を解放しよう。最初にたったひとこと約束すると言えばいい。きみは彼を街に連れ帰り、癒し、世話をし、安全なのを確認して、ここに戻ってくればいい。それから、共に仕事を始められる」

少しのあいだ、エラダーナは部屋が揺れ動くのを感じた。体が氷のように冷え、ひそひそと声が聞こえた。おぼろげに、彼女はマルソーンがなにかを言って、椅子が近くに押しやられるのを感じた。彼女は腰を下ろして息をついた。いま弱さを見せるわけにはいかなかった。

「どうしたね？」

マルソーンは近くに寄りかかっていた。

「来なさい。きみはわしに危害を加えることはできない。わしにはきみが必要なのだ」

「わたしが力を貸すことで、あなたが無辜（むこ）の人たちを一人でも傷つけるなら、わたしと息子を殺しなさい。わたしはあなたの邪悪な謀（たくら）みに力を貸すぐらいなら、わたしたちは二人とも死ぬことを選ぶわ」

「なんだって？　ああ、何たるこった、そんなことではない！　わしを見なさい純真なエラダーナ。わしは老いている。見た目よりもずっと。わしが何歳なのかを教えたら、きっと驚くだろう。それは確かだよ。もうすぐ、わしは死ぬだろう。自然の摂理がそうだ。わしの魔法は弱まり、もうこれ以上、煩（わずら）わしい運命をどうしようもない。わし自身にはどうしようもないのだよ」

彼はかがみこんで動かなかった。秋の枯草のように、半ば枯れて半ば凍った、乾いた匂いがした。

「きみは若く、その魔法も強い。きみはわしが生きるのに力を貸せる。わしが不死になるために」

「わたしがどうしてそんな事に力が貸せると思うの？　どんな魔術師もそんなことをしたためしがない。カザンその人ぐらいよ。それに、彼が本当に不死だなんて誰が言えるの？　誰にもそれを判断するだけの力がないのに？」

「どんな魔術師もわしほど熱心にこれに取り組んだ者はいない。秘密はもう手が届きそうなところまできている。あと二年か三年あれば――わしは見つけ出せる。それは確実だ！」

その永遠に生きる生物という思考は、彼女に激しい嫌悪感をもたらした。すんでのところで、彼女は取引を拒みそうになった。賭けているのが自分の命だけなら、マルソーンが永遠ならずとも一日でも長らえることに力を貸す前に、ナメクジのゴーロに喉を掻き切らせただろう。しかし、息子の命も危険にさらされていた。マルソーンは彼女をよくわかっていた。

「ご老人。このことで、わたしには選択肢があまりないみたいね」

「まったくね」

彼はそれに満足したようすだった。

「さあさあ、光栄に思いなさい。我々魔術を扱う者でも、力あるマルソーンとともに働けるものはまれだ。わしに協力することで、きみは多くを学ぶことになる」

エラダーナは落ち着いて考えようと最善を尽くした。彼女はこれまで暗く、悪臭を放つ場所をいくつも冒険し、このうぬぼれたカエルのような男よりも恐ろしいものを見てきた。突然、彼女にある考えがひらめいた。そう、まさにそれではないのか？　エラダーナは地下の奥底で、ある奇妙なものを見てきた。もし、マルソーンが見た目通りに欲にかられていて、エラダーナが自分の言葉を彼にまさしく巧みに伝えることができたとしたら……。

「でも、あなたはまだ何年かかかると言ったわ。もし、わたしたちが成し遂げる前にあなたが死んでしまったら？」

「それこそわしの恐れていることだ」

マルソーンは身震いをし、手を強く組み合わせた。

「あと少しのところにたどり着きながら、死ぬかもしれない！　そうなると、この世はなんと不公平なことか。そうは思わないか？」

「神がわたしたちのような魔術を探求する者に行う、意地の悪い試みね」

「その通り、神々だ。彼らは嫉妬しているんだ。人間の力と、時間さえあれば人間がなせることに」

マルソーンは身を乗り出した。その顔には純粋な憤りが浮かんでいる。

「とりわけ、わしに嫉妬しているのだよ。明晰な頭脳と何年もかけて集めた秘密の知識に。研究を終える十分な時間さえあれば、わしはもっとも偉大な魔術師になれる」

「なるほどね。なら、わたしがあなたの願いを実現に近づけることができるとしたら？　わたしがここから八十キロも離れていない山の地下に、あなたが不死を得る方法があると言ったら？」

マルソーンは目を輝かせた。眩い欲望の光が目から射す。

「あなたに冒険に出るだけの力があるかしら？　馬で山の中まで行かなければならない。廃坑になった銀山がドラゴンファイア連峰の頂にある。それは、わたしだけが知っている秘密の小部屋へと奥深く続いている。鉱山に着いても、そこからまだ何キロも歩かなくてはならない。できるかしら？」

「できるとも。きみが約束をするのなら……」

「マルソーン」

エラダーナは彼をさえぎるように片手を挙げた。

「まあ聞いて。わたしが話しているその小部屋にたどり着いたら、あなたの肉体の骨という骨が不死になる。髪の毛のすべてが不死になる。血管を流れる血のすべてと、血管そのもの、あなたの心臓、脳と目、耳、唇、舌が不死になる。あなたの皮膚のひとかけら、筋肉の筋のひとつひとつ、手足の爪のひとひら、すべての——」

「充分だ！」

彼の声はわずかな力しかないように聞こえた。

「そのすべてを誓えるのか？」

「ええ。誓うわ」

「そして、きみは持てる魔術と力をすべて使って、わしをその小部屋とやらに連れていくと？」

エラダーナは内心、マルソーンの注意深さを呪った。もしも、道中で彼を亀裂にでも放りこんでしまえるのなら、ことは簡単だったのに。

「誓うわ」

マルソーンは頭をのけぞらして笑い、手を叩いた。

「ゴーロ。あの子を連れてこい」

彼はハーフ・ウルクが、垂れ下がった布の後ろに隠された扉から静かに現れるのを待った。

「きみはこの息子を誇りに思うべきだな。この子はわしがなにをしようとしているのかわかっていた。それでも、泣きもわめきもせず、その間ずっと、まっすぐに立ってわしをにらみつけていた。いつか、この子はいい魔術師になるだろう、間違いない」

「そうなの？　この子はいつも、大人になったら自分の醸造所を持つんだと言っていたわ」

マルソーンは約束を守った。エラダーナが息子を安全に宿に送り届けると、まるでかけられた魔法が解けることを望んでいるかのように、術はすんなり力を発揮した。儀式の最後の呪文を唱えると、固い灰色の石が震えてぼんやりと光ると、キャドヴァーンに変化した。キャドヴァーンはぽかんと口をあけて彼女を見ていた。エラダーナが顔に触れると、彼は笑いながら泣いた。エラダーナも彼を抱きしめ、一緒に泣いた。

「ママ、ママ、助けてくれるってわかってた！　あのひどいお爺さんはもう死んだの？」

「いいえ。残念だけどまだよ。彼を傷つけないって約束しなければならなかったわ。それであなたを解放してもらえたの」

「そんなことしちゃだめだよ。あいつをなんとかできるなら、死んでもよかったんだ。ちっともかまわなかったよ」

「わたしがすごく困ったことになるの。わかるでしょう？　わたしはこの一家の母でないと」

キャドヴァーンはぎゅっとエラダーナにしがみついていた。恐怖で骨の髄まで凍りついているのが感じられた。

2.

夏が匂いたつような晴れた日、エラダーナは街から数キロ離れた路上で、望まざる客に会うことになった。マルソーンは堂々とした旅装を整えていた。銀で縁取られた馬具を身に着けた美しい栗毛の馬に乗っていて、そのすぐ後ろには、ボディーガードのゴーロと三匹のウルク、操られた二人の剣士、二匹の荷馬、それを引く従者がいた。

「エラダーナ。その荷物は従者に任せなさい」

マルソーンは血の気の失せた笑みを浮かべた。「馬は持っていないのかね？」

「ええ。歩くほうがいいわ」

徒歩と馬の背では、会話は困難だった。岩だらけの曲がりくねった道のせいで、マルソーンが体力と注意力をただ鞍にしがみつくことに向けていたのだからなおさらだ。それでもその夜、手下が火を起こして食べ物を配り終えると、マルソーンは彼女に隣に来て〝おしゃべり〟をするように求めた。

「さて、ここまでわしは随分と我慢強くやってきた。きみの息子にまだ魔法がかかっている状態では、長話をする余裕もないと思ってね。わしはそういう男なんだよ。心の奥底で常に人のことを考えている。けれど、今はきみがわしに約束した、あの素晴らしい小部屋に何があるのかを知りたい」

エラダーナは自分自身がとても落ち着いているのを感じた。彼女の人生でも最大の戦いが始まっていた。彼女は周囲を見回して、ゴーロが近くにいて耳を傾けているのを知った。それから、マルソーンに向かった。

「わかったわ」

エラダーナは話し始めた。

「銀山については話したかしら。そこは何年もの間、栄えていたわ。でも、ある日、鉱山労働者のひとりが、岩盤を掘り抜いて、地下に川の流れる自然の洞窟を見つけたの。川の対岸には、人工の通路が続いていた。それはとても古くて、〈魔術師戦争〉のころのものだと思われた」

「それは、大いなる魔法によるものだ」

マルソーンは火に煽(あお)られ、熱に浮かされたように目を輝かせた。

「彼らはそこを探索したのか？」

「少しだけ。彼らのうち三人が、川に住む化け物に食われるまでね。そのせいで、鉱山は廃坑になった。それから何年かして、わたしはその話を聞いて調べることにしたの。そこは〈魔術師戦争〉の時代に、何者か強大な存在が山の中に避難所として作ったのは明らかだった。今は詳しくは話さないけれど。あなたが目的を達成したのなら、そこで多くの時間を過ごすことは間違いない。強力な魔術の名残はそこらじゅうに見られるから」

「すぐにそれはわしのものになる。続けなさい」

「川からそう離れていないところに、巨大な力に守られた扉のある部屋を発見した。それを吹き飛ばすのには、力のすべてを使わなければならなかった。その中で、わたしはそれを見つけたの」

ここが正念場だった。彼女はためらい、遠くを見て考えをまとめた。

「そいつをよく見ていないから、男と呼ぶべきか女と呼ぶべきか、〝それ〟と呼ぶべきか、わからない。けれど、そいつは目もくらむような燃え盛る光の柱として現れた。で、古い言葉で話したから、理解するのが難しかった。そいつは戦争の間、敵の手によってそこに閉じこめられていた」

いまのところ、言葉の上では真実だった。

「わたしはそこで何時間も過ごし、その言葉を解明した。そして、わたしが理解できるかぎり、それは最初に部屋の扉をくぐった者に不死を与えると誓った。これがわたしたちが出会った最初の日に話していたこと。わたしがあなたに与えると約束したものよ」

「なるほど」

マルソーンは笑った。乾いたしわがれたつぶやきだった。

「そいつは見返りに自由にしろと言ったのだろう。ふむ。それについてはわかる！　だが、どうしてきみは扉をくぐらなかった？」

「わたしは自分の子どものことを思った」

彼女は自分に制約を課している誰か、あるいは何かが、続く仮定の話を、真実ではないにしろ、嘘や真実の範疇を超えたものだと判断してくれることを願うしかなかった。

「マルソーン。もしわたしが不死になったとしたら、子どもたちにとって良い母親でいられると思う？不死の存在は、子どもが欲しがることや怖いことを理解できないと思う。もし、子どもたちが成長したら、わたしは戻ってきてあの存在の試練を受けるかもしれない。けど、今じゃない。もちろん、最初に扉をくぐるのはあなたになるのでしょうけど」

「小さき者たちへの感動的な犠牲だな。本当に、感動的だ。そうだな、わしが不死になったら、きみを不死にすることに取り掛かるかもしれない。もちろん、きみがわしに仕えることを選ぶのならばだが」

突然、彼はあくびをした。

「ああ、今夜はなんて疲れてるんだ。もう長いあいだ、一日こんなに移動することはなかった。もう眠って、廃坑に行ったときのために力を残して置いた方がいい」

残りの旅の間、マルソーンはより疲れてゆき、エラダーナは彼とこんなふうに密に話すことを避けていた。ドラゴンファイア連峰の黒い峰へとどんどん登るにつれ、馬はゆっくりと規則正しく歩くことしかできなくなった。ゴーロが鞭をふるい、拍車をかけて急がせると、エラダーナはこのハーフ・ウルクの主人に馬の体力を使いつくしてしまえば、旅の終わりに丘を徒歩でゆっくり歩くはめになると指摘した。

「もちろん、もし再び生きて太陽を拝むつもりなら。どうもそれも疑わしい気もするけど」

「おいで、さあ。わが力にきみが加わればそんなもの……」

「わたしたちが行くのは危険な道よ。過信は命取り」

小さくうなずいて、彼は考えこんだ。

「ふむ。きみの言うとおりだ。なにかに追われるなどすると、この馬に乗って急ぐ必要があるかもしれん」

鉱山にたどり着くと、そこに馬を置いておくことに全員が納得した。ねじくれた切り返しや、切り立った頂からの落石があり、トンネルに入ることを余儀なくされたからだ。そこは、いびきをかいているかのように口をぽっかりと開けていた。巨大な樹木が割れて、傾き、いまにも倒れそうになっていた。崖の下に彼らは大まかに整備された草地を発見した。そこにはフェンスや水路の残骸があった。

「ここは、鉱山で使っていたロバの厩舎(きゅうしゃ)だったのね」

エラダーナは言った。

「ここに馬を置いて、従者に見張らせておくのがいいと思うわ。馬を放してしまうと、どこかに行ってしまうか、何かに食べられてしまうから」

マルソーンは切り立った山を見て考えた。峰は松で黒々としていて、ところどころ薄い土から灰色の岩が覗いていた。晴れた昼下がりでも、透明な青い空から吹く風は冷たい。

「いいだろう」

最終的にマルソーンは判断を下した。

「三体の異なるデーモンの名において、ここにとどまるように呪いをかけよう。つまりは、従者のことだがね。馬よりは分別があるはずだ」

マルソーンは自分の冗談で笑った。もちろん、ゴーロもそれに従った。

その夜、マルソーンとゴーロがぐっすり眠っているあいだにエラダーナは野営地から抜け出して、小さな火を囲んでいる従者たちに混ざった。

「わたしたちが坑道に入ったら、全力で逃げなさい。わたしはデーモンの敵という役割を引き受けるわ。実をいうと、デーモンのことはあまり心配していないの」

青ざめて口ごもりながら、三人の従者はこの案に対して、彼女に感謝し、その名をたたえた。

銀山はほんの二十年ほど前に廃棄されたばかりだったため、坑道は良い状態に保たれていた。当初、坑道の探索は特に何もなかった。目的に近づいたことで、マルソーンは若さを取り戻したかのようだった。彼は苦しい息の下で歌を口ずさんでいた。各地の夜の酒場で冒険者たちがよく歌っていた歌だとエラダーナは気づいた。彼の口から聞くと、それはひどく不快に聞こえた。ゴーロとウルクが彼に付き従った。そのしんがりに、魅入られた剣士たちがロバのように頭を垂れてとぼとぼと歩いていった。

朝から長い行軍を行い、彼らは穴にたどり着いた。穴は直径が六メートルほどだった。そこはかつては長い坂が坑道の最下層まで続いていた。片側の立坑は完全に崩れ、遠く下の床に岩や瓦礫(がれき)がまき散らされていた。

「こちらから左に向かって、狭い割れ目がある」

マルソーンが言った。

「あまり安全には見えないな」

「そこから降りることができるかもしれない」

ゴーロが前に出て、ランタンを掲げて中をのぞきこんだ。

「一人ずつ進めば、ですが」

「上るほうが多少は安全ね」

エルダナはウルクと剣士たちにも聞こえるように言った。

「降りるよりは安全なのよ。ここを吹き飛ばしたのはわたしだから、どれぐらいのダメージだったのかはよく知っている。ここを去るとき、なにかがわたしを追いかけていた。この瓦礫がうまく足止めになってくれた」

「魔法を使うべきだ」

マルソーンがぴしゃりと言った。

「一人ずつ飛ばせばよい。あと少しというところで、危険は冒したくない」

「ああ、そうですね」

ゴーロが答える。

「それで、なにがお前を追いかけていたんだ？」

「正直、あなたが知りたがるとは思わないわ」

人とウルク、それに荷物を嫌な臭いのする坑道に降ろすと、二人の魔術師は疲れ果てた。それでも、マルソーンは先に進むように告げた。塩気のある水たまりと、青く燐光を放つ粘液に覆われた岩場を進むころには、マルソーンは疲れ果て、ゴーロに寄りかかって一歩一歩進むようになった。もし、でこぼこの廊下の迷宮や枝分かれした坑道の坂が、ゆるやかな下り坂でなければ、彼が二百メートルも進めなかったことは間違いない。しかし、マルソーンに止まるように言われるまでに、パーティは斜面から数キロ進むことができた。エラダーナはキャンプを張れる場所を見つけた。そこは、半円型の空洞の部屋で、かつては一輪車とこの地方ではよく使われる二輪の鉱石運搬用の車両が保管されていた場所だった。

「床を見て」

エラダーナはウルクたちに言った。

「車輪の跡が石に残っている。ここが廃坑になるまで、数千ものウルクの奴隷がここで一生を終えたと言うわ。地元の人々は、その幽霊が泣きながらトンネルをうろつき、出会った生きとし生ける者に復讐すると言っている」

ここでエラダーナは効果的になるように、言葉を切った。

「わたしはそんな話を信じたりはしない。だけど、あなたたちはそういう話をたくさん聞いたことがあるでしょうね」

「俺たちは幽霊など恐れない。誰ひとりとして！」

ウルクの一人が言うと、他のウルクたちも同意した。が、どれも説得力はなかった。

軽い食事の後、マルソーンはウルクに交代で見張りに立つように命じた。そして、自分は毛布にくるまると眠りに落ちた。深い、泥のような、何者にも破れそうもない眠りだった。ゴーロは外套(がいとう)を使って自分の寝床を整えた。彼は何かがあればすぐに起きると言っていた。けれど、思ったよりも疲れていたのか、それともウルクたちが静かに行動することに長(た)けていたのか、翌朝、見張りたちはいなくなっており、食料の半分が持ち去られていた。マルソーンとゴーロはののしり、裏切り者どもにデーモンを地の果てまでけしかけると誓った。エラダーナはできるだけ打ちひしがれて見えるようにしていた。

ようやくマルソーンは「たいしたことじゃない」と言った。

「わしが不死となった暁には、ああいう輩を処分する時間はいくらでもある。エラダーナ。あとどれくらいだ？」

「そう遠くない。だけど、この先に最悪の場所がある。わたしたちは川を越えなければならないわ」

完全な静けさの中、川は峡谷の底をガラスのように滑らかに流れていた。川幅は十メートルほどで、冷気を放っている。泳いで渡ることは、荷物を背負った男や年老いた魔術師には難しかった。ロープを結ぶことのできそうなでっぱりや楔(くさび)を打てそうな割れ目もない。

「ここにおぞましい生き物が住んでいる」

エラダーナは言った。

「正確に言うと、前回は住んでいた。おそらく、〈魔術師戦争〉のころの合成された存在なのでしょう。わたしがこの上を飛んでいたら、触手が水から飛び出してきて、もう少しで捕まえられそうになった。太さは人間の男の足ぐらいで、血のような赤い、口のような吸盤で覆われていた」

全員が震えた。

マルソーンがふむ、と言う。

「また飛ぶ必要がありそうだな。やりたくはないが。昨日、全員を斜面から降ろすのに、体中の命をすべて絞り出すかのようだった。しかし、他に道もなさそうだ。渡った場合、小部屋まではどれぐらいだ？」

「数キロよ。もし、疲れているなら、そこに行く前に時間を取って――」

「結構だ！　わしはこれまでこの日のために研究を重ねてきた。とどまろうものなら、自分で自分を呪うところだ。もうすぐ、すぐそこなんだ。運命の風が吹いているのを感じる。わしに向かってだ」

「確かに？　この川を渡ったら、わたしは何も邪悪な存在には会わなかった。向こう側ではすべてが凍り、死に絶えている。そこには生き物が食べられるような苔の切れ端ひとつ、水の一滴もなかった。太古の魔法がこの洞窟を、永遠に、生き物が生きるにふさわしくない場所にしているのね。この操られている戦士二人をここに残したらどうかしら。従者たちにしたように、デーモンへの恐怖で縛りつけて。もし、わたしたちとゴーロと食べ物を少しで水を渡れば、あなたも先に進む余力を残して置けるわ」

マルソーンは振り返って二人を見た。二人は洞窟の壁に半ば寄りかかり、だらりと手足を伸ばして立っていた。目はうつろで、口元はゆるんでいる。魂を縛るために使われている魔法によって、なにかが襲いかかれば、彼らはけだもののように狂戦士化し、危険が去るまで戦うのだろうとエラダーナは予想した。

「デーモンで縛る必要すらない」

最後にマルソーンはそう言った。

「われわれが戻るまでどれぐらいかかる?」

「わたしならそこまで六時間で歩いて戻ることができるわ」

「行きは少し遅れるだろうが、帰りはもっと早くなる。いいだろう。魔法をかけ直す必要はない」

マルソーンは二人に向かって手を振った。

「そこで座っていろ」

二人は従順に、半分だけ中身の入った穀物袋のようにその場に座りこんだ。マルソーンは川岸——といっても、水から離れた安全な場所に——立ち、対岸にある彼の運命について考えていた。その間、ゴーロは荷物を整理し、彼とエラダーナが運べるように食料や水を小分けにしていた。エラダーナは、ゴーロが作業を終えて主のもとへ行くまで、自分の荷物を整理し、余計な食料を取り出し、いろいろなことをしているふりをした。彼女はうっかり錫(すず)のカップを落とし、二人の剣士のあいだにガラガラと音を立てて転がした。それを拾おうと駆け寄っても、二人のどちらも顔を上げなかった。

「わたしたちが川の向こう側に渡るまで、しゃべったり動いたりしないで」

エラダーナは耳打ちした。

「渡るまでは一言も」

魂を縛られた状態で、エラダーナの命令は刃物で切りつけられたように精神に届いた。いくつかの言葉をつぶやき、指を組んだ動きで、彼女は呪縛を解いた。二人は口元がぴくりとしただけでまったく動かなかったが、瞳には生気が戻り、その奥に意志が感じられた。カップをポケットに入れて、エラダーナは待っているマルソーンのところへ急いだ。

「わたしが魔法でゴーロを向こう岸に送りましょうか？」

「いやだ！」

ゴーロが金切り声をあげた。

「俺が最初には行かない。触手に捕まれるのはごめんだ！」

「黙れ、このうすのろ！」

マルソーンは弱々しく平手を打った。

「ものを考えろ、愚か者！　エラダーナになにかあったら、二度と小部屋を見つけられない。違うか？」

彼はエラダーナに向き直った。

「なあ、きみが約束に気を配っていることは知っているよ。なんとか、彼を送ってくれないか？」

信念の力によって、エラダーナは力を呼び起こし、金切り声をあげているゴーロを見えないやっとこでも使っているかのように上へ上へ持ち上げた。もう少しで洞窟の天井に頭をこするほど高く持ち上げてから、向こう岸へ振り下ろした。しばらくの間、ゴーロは対岸で斜めに空中にぶら下がっていた。マルソーンは笑い、ゴーロは悲鳴をあげた。エラダーナは彼をぞんざいに鞄（かばん）や荷物のかたわらに放った。

「さあ、わしたちも行こうかね？」

マルソーンは自分自身を空中に浮かせた。

二人は共に浮かび上がると、川の上を滑空した。半分ほど過ぎたところでエラダーナは下を見て、つややかな黒い影を見た。それは馬の倍ほどの大きさがあり、彼らに向かって滑るように移動していた。

「急いで！」

エラダーナは叫んだ。

二人は安全な対岸に急降下した。ちょうど、その怪物が水から鮭のように——それが自然の魚のはずはなかったが——飛び跳ねたところだった。怪物がしぶきを上げる水に潜ったとき、エラダーナにかろうじて見えたのは、牙の並んだ真っ黒な口だけだった。水しぶきは五メートルの高さにまで上がって、彼らの上に硫黄の臭いとともに降り注いだ。ゴーロは金切り声を上げ、マルソーンは胸を押さえながらうめき声をあげていた。エラダーナは、安全を保つと約束したから、川岸からマルソーンを引きずっていった。ゴーロはまだぐずりながら後をついてくる。

「休憩だ」

マルソーンがあえいだ。

「休息が必要だ」

二人はマルソーンを座らせて、服を使って小さな寝床を整えた。ゴーロが鞄をあさり、回復のポーションを探す間、エラダーナは川岸へと歩いて戻った。対岸に剣士たちはいなかった。

甘いにおいのするハーブの抽出液の小瓶一杯と、数分休んだだけで、マルソーンはゴーロの助けがあれば歩けると主張した。エラダーナが望んだとおり、彼は疲れすぎていて考えることも、さらにはこの先について要領を得ない質問をすることすらできないでいた。エラダーナは二人が後ろをよろよろついてくるあいだ、忘れ去られた言語やシンボルの書かれた長い廊下や、腐った木製の扉、目だけが生きていてこちらを見ているような石像などに導いていった。ゴーロは肩や足が痛むだとか、自分の主の重みで背中がつぶされそうだなどとわめきはじめた。マルソーンは苦しい息の下で、ぶつくさとゴーロを罵（ののし）った。最後の曲がり角にきたところで、エラダーナは最後にひとつ疑問があった。表だって彼らに嘘をついてはいなかったけれど、彼女は大きな、悪意に満ちた罠を仕掛けていた。すべての人間や魔物などのように、苦しみや感性を持ち、死への恐怖がその魂を占めている。彼女はためらい、彼らに追いつかせて、告白するべきかの瀬戸ぎわにいた。

「わしが不死になったら」

マルソーンはハーフ・ウルクを相手に言っていた。

「おまえは報酬を受け取る。おまえに約束したことを覚えているか？　数年もすればわしの魔法の力を止める者などいなくなる。レロトラーにも、カザンにも止められない。もし、愚か者どもが目覚めても、われわれが滅ぼしてやる。ああ。そうだエラダーナ、きみにも報酬を与えなければね。なんなら、きみの息子に北の大陸中の醸造所をやってもいい」

「ありがとう。別にひとつで充分よ、マルソーン。準備はいい？　扉はすぐそこよ」

手を振って、彼女はマルソーンを通路の先へと誘導した。

想像もできないほど昔に岩盤から掘り出された荒々しい石の壁と、埃っぽい石の床——感じの悪い小さなトンネルが、ぎざぎざの暗闇の裂け目へと続いていた。マルソーンは下を見て顔をしかめた。

「例の存在は光の柱だと言わなかったかね？　ここから逃げたのか？」

「この暗闇は幻よ。これが、扉の役目を果たしているの」

マルソーンは笑い、頭を振った。

「すまないね。わしはとても疲れているんだ。いいだろう。わしらで解呪してしまおう」

そのための力を集めながら、エラダーナは心の中で、彼女のことを無駄に待ちつづけているであろう二人の子どもたちや宿の店主に別れを告げた。この旅が始まって一度でも、エラダーナは生きて目的を果たせるとは思っていなかった。彼女の横でマルソーンが腕を空に伸ばした。

「いまだ！」

マルソーンが短く言った。

二人が腕を前に伸ばすと、魔法の力が扉に向かってあふれた。唸るような音を立てて、青銀色の光があふれ、槍のようにはっきりと見えた。光で半ば視力を失いながら、エラダーナは膝をついた。しかしマルソーンは、衣服が破られるように魔法の闇が吹き散らされると、前に進んだ。ゴーロは彼女を押しのけて主の後を進んだ。光が小部屋の中からあふれているところだった。

「俺が先だ！」

ゴーロが叫んだ。

「どけ、老いぼれめ！」

「やめろ！」

マルソーンはゴーロを掴み、もろともに地面に倒れた。

まるで打ち上げられた魚のように、彼らは絡み合い、転がり、跳ね回った。ぽっかりと口を開けた扉からは、金色の光があふれていた。大気は震え、地面は揺れ、岩が降り注ぐ。エラダーナは膝立ちになり、再び倒れてから体を起こすと、洞窟を満たす貪欲な唸りから後ずさった。もつれあうようにマルソーンとゴーロが最後の数メートルを転がった。光の帯が彼らをつかみ引きずりこんだ。恐怖と苦しみが、復讐に燃えた存在に混ざり、取りこまれてゆく。どんなことになるのかわからないと言ったとき、エラダーナは真実しか告げていなかった。彼女が知っていたのはこれだ。不死の存在ではあっても、それは飢えていた。彼女がそれを見つけた日、洞窟にとらわれ、それは食べ物を、渇きをいやすための肉を、自らの不死の存在に組みこむものを求めて、脅し、懇願した。飲むための血を、かみ砕くための骨を。それは、血の一滴を、血管を、心臓そのものを、骨のすべてを、筋肉の繊維ひとつひとつを、獲物の細部に至るまで永遠にそのものとし、むさぼり食らうということだった。

エラダーナの足元で岩が揺れ動いた。餌を与えられ、その魔物は強くなり、檻を破ろうとしていた。すべての神々に祈りながら、エラダーナは廊下を走り降りた。彼女には走る以外の選択肢がなかった。川を渡るために、魔力の最後の一握りを残しておかなければならなかった。彼女は転び、自分自身を立ち上がらせ、主な坑道へと走り、再び転んだ。なんとか立ち上がったとき、後ろで脇の坑道の天井が崩れた。魔物の狂ったような叫び声が、瓦礫が雨あられと降り注ぐなか、彼女は先へと走った。それはまだとらえられており、さらなる破壊を呼びこもうと猛っていた。

半分転び半分走りながら、エラダーナは前に進んだ。彼女の背後で壁が割れ、石の天井が落ち、大量の土砂が魔術師の生み出した空白を埋める水のように流れこんだ。彼女はあえぎながら空気が濃くなってゆくのを感じた。足と背中から、降り注ぐ岩にさらされたせいで、血が流れていた。突如、足元で地面が盛り上がった。彼女は転び滑って、何度も転がり落ちた。それは川辺へとつづく長い斜面だった。死にゆく大地とともに、それは彼女を呑みこもうとしていた。魔法が最後に残された希望だった。揺れる不安定な岩の上で、意志の力を総動員して集中する。彼女は自身を空中に飛ばした。瓦礫が雨あられと降り注ぎ、通路をふさぐ中、飛ぶというよりはその場に浮かんだ。いったいどれぐらいの間、生死ギリギリのところに踏みとどまっていたのかはわからない。吠えるような声が静まり、埃が煙となって上がるようになったころ、彼女は自分を支える力を失い、落下しているのを感じた。尖(とが)った岩に強く衝突し、息が詰まる。血を流し、すべての骨と腱に痛みが走った。そして、急激な川の流れがごうごうと迫るなか、彼女は無力に横たわっていた。

溺れながら、エラダーナは岩につぶされるよりは優しい運命だったと思った。そして、死体がどこか見つけることができる場所に打ち上げられないかとかすかな希望を抱いた。そうすれば、グレイと子どもたちは自分が死んだことを知るだろう。そうすれば、彼女の思い出を過去にできる。不意にエラダーナは、グレイが彼女の名前を呼ぶのを聞いた、名前を呼ばれ——声はふたつ、知らない声だとわかった。声と流れる水の音と混ざりながら、ぼんやりとした姿が近づいて来た。手だ。誰かがかがみこんで、手を伸ばし彼女を掴んだ。ヴァルとリカードだ。エラダーナが解放した二人の剣士。彼女はかろうじて彼らの名前を口にすることしかできなかった。

「われわれがあなたを見捨てるとお思いか？　あなたが生きている可能性があるのに、われわれが逃げると？」

彼女を持ち上げようと二人がつかむと、痛みが全身に走った。腕のなかでエラダーナは気を失った。

エラダーナは痛みと太陽の光で目を覚ました。彼女は誰かが濡れた布で顔を拭っているのに気がついた。新鮮な水が唇に注がれるのを感じ、目を開けると彼女の傍らにマルソーンの従者たちがいた。

「逃げなかったのね」

彼女の声はかすれ、痛みのせいでささやくようだった。

「あなたが出てきて、われわれを必要とする可能性があるうちは」

男は苦笑いをした。

「どうやら、あなたは最良の結果をもたらしたようですね。いまはただ休んでください。ヴァルが馬で癒し手を探しに行っています」

あの山の中でなにがあったのかをエラダーナが話せるようになるには、時間がかかった。完全に傷が癒え、グレイの宿の暖かな部屋で、友人たちに囲まれるまでは話せなかった。暖炉には火が燃え、子どもたちが両側にいて、手には良質のブラウンエールの杯を持っていた。彼女が助け出した男たちだけではなく、シンダーズの人々の半分が彼女の話を聞こうと集っていた。話が終わったとき、長いあいだ誰もしゃべらなかった。ただ、そこに座って物思いにふけっているか、恐ろしさに空中を見つめているかだった。最後にキャドヴァーンがエラダーナの袖を引いた。

「でも、お母さん。お母さんは嘘をついたんでしょう？　だって、あいつの一部は不死になったけど、あいつは不死にならなかったんだし」

「そうね。わたしが誓いを守ることができたのは、一部だけ。だから、嘘をついたことにはならないのよ。わたしがあいつに必要なものを読み上げたとき、たったひとつだけ真実を伏せておいたの」

「それってなに？　なにを入れなかったの？」

「彼の魂よ」

オーガー・ポーカー

Compatriot Games

マーク・オグリーン　安田均訳

たいまつの光がでこぼこの壁をうす暗く照らしている。銅貨が五枚、石床のまん中にたまった小銭の山に放られて飛び散り、その音がこだましながら人気のない通路に響いた。

「もう五枚追加だ、ＰＢ」

ＰＢは、異様な形をした頭の右側にある瘤をこすった。こするとツキが回ってくるような気がしたのだが、ポーカーをしているここ一時間ばかりのあいだ、目の上のその小さなできものをさすってばかりいたので、額の生えぎわとつながるあたりの眉毛がすり減って、黒い毛が刈り跡のようにちらほら見えるだけとなっていた。不格好な額の左側は、相変わらず、どこまでが眉毛か生えぎわなのか区別がつかない。ＰＢは、せっぱ詰まったときや考えているときは――彼にしてみればどちらも同じようなものだ――色も形も感じも大きなナメクジそっくりの下唇を吸ったりもした。

ＰＢは、ごつごつした岩の天井にちらりと目をやる。どんよりとした茶色の左目が、灰色と黒のまじったおかしな右目よりもずっとすばやく、天井の弧の一番高い部分をとらえた。それから、タコだらけの巨大な拳で――もちろん自分のだ――じゃがいものような形と色の鼻をさすった。ある方向を探そうとするときやとりとめもないことを考えているときも、彼の目玉はいつも眼窩をゆっくりうろつき回る。おまけに二つの目玉は正反対の向きに回転しようとするので、ことはやや厄介だ。

左右の目がぐるりと回って真ん中で出会いそうになったところで、例の鼻が邪魔をした。視線は茶色い斑点のある瘤のような鼻先に焦点をあわせ、手の中にすっぽりと納まっているカードをもう一度じろじろ見た。

「早くしろ、ＰＢ」

ＰＢとは、〈かわいい奴（プリティボーイ）〉の略だ。

だが、まんざら嘘ではない！　この部屋では、断然、彼が一番魅力的な存在だったからだ。

「ええと、またはったりだろ、サム」

プリティボーイは片手――大きさも不器用さも熊手のような手――で、自分の前にある目減りしてきた小銭の山をすくった。

「ベットするよ。これだけ……」

また銅貨が勢いよく飛び散った。

「ええと、いまのいくらあった？」

「ほう、レイズは四枚だな」

お好みの武器が鞭がなので〈鞭狂いのサム〉とも呼ばれているサムは、手に持ったカードの上から目をのぞかせてにんまりと笑った。黄ばんだ歯は、長年やすりをかけたおかげで先が尖っている。人間なら、そんな痛みには耐えられまい。

だが、サムはオーガーだ。オーガーの世界でも、見栄をはるにはそれなりの代償が必要だった。

種を明かせば、この冷たい洞窟の部屋に集まってポーカーをしている六人は、〈尻噛み（マンチバット）〉を除いては皆オーガーだ。マンチバットはウルクで、尻に噛みつく戦法を好むところからそんな名前がついている。

それにしても、サムは「特別」だった。例えばカードを包みこんでいる大きな手は、たいていのオーガーと同じく、形も手触りも太い木の根っこそっくりだ。だが、サムの手はずば抜けて大きく、おまけに驚くほどすばしこかった。並の体つきの巨人族なら、握手するなど困ってしまうところだが、サムの場合は、肉づきのいい掌で相手の兜をすっぽりと包み、そのまま上に揺さぶって取ってしまうような芸当ができた。

もちろん、兜の中の頭も一緒だ。

皮膚に盛り上がった、ごつごつしたタコの上を傷痕が這っている。醜い傷で浅浮き彫りのようになった肌のおかげで、サムには面倒がついて回った。王室御用達の地図職人や地図製作組合は、サムを国宝と見なし、そのうえで彼の全身の皮膚に懸賞金をかけた。王室の地図職人は、サムの皮膚の隆起の具合はコースト北部にある山岳地帯と氾濫原の地形と全く同じだと言い張って、氾濫原の地形が変化すれば、サムの皮膚もすぐさま同様の変化をするという理論を証明したがっていた。組合は組合で、サムの皮膚は組合控え室でのおもしろい話の種になるだろうと考えていた。

サムは背も普通より高く、背筋をしゃんと伸ばせば——オーガー流の姿勢に対する考え方からすれば、ありそうもないが——ゆうに三メートルは越えた。謎めいた雰囲気で皮膚の色は亡霊のように青ざめて、筋肉は蛇が戦うように結ばれ、声は斧の錆をこそげ落とすような音、体臭はスカンクが巣の中で家族げんかをしているような臭いだった。

彼は、まったくもって、他のオーガーを測る模範だった。

サムは念入りに数えた銅貨を山に落とした。

「おまえと同じ銅貨四枚と、あとは指関節四個でレイズするぜ」

〈毛ば毛ばのわからず屋〉(ファジー・フワットジット)は、体中のあちこちにぼつぼつ生えている灰色の毛の房のひとつを引っぱった。

「指関節？　そんなもの、値打ちあるのか？」

「ＰＢのところに残っている持ち金より、ちっとは上等さ」

サムはでかい蓋つきジョッキを振って、ＰＢの残り金を指した。

「また、はったりさ」

ＰＢはそう言いつつ、茶色の方の目を閉じてサムをじっと見た。片方の目が何か別のものを見ようとうろうろと動き回る心配さえなければ、こうして焦点を合わせることくらい簡単だった。

〈五本歯の拳食らい〉は——歯はもう三本しか残っていないので、この名は正しくないとも言える——サムの腕を叩いた。

「指関節なんてどこで手に入れたんだ？」

樫の扉が割れそうな叩き具合だったが、オーガーにしてみればちょっと親愛の情を示しただけだ。

オーガーは手荒い。

サムは一ガロン入りの大ジョッキを飲み干した。

「北コースト高地で手に入れたのさ。トロール・ポーカーで頂戴したんだよ」

彼はジョッキを振って最後の数滴を舌の上に落とすと、ウルクのほうを向いた。

「おい、マンチ。もっとビールを持って来いよ」

ウルクははじけるように、一気に立ち上がった。

「まかしといて、サム。すぐ戻るから」

走り去る。尖（とが）って大きな耳が激しく揺れた。

ファジーは、空の小さな蓋つきジョッキをサムに向かって投げた。酔ってうつらうつらしている〈屈める頭（ストゥープ・ヘッド）〉にぶつけようとして手元が狂ったのだ。

人間なら、隠れるときや自信のないときには、体を屈めるということを幼いうちに身につけるものだが、オーガーの場合は、頭を屈めないと地下迷宮の天井に頭をぶつけるぞと、子供の頃に教えこまれる。天井にぶつかっても怪我などするわけないが、室内装飾に当たったら大きな音がするし、第一、初心の追跡者でもすぐにわかるような、ぬめぬめした跡が天井に残ってしまう。だから多くのオーガー族は、頭を屈めることはまっ先に必要な行動だった。

ストゥープ・ヘッドという名前は、彼がオーガー秘密行動学校で「頭を屈めろ（ストゥープ・ヘッド）」と号令をかけられ、四回挑戦しても呑みこめなかったところからついた。

ファジーは、本当にストゥープにぶつける「つもり」だったのだと自分に言い聞かせながら、他に投げるものはと探した。そして、もう一度投げてそれを証明しなくてはと心に決めた。だが、ひと続きの言葉が先に脳から神経を伝って舌に達し、それが外へはじけ出た。

「なんだってウルクなんかとつるまなきゃなんないんだ、サム？」

サムは手をのばしてファジーの毛を一房引っつかみ、ファジーが叫び声を上げるほど思い切り引っぱった。

「あいつを気に入っているからだ。わかったか」

大きなあくび声が洞窟の壁に反響したかと思うと、今度はオーガー級のげっぷ音が響き渡った。ストゥープが伸びをすると、体のあちこちでポキポキ、パキパキという音がした。もう一度あくびをする。口が目一杯開いて、声が出る。平たくて大きな出っ歯がむき出しになった。

「マンチはいいやつさ。〈古森〉で俺たちの命を救ってくれたじゃないか」

「トロール・ポーカーをやったってのは、あの近くかい？」

ファジーは自分だけ立ってると思ってる髪をなでつけた。

「そうだ」

サムはふと、ポーカーの前にさんざん食らった食べ物の残りが落ちているのが見えたと思って、硬貨の山を蹴った。

「ファジー、おまえと五本歯はこの辺りの出だろ。ここらじゃトロール・ポーカーはやんないのか?」

「そんなの知らねえな」

「面白いゲームだぜ。プレイヤーに五枚ずつカードを配る。みんな自分のカードを見る。最初のやつが、自分のと他のやつらのカードでどんな役ができるかを言うんだ——スリー・ドラゴンとかな——そして金を賭ける。次のやつは初めのやつよりも多く賭けて、もっといい役を言わなきゃならねえ。さもなきゃ、パスだ」

サムは這って行って、別の樽のなかを確かめた。

「このゲームのミソは、正直に言わなくてもいいってことさ。オーガーがひとつもなくても、フォー・オーガーと言ったっていい」

樽が空だとわかって、サムは壁際の樽を蹴飛ばした。かけらがあたりに飛び散った。

「誰もベットしなくなるまで、それを続ける。そして全員が手持ちのカードを開くと、最後のやつが言った通りの役を作れるかどうかわかるって仕掛けだ。その役ができりゃ、そいつは金を全部頂戴できる。もしできなけりゃ、賭けたのと同じ金を没収されたうえに——」

サムはまた別の指関節を空中へ弾きあげた。

「——指の関節をひとつもぎ取られるのさ」

「すげえゲームだ」ファジーは毛の房を引っぱって、自分が見つけた宝物がまだ食べられるかどうか、結論を出そうとした。

「トロール相手じゃ別にな」

サムはぼけっとした顔をして、目を曇らせた。そしてゆっくり続けた。

「トロールはば〜か(ストゥーピド)だ」

一座の顔に困惑の表情が浮かぶのを見て、彼は急いでつけ加えた。

「悪いなストゥープヘッド。だが、トロールはまぬけだ」

「そんなこと、コーキーの耳に入れるなよ」

五本歯が言ったが、サムは肩をすくめた。

「あんなやつ、どうってことないさ。あいつがここにいられるのも、トロールがいれば地下迷宮に箔がつくと魔術師が思ってるからだ」

五本歯は恐る恐るあたりをうかがった。

「だけど、コーキーはでかいぜ。おまえよりもでかい」

「おまけにデブだ。太ったトロールなんて、聞いたことないぜ」

サムは二の腕に力をこめた。すると、人間の頭ほどもある、大きな力こぶが現れた。

「コーキーのことなんて気にするな」

〈かわいい奴（プリティボーイ）〉は、相変わらずじっとサムを見ていた。

「へへえ、またはったりだろ」

彼は、自分が言ったことが正しいと証明するものを何か見つけようと、茶色の方の目をまた開いたが、結局、天井をしげしげ眺めるばかりだった。

「いつでもはったりだもんな」

黒灰色の方の目がサムから視線を外して、何があるのかと茶色の目を追った。

サムはついつられて、何か面白いものでもあるのかと天井に目をやった。頭を振って目を凝らしてみたが、やがてPBの注意を引こうと床を荒っぽく叩いた。

ＰＢは床のほうへ意識を向けた。サムは指で床をとんとん打って、ＰＢの定まらない視線を捕えてから、指を自分の顔まで持ち上げた。

「そうさ、はったりだよ。だったら、どうだっていうんだ」

にんまり笑う。

また片目がふさがった。

「わかったよ」

ＰＢは大きく吸いこんだ息をふっと止めた。すると体が一回り大きくなって、よりタフに見えた。

「くそ、降りるぜ」

ＰＢは自分のカードを投げ出して、ビールをだらしなく思い切りすすった。ジョッキに残っていた半分くらいが喉へ流れこんだ。

「なんで降りたりするんだよ？　サムの手は、ホブとトロールとドラゴン、それにフェアリーのワン・ペアだけだぜ」

五本歯は、サムの前に伏せてあるカードを指した。

いきなりサムの拳骨が飛んできて五本歯の顎に命中し、ガツンという大きな音が部屋じゅうに響いた。

「なんだよ？」

五本歯は残りの歯がぐらついていないか、舌で触って確かめた。

「俺の手を見たな。インチキだぞ」

サムは普段よりも眉根にしわを寄せた。濃い眉が恐ろしく吊り上がって、いまにもひと荒れしそうだった。

「それがどうした？　みんなインチキしてるじゃねえか」

オーガーたちは一瞬しんとなった。するとゴロゴロという低い音がして、部屋中が振動した。

やがてPBは、それがサムの押し殺した笑いであることに気づいて、自分もくすくすと笑いだした。

オーガーがくすくすと笑ってる姿を見れば、どんな生き物も反応せざるをえないだろう。しこたまビールを飲んだ後ならなおさらだ。ストゥープの場合は、PBの笑う姿を見てけたたましく笑い出した。その声と剥き出しになった馬のような歯のせいで、ファジーと五本歯も笑い出す。そのうちにサムでさえ、黒ずんだミルクのようなオーガー独特の涙で頬を濡らしながら、床の上を転げ回って笑った。

やっとサムが立ち上がった。

「もういい。カードは飽きた」

彼はファジーのジョッキをつかんで飲み干した。まだ完全には笑いが止まっていなかったファジーは、抗議する暇もなかった。

鼻をすすりながらファジーが尋ねた。

「じゃ、今度はなにする?」

ファジーは鼻と髪を拭いた。

「この地下迷宮にはうんざりだ。ちょっくら出かけようぜ。ここでの俺の仕事は、いろんなものを整頓することだ――」

サムはありもしないテーブルの上を大きくなでるように、手を動かした。

「――守らにゃならん所をボロボロになったらきれいにしたり、備品がちゃんと使えるかとかな」

彼は手のひらを上にして、両手を広げてみせた。

「だが、ここには備品なんてまるでありゃしない。ほとんど何もないことといったら、まるで――」

サムはPBをちらりと見た。そしてため息をつくと、頭の上で指を組んだ。

「まあ、そんなことはどうでもいい。とにかく、誰もここを訪ねて来たりしないのさ」

サムは体を後ろへ反らせ、息を深く吸った。

「この前の仕事とはわけがちがう。あの〈熊の地下迷宮〉にいたときは、えらいちがいだったよ。あそこは最高だったぜ。なにしろ、俺たち専用の用足し部屋があったからな。マジック・マックスは――オーガーの魔術師でさ、おれやPB、ストゥープ、マンチはそいつの下で働いてたんだ――あの部屋をバスルームなんて呼んでやがった。万が一風呂（バス）に入りたくなっても、俺はあんなところで入浴する気にゃならんがな」

サムはもう一度大きく息を吸って、今度はフーッと音をたてて吐き出した。

「ハーピーの古いことわざを知ってるか？　『自分の巣だけは汚しちゃならない』ってのさ……ファジーには当てはまらないがな」

「ええと、PBはそんなの初耳だよ。どこで聞いた？」

「老いぼれのハーピーをぶちのめしたのさ」

サムは、ミシミシと音をたてて立ち上がった。

「さあ、表へ出てひと暴れしようぜ」

「俺たちがいないのを知ったら、ファークルが怒るぜ」

ファジーは舌を伸ばして、ジョッキの内側をくまなくなめ回した。

サムは右手を下に伸ばすと、目ざとく見つけた埃まみれの羊肉を床からさっとつまみ上げて、口にほおばった。

「だからどうだってんだ？」

「だって、〈強力ファークル〉は魔術師だぜ。俺たちのご主人様だし」

サムのげっぷの音で天井の岩が緩み、小石がいくつか落ちてきた。

「コーストの魔術師たちは、やつをそんなふうに呼んだりしないぜ」

ファジー・ファットジットはサムのそばまで這っていって、羊肉がもっと落ちていないか床を見た。

「じゃ、なんて呼んでるんだ？」

サムは両手の指を組み合わせ、手のひらを外側に向けて反らせた。ポキポキと指の鳴る音がして、天井の石がまたいくつか降り落ちてきた。

「ヒキガエル乗りのファークルさ」

ビールを呑んでいたPBは、それを聞いてまたくすくす笑い出した。必死で口のなかのビールを吐き出すまいとしていたが、とうとうこらえ切れずに霧状の液体を部屋いっぱいに吐き散らした。彼はむせ返りながら言った。

「ファークルが乗ったら、カエルがつぶれちまうよ」

サムはにやにやするのを止めて、顎にかかったビールのしぶきをなめ取った。

「当たり前だろ。なんでも、魔法学校で、〈乗馬中の魔術〉コースを取ってるとき、呪文をかけ損なったらしいぜ」

サムは、また低い笑いを響かせた。

他のオーガーたちは、みな無言だった。ようやく五本歯が口を開いた。

「意味がわからん」

「そうか？」

サムは頭を振った。

他の連中は、「そのやり取り」で単に興奮したのか――オーガーは、微妙なユーモアを使えたりはしない。そもそも、ユーモアそのものが通じると思えない――それぞれのスタイルでいっせいに笑い出した。

「おれがマンチバットをそばに置いておきたくなるのも、無理ないか」

サムは、自分に向かってそうつぶやいた。そして、声を張り上げた。

「要するに、だ。もしファークルが俺たちをどうこうしようってつもりなら、この辺りの地下迷宮の魔術師たちに、やつの過去をばらしてやるだけよ」

「ええと、なんだってこの辺には魔術師が何人もいるんだい、サム？」

PBの茶色の目がふらついている。

「もう、これまで二度も説明してるぜ、PB」

「ええと……そうだっけ？」

茶色の目が、またふらふらとさ迷い始めた。黒灰色の方の目はじっと鼻に焦点を当て、連れ合いが軌道周遊を終えるのを待っている。

「覚えてないようだな」

説明しなければ、PBは何度でも質問するだろうと観念して、サムは再び口を開いた。

「つまりだな、いくらおまえでもこれくらいは知ってるだろ――たいがいの街には、地下迷宮に住む魔術師は一人しかいない。地下迷宮が一つしかないからだ」

サムは少し間を置いた。PBの両目の焦点が定まらないうちに考える材料を与えすぎたくなかった。ふらふら回る二つの目玉がしかるべき位置に落ち着いたのを見て、サムは続けた。

「ところが、ケインクーンには、小さな街なのに『四つ』も地下迷宮がある」

　ＰＢの両目がまたひくひくし始めるが早いか、サムは指を四本立てた。

「聞いた話じゃ、街の連中は、四つの地下迷宮が街を繁栄させると思ってるらしい。〈大議会〉とかいうのがあってな——ただの頑固な街のじじいたちの集まりさ。ほかよりも、もったいぶってやがるがな。やつらにとっちゃ、ファークルのような魔術師は金づるだ。つまり、地下探索者どもは——」

「ああ、あの悪党どもかい？」

「そうだ、ＰＢ、悪党どもだ。つまり、〈大議会〉は地下探索者どもが地元の商売人からしこたま買いこんでから、地下迷宮へ行くと思っている」

　サムは薄笑いを浮かべて、歯の切っ先に舌を這わせた。

「タグボトムとかいう、〈大議会〉の阿呆が言ってたぜ。『地下を略奪した英雄は、ただちに戦利品を散財してくれる』ってな」

「ええと、どういう意味かな、サム？」

「あわてるな、今説明してやる。つまり、〈大議会〉のあの悪党どもがおれたちを袋叩きにして、おれたちの金を奪い、その金で盛大に騒ぎまくると思ってんのさ」

「こんちくしょう」

「そうだ、いいこと言うじゃないか、ＰＢ」

　サムは口を拭って、ぼそぼそとつぶやいた。

「いつもそんな調子だといいんだがな」

　それから、自信たっぷりに続けた。

「冒険者とかのチビイタチどもにやられるなんて――」

彼は、いま自分が言ったことについて考えながらちらりと仲間たちのほうを見て、次に天井、床、最後に左手の割れた爪を見た。

「――ふん、この俺たちをか」

「あのう、ＰＢが言ったのは、その〈大議会〉の野郎がこんちくしょうだよ、あんたいい、やつダメ」

サムは、割れた爪をもうしばらく観察することにした。やがて彼は首を振って、ため息をついてからＰＢに尋ねた。

「地下迷宮の話はこれでわかったか？」

「ああ、そうね」

「本当だな？」

「ああ、そうね……」

「よし」

「あのう、サムそれで……」

サムは片手上げてＰＢを制し、ドスドスと足を踏み鳴らしてそばの壁へ行った。そして体を後ろに反らしてから、思い切り額を壁にぶつけた。

その音で、またうとうとしていたストゥープが飛び上がった。彼は、ＰＢがまた質問を始めるなり夢の世界へ――オーガーにはまったく妙な場所へ――引きずりこまれていたのだ。

サムは額のしわにめりこんだ埃(ほこり)をぬぐい取り、ＰＢの方を振り向いた。

「よし、質問をつづけろ」

〈質問〉という言葉が耳に入ったとたん、ストゥーブは再び目を閉じた。

「ええと……ええと、忘れちゃった」

サムはまた壁のほうを向いた。

「ああ、ちょっと待って。ＰＢ、思い出した」

今度はがっしりとした肩をぐるぐる回しただけで、サムはＰＢのほうを向いた。

「なんだ？」

「ええと……ええと」

両方の目がふらちぃている。

「そうだ。どうしてここはケインクーンなんて名前なの？」

「そいつも前に説明ずみだぜ」

「ええと」

ＰＢはせいいっぱいサムの仕草を真似ようとした。

「何だっけ？」

〈かわいい奴〉はにたりとして他のオーガーたちにうなずくと、彼らがまた笑い出した。

サムは人一倍大きな声で笑いながら一歩前へ踏み出し、ＰＢの目と目のど真ん中を拳骨で殴りつけた。石の地面に平たい岩が倒れたような轟音がした。

サムはおとなしくなったＰＢが起き上がるのを待ち、このオーガーの半色つきの目の回転が止まるのを待った。

「要するにだ。馬鹿な人間どもは、初めての街に入るときに起きたできごとを、その街の名にしたがる。

そうだろ?」

彼は、誰かが答える隙を与えず続けた。

「まったく、人間てのはそうなんだ。だから、ホイール・ブローク(壊れた車輪)だとか、ヴィクトリー(勝利)――やつらの願望さ――だとか、ドラゴンドロッピングズ(ドラゴン墜落)なんて名が多いんだよ」

サムは手を伸ばして、PBの額の瘤の具合を確かめた。

「聞いた話だが、ここは探検隊を指揮した二人の兄弟が、街の名でしばらくもめたらしい。ブロークン・ノウズ(折れた鼻)にするか、イアー・カフ(耳飾り)にするかで言い争ってたときに、この兄弟の祖父さんの悲鳴がした。補給品の荷車の裏へ回ってみると、祖父さんが杖(ケイン)でちょっぴり勇ましいアライグマ(ラクーン)を押っ払っていたのさ。そのようすたるや、そいつはたぶんこれでもうこの街の名は決まりってくらいすごい見ものだったらしい。アライグマは祖父さんの周りを駆け回って動きを封じ、荷車に飛び乗っちまった。この獣、祖父さんが足を引きずってて、左への動きが鈍いのを見抜いたみたいだったとさ」

「利口なアライグマだぜ」

五本歯はストゥープを蹴った。サムが街の名前について、みんながファークルのもとで働くようになって以来五度目の説明をPBにしている間に、ストゥープはまた眠りに落ちていたのだ。

「まったくだ。もしそいつを見つけたら、なにか仕事を世話してやるのにな」

サムはPBを引っぱって立たせた。

PBは、空いているほうの手で顔を保護した。

「あのう、サム?」

サムはびくりとした。そして、ゆっくりと時間をかけて胸いっぱいに息を吸いこんでから、ため息をついた。

「今度はなんだ？」

ＰＢは、警戒をゆるめずに尋ねた。

「あのう、どうして祖父さんは足が悪かったのかな？」

灰色と黒の目がふらふらとサムから離れ、自分の手の甲をしげしげと眺めた。そのほうが見ていて楽しいし、近くにある。

「知らねえよ。おおかた痛風だったんだろう……」

サムはふと口をつぐんで思案した。

「もし俺が、祖父さんは痛風で足を引きずってたのは、補給品の荷車でしょっちゅうつまみ食いしてたからだと言ったら、次は痛風ってなんだと聞くつもりか？」

「ああ、たぶんね」

「じゃ、俺は、なぜ祖父さんの足が悪かったか教えない」

「え……ええっ？」

ＰＢの二つの目玉がひくひくしたかと思うと、やがてぐるりと回り始めて、サムが教えようとしないことをなぜ自分がもう知っているのか理解しようとした。だが、もしサムが教えてくれたら、ついでにわかるかもしれないものについてはわからなかった。

これは、オーガーにとっては夢を見ているのと同じ心地だった。

「それで、地下迷宮を出てなにをするんだ？」

ファジーはべとべとした髪の房を引っぱって、何でこんなに粘(ねば)つくんだろうと思った。

「いいことがある」

五本歯は、興奮してドスドス床を叩いた。

「町長の娘を誘拐するんだ！」

「この街に、長なんていてたまるか」

サムは皆を見回して同意を求めたが、無意味だと悟って、またつぶやいた。

「マンチのやつ、なにをしてやがんだ？」

「町長がいないってことは、邪魔をするやつが一人減るってことだ」

五本歯は、床をめちゃめちゃに叩きつづけた。

サムは黄疸にかかった眼（ジョーンディスト・アイ）（偏見という意味もある）で五本歯をじっと見すえた。実際、彼の瞳の周辺は、歯と比べてわずかに明るい程度の色だった。サムは〈かわいい奴〉の方を向き、五本歯を指して言った。

「いまの意味わかるか？」

「PB、全然わからない」

PBは首を横に振る。

「マンチはまだか！」

サムは唯一の知的な友を恋しく思って、腹の中で叫んだ。そしてむりやり笑みを浮かべ、PBの肩を軽く叩いた。

「いまのはな、ひとつオーガー・ポーカーでもやるかって意味さ」

三つの目玉が輝いた。PBの黒灰色の方の目は、相変わらず自分の手を見て楽しんでいた。

「俺、オーガー・ポーカー、好きだよ」

ストゥープが、また騒々しくがなり始めた。

「早くやろうぜ」

サムは踏ん反り返って座ると、訊いた。

「みんな、やり方はわかってるな？」

「もちろんさ」

ストゥープの歯が、また剥き出しになった。

「あーああ、ううーん」

ＰＢの頭が、小刻みに激しく上下する。

ファジーはサムをにらみつけて、恐ろしくゆっくりと言った。

「ファジーは――このゲーム――したこと――あると――思う」

サムの尖った歯の先が、ちらりとのぞいた。

「よおし」

サムは期待をこめて五本歯を見た。

五本歯は、無表情に見つめ返してきて――これも、彼の数ある特技のひとつだ――やがてファジーに視線を移した。それから、またサムを見る。ファジーから魔法の合図でも受けたように、五本歯は思わず言った。

「なんだ、それ」

「オーガー・ポーカーを知らないのか？」

サムは節くれだった指を上げて、返答を制した。

「ちーっとも構わんさ。簡単だ。やりながら教えてやろう」

彼はカードを一度シャッフルしてから、それぞれのオーガーに一枚ずつ表向けて配った。

「ストゥープのカードはグレムリン、ファジーはトロール、ＰＢはフェアリーだ。五本歯、おまえはホブで、おれがウルクだ」

彼は場を見渡した。

「よし、ファジー、一巡目はおまえが一番いい手だから、みんなおまえに五枚ずつ払うぞ」

ファジーは、ストゥープが銅貨を六枚よこし、ＰＢが十三枚を落とし、最後にサムが三枚を目の前に積んでくれたのを見て、当惑したような顔をしていた。彼はもらった銅貨の数に当惑したのではなく、今回のオーガー・ポーカーは自分が初めてやったときに比べて楽だという事実に戸惑っていたのだ。

「俺が知っているオーガー・ポーカーよりもいいよ」

「そうかもしれんな」

サムはまた眉を吊り上げた。

「五本歯、おまえもファジーに五枚払うんだ」

五本歯はカードを見ながら肩をすくめ、硬貨を片手でつかめるだけつかむとファジーに差し出した。そこで彼は数え方を思い出そうとした。こんなインスピレーションが閃くなんて、まさしく一生に一度あるかないかのできごとだ。彼は舌を口のなかで端から端へと滑らせ、舌先が歯に触れる度に銅貨を一枚ずつ落としていった。

ファジーはチャリンという音の数が少ないようにと思ったが、サムのときと同じ音だったのでなにも言わなかった。

「次の回だ」

サムは、新たなカードを各プレイヤーの前に開いた。

「ストゥープ——魔術師。ファジー——グレムリン。PB——バルルク（バルログ）」歌を歌うような調子で、彼は叫んだ。

「バルルクはフェアリーをやっちまう、バルルクはフェアリーをやっちまう！」そして、すさまじい勢いでくり返した。

「PB—PB—PB—PB—PB……」

ストゥープがすぐさまそれに加わり、ファジーは一瞬戸惑ってから声を合わせた。五本歯は口を開けたまま、下唇によだれを貯めて、ぼうっとみつめていた。

「早くしろ、PB。みんなに一枚ずつだ」

〈かわいい奴〉は、慎重に一枚ずつ数えながら皆に渡していった。

「一……一……一……」彼はとても得意げだった。

PBが銅貨を数えているあいだに、サムは五本歯に魔女を、自分にはドラゴンを配った。

「終わったか、PB？　よし、じゃ、三回目だ」

そのとき、五本歯が口をはさんだ。

「みんな、あんたのドラゴンには払わなくていいのか？」

「払わなくていい。いまのは二回目だからな」

サムは、ずっとまじめくさった顔をしていた——人間で例えればごく普通の表情なのだが、オーガーには遺伝子的に存在しない顔つきだ。

「おおっと！　けど、ファジーにも、俺にも、緑のカードがあるって場合もあるぜ」

彼は身を乗り出して、ファジーの鼻を軽く叩いた。

「ビンクル」

「なんだ？」

ファジーは、鼻毛の房をつかんだ。

サムは促した。

「さあ」

少ししてから、ファジーはそっとサムの鼻に触った。

「ビンクルっか？」

「よし！　三回目にいくぞ。ストゥープはノーム。ファジーはまたトロール。ＰＢ、ほほう、人間だぞ。

五本歯もノームだ、悪いな。俺は――」

彼は、長いげっぷをしながら最後の言葉を言った。

「バールールークー」

そして手を伸ばし、五本歯を平手で叩いた。

「醜いノームめ」

ストゥープもＰＢも、すぐさまそれに乗じた。ファジーは今度も遅れたが、その分強くひっぱたいた。

顔にひりひりと痛みを感じながら、五本歯はストゥープのカードを指した。

「こいつも『醜いノーム』を持ってるじゃないか。どうして『こいつ』はひっぱたかないんだよ」

サムは首を振った。

「いや、こいつのは『醜く』ない。魔術師を持ってるから『かわいい』ノームにできるんだ」

「だって、俺も魔法使える奴を持ってるぜ！」

「おまえの魔女は、ホブの上にある。だから、ただのうすのろ魔術師さ」

サムは、五本歯の肩に優しく——オーガーにしてはだが——片手を載せた。

「大丈夫、そのうちわかってくるさ」

彼は顔をそむけてストゥープに向かってにやりと笑うと、またカードを配り始めた。

「デーモンだぞ、ストゥープ。わお、惜しいじゃないか。今夜の月が満月なら、これでもうおまえの勝ちだったんだがな」

「惜しいな」

ストゥープはまだ多少腑に落ちない部分があったのだが、うなずいてサムに加担した。

「ファジーは魔女。悪かないな。PB——フェアリーだ」

サムは頭を振った。

「ついてないいな」

「そう?」

〈かわいい奴〉も、このゲームの目的がそっちのけになりかけた。

それに気づいたサムはうなずいて、もう一枚のホブを五本歯に配った。

「さあてと、おおっ、俺のところへオーガーが来たぞ」

サムは立ち上がった。

「俺がいちばん先ってことだ。ストゥープ、おまえが二番手。PBのフェアリーは、トロールが走るよりも早く飛ぶから、次がPB。そしてファジーだ」

サムはゆっくりと場を巡りながら、他の連中が自分の後ろにつくのを待った。そして、五本歯が立ち上がりかけると、すばやく言う。

「おまえの勝ちだ、五本歯。そこに座ってろ」

そして初めに五本歯の横を通り過ぎるとき、サムはその座ったオーガーの左肩をぴしゃっと叩いた。「ワン・ホブ」

後ろの連中も、順番にそれに倣（なら）う。

完全に面食らった五本歯は、ジョギングしているような四匹のオーガーを——常軌を逸しているとまではいえないが——ただただ見つめるばかりだった。よだれがたらたらと、下唇から流れ落ちている。

場をもう一回りしてから、サムは五本歯の右肩を軽く叩いた。

「ツー・ホブ」

ストゥープが、同じように右肩に触る。

「ツー・ホブ」

PBが右肩を軽く打ってから、左肩も軽く叩いた。

「ええと、ホブ」

ファジーがなにも言わずに両肩をピシャッと打つと、五本歯の唇からよだれがどっとこぼれた。

サムは三周目を終えて、今度は五本歯の後ろで立ち止まった。大きな拳骨をひとつ振り上げて叫ぶ。

「ワン・ホブ」

もう一方の手も振り上げた。

「ツー・ホブ」

そして、五本歯の頭の両側に、二つの拳骨を打ちつけて叫んだ。

「ホブのワンペア！」

拳骨が命中したときの音で、地下迷宮の回廊がビリビリと震え、その衝撃で五本歯は気を失った。他のオーガーたちは、五本歯が意識を取り戻さないうちにサムのやり方を真似した。ＰＢだけは皆とちがって、「ホブ、ホブ、ホブ」と言いながら、五本歯を打った。

ゆっくりと、木が見事にバリバリ、ミシミシと言う音をたてて倒れるときのように、五本歯は前のめりに突っ伏した。

サムはため息をついた。

「このゲーム、大好きだぜ。一人に一度しか使えないのが残念だけどな」

ストゥープがＰＢを小突いた。

「ＰＢなら二度いけるぜ」

「そりゃ言えてる。まったくだぜ、な？」

サムもＰＢを押した。

「ええと、ＰＢ、馬鹿だしね」

ＰＢはまたくすくすと笑った。

ファジーは突っ立ったまま、こわばった毛を一本引っぱって言った。

「俺がやったときとルールが違ったみたいだ」

「そりゃ、これは俺が考えたゲームだしな、プレイするたびに俺がルールを考えるからさ。不思議なことない」

「ええと、ＰＢもびっくりしない」

〈かわいい奴〉はうなずいて同意した。

「違うだろ、ＰＢ。おまえはいつもびっくりしてるだろ」

「ええと、ああ、そうだな」ＰＢはうなずき続けていた。

「おい、見ろよ」

ストゥープは五本歯の開いた口から二センチくらいのところにできている小さな灰褐色の固まりを指差した。

「こいつ、また一本なくなってら」

ＰＢはひざまずいた。膝がドラムを打つような音を地面で立てた。

「前は五本歯だったんだけど。いまはいくつだい、サム？」

サムは身を屈めて意識不明のオーガーの唇をつかみ、ぐいと引っぱって開いた。

「二本残ってる」

「これが二本？」

ＰＢは二つの歯をつついた。

それから「ははあ」と、大きさも形も人間の足の親指の骨くらいある、折れた歯をつまみ上げる。

「きっとこれをなくしたくないと思ってるよ」

ＰＢは、床についている五本歯の耳たぶの上にその歯を置いて、上から思い切り押しつけた。それから五本歯の上体を起こして、新しいイヤリングをほれぼれと眺めた。

「サム、カードをしないなら、なにをやるんだよ？」

ファジーは小さな髪の房を引き抜いて臭いを嗅ぎ、確かになにかついているなと考えていた。

そのとき、ストゥープがファジーの手をぴしゃりと叩いたので、指が球根のような鼻にめりこんだ。

「出かけようって話になってたじゃないか」

「おお、そうだ。誘拐する――ぷふあっくしょん！」

ファジーは、自分の毛にアレルギー反応を起こし、くしゃみをストゥープに浴びせかけた。

「町長の娘だ」

サムはまたファジーを殴ろうとしたが、ストゥープのありさまを見て手を止めた。

「その話はもう済んでるだろ、ファジー」

「銀行を襲うってのは、サム？」

ストゥープが後ずさりながら訊いた。

「ケインクーンの銀行は文無しだ。部屋のほうが、まだ多少の金があるさ。それも大したことはないがな」

「どうしてそんなこと知ってんだよ？」

「俺がどこでポーカーに使うコインを調達してきたと思ってんだ？」

サムは銅貨の山を蹴った。

「とにかく、俺は他の奴の体を拝みに出かけたいのさ。醜いおまえらはもう見飽きた」

「ええと、ＰＢ、ちがう。ＰＢ、この中でいちばんすてき」

サムはＰＢの方を向いた。

「誰がそんなことを言ったんだ？」

「ええと、ええと。誰だっけ。でも、どこかで聞いたよ」

ＰＢの二つの目玉がまた大きな円を描き始め、どこで聞いたのか思い出そうとしている。

ストゥープが、自分の腿を打った。

「そうだ、サム。街のトロール地区にいる、あのオカマホブはどうだい？」

「ええと、トロール地区ってなに？」

PBがサムを肘でつついた。

サムはとりあえずPBを無視して、ストゥープに片方の眉を上げた。

「ハリーフィーツのことか？」

節くれだった肘がまたつついてきた。

「誰の足が毛むくじゃら（ヘアリーフィート）だって？」

PBの茶色の目がゆらゆらとさ迷って、やがてタコだらけの自分の足に視点を置いた。

ストゥープはうなずいた。

「そう、あいつだ」

「あいつをどうするんだ？」

「とっつかまえようぜ」

「だめだ――」

サムはぐるっとPBの方を向き、じろっと睨んで三度目の小突きを制した。

PBは弱々しく笑うと、ゆっくり肘を引っこめて体の脇につけた。茶色の目は足から視線を外し、どうにか肘に追いついた。

PBは答を聞くまで何度でも質問をしつづけることがわかっていたので、サムは言った。

「PB、トロール地区のことを何度説明させる気だ？」

「ええと、PB、わかるわけない」

サムはちょっと思案してから、頭を振った。

「またいいこと言うじゃないか、PB。一日に二度もあるとはな」

PBのナメクジのような唇が動いて、薄笑いめいて見えた。

「もう一度言ってやる」

サムは指を一本立てた。

「それにしても、なんだって俺はこんなに人がいいんだ」

「ええと、それ、俺に訊いたの？」

「そういうわけじゃ——」

「あんたが俺を好きだからだよ」

PBの顔にまた笑いが浮かんで、唇が信じられないくらい広がった。上下の唇がめくれ返って斑点のあるねずみ色の歯茎が剥き出しになり、何種類もの古い食べかすが汚らしい層になって付着していた。

オーガーでさえも、この気色悪さと気味悪さにはげっそりした。

「おえっ。おまえ、先月あのヒキガエル食っただろ」

PBの二つの目がこのときばかりは一緒になって、自分の口のなかをのぞきこもうとした。頭の先を前へ倒していきながら、めくれ上がった上唇の内側を見ようとしている。

必死になっているオーガーがバランスを崩して頭からひっくり返らないうちに、注意を自分に向けさせようとサムは声を張り上げた。

「要するに、だ」

バランスを崩しかけた頭がよろよろと上へ持ち上がったので、サムは続けた。

「ケインクーンの奴らが地下迷宮をいい儲け口にしようとしたその頃に、四匹のトロールが――コーキーなんかと違って正真正銘のやつらだ――〈地下迷宮区画委員会〉のお達しだと言ってあの地区に住みついたのさ。そいつらは、やり手地下迷宮所有者たちに――魔術師のことだけどな――どこに地下迷宮を作ればいいか教えてやると近づいた。その上、地図製作組合と独占取引をしたことにして、奴らの地図以外は使わないようにしている」

「あんたを追っかけ回している、あの地図屋たちか？」

ストゥープが尋ねた。

「そうだ。どいつもこいつも報奨金目当てさ」

サムは身を乗り出し、PBの両眼をじっと見た。

「わかったか？」

PBはうなずいた。それから、また次の質問を思い出そうとして、顔を横にひねった。

サムは首を振って待った。

ようやく質問が出た。

「ええと、誰の足が毛むくじゃらだって？」

「ハリーフィーツってのは、あいつの名前だ。毛むくじゃらの足をしたやつなんていやしねえ！」

サムはPBの茶色の目の動きを無視した。それは斜め下に向いて、オーガー全員の足を見ていた――もちろん、みんな毛むくじゃらだ。だがファジーは別で、左右のでかい足先には、黒くて長い毛がそれぞれ一本だけ生えていた。

いらだったサムは、ＰＢの喉に両手を回して体を揺さぶった。

「やつ、の、名前、は、ハリーフィーツ、なんだ！」

そう言うとサムは〈かわいい奴〉を放し、下に向けた手を目の前で広げた。他のオーガーたちは、首を絞めるのは別に悪いことでないと思っているので、むしろこれは自分自身を落ち着かせるための動作だった。

サムはＰＢをにらみつけた。

「やつの名前は、以前はハリー・フィーツ（急ぎ足）だったんだ。だが、やつが言うには、阿呆どもが、口を開けば誰の足が毛むくじゃらなのかと訊いてくる。そこで、やつはハリーとフィーツをくっつけて一つの名にした。そして、トロールと一緒に仕事するなら、〈ドントフェイルミーナウ（もう俺を馬鹿にするな）〉が名字にいいと考えたんだとよ」

サムはポキポキと大きな音がするまで、首をぐるぐる回した。

「〈大議会〉は奴を雇って連絡係に仕立てた」

彼はそこで言葉を切って、間髪を入れずにつづけた。

「つまり、奴がトロールに話をしてくれれば、〈大議会〉の連中はトロールなんぞと話をせずにすむってわけさ」

サムは鼻を鳴らした。

「〈大議会〉だと――お笑いだな。おそらく連中のモットーは、『成せばなる、なにごとも。ダメならせめて振りだけでもしておこう』だな」

「モットーって？」

ファジーが訊いた。

サムはファジーを見つめ、自分の頭を狂わせようとしている陰謀でもあるのではと見きわめようとした。

「古いことわざみたいなもんだ」

「ぶん殴って聞き出したのか？」

「ちがう。そうじゃないかと思っただけだ」

ストゥープは退屈して、足を引きずって歩いた。

「ハリーフィーツをとっつかまえようぜ」

「だめだ。そんなことしてもあいつにはわからないだろうし、俺としては、とりあえずあいつを怒らせたくはない。あいつはあの〈区画委員会〉のまぬけどもと一緒にトロール・ポーカーを仕切ってるんだ」

サムは体をかがめて、硬貨の山の中から獲物の指の関節を取り戻した。

「こいつはもう取れるだけ取ったから、つぎは、何かもっといい物をいただくつもりだ」

「なにを？」

「さあな。首飾りとか、サンドイッチとか、そんなものだ」

肩をすくめる。

「俺の好みのものさ」

ストゥープは、踏み荒らされた床を蹴った。

「じゃあ俺たち、これからなにをするんだよ？」

そのとき、マンチバットが部屋へ駆けこんできた。

「サム。ビールなんて一滴もなかった。隅々まで探したけど」

「全部か？」

「全部さ。貯蔵室もコーキーの巣も。ファークルの分まですっかりなくなってた」

サムはマンチのほうへ歩み寄り、ウルクの肩どころか胸半分に自分の肘をもたせかけて腕の先をぶらぶらさせた。

「こいつは、たとえ魔術師のものでも、俺たちのために喜んで盗んでくるつもりだぜ」

サムはうなずいて、ぐるりとファジーに目を向けた。

「これでおまえも、俺がなぜこいつをそばに置いておくのかわかったろう」

ファジーは感心したという顔で言った。

「マンチバットは本物の『英雄』だな」

そのとたん、ウルクは唇をすぼめて舌を突き出し、勢いよく息を吹いて汚らしい音を出した――仲間が迷惑なのはわかっていたが、この言葉には我慢ならない。

サムは、完全に混乱したファジーの頭をすっきりさせてやろうとして言った。

「大目に見てくれ、ファジー。マンチはこの言葉を聞くと、必ずいまみたいにするんだ」

「どんな言葉だよ？」

「それは――」

サムが棍棒のような指を一本振り動かしたとき、マンチが今度はサムのほうを向いた。サムはためらった。

「たいていいつもだ」

「あんたが『たいていいつもだ』って言うと、こいつは唾を吹き飛ばすのかよ？　なんのためだ？」

「いや、そうじゃなくって、おまえが言った――」

ファジーにとっては事態は少しもすっきりしそうにないと、サムは悟った。このままでは自分の頭でおかしくなるばかりか、信望を損なう恐れもある。

「もういい」

「サム」

ストゥープが情けない声で言った。

「これからどうするんだよ?」

サムとマンチバットは顔を見合わせ、声を合わせて言った。

「ビール狩りだ」

「五本歯は?」

ファジーは意識を失っているオーガーに蹴りを入れた。

「どっちみち、行きたがってなかったみたいだぜ」

サムは肩をすくめてから、頭をファジーのほうへかしげた。

「それとも、行きたくねえのはおまえだっけ?」

「ちがう、ちがう。五本歯だよ」とファジー。

PBがファジーをつつく。

「つまり、二本歯と言ってんだね」

サムは廊下へ向かった。

「行くぞ」

みんな彼の後をついていった。

途中に、家具も何もない部屋がいくつかあった。ファークルは予算を拡大しすぎて、近ごろでは家具まで資金源に当てなければ首が回らなくなっていたのだ。この魔術師の狙いは、失敗に終わった冒険グループの装備品をかっさらってきては、それをケインクーンの〈地下探索者向け古道具屋〉に売り払い、その収入や地下探索者たちから得た小銭を、再投資するというものだった。

急にサムが立ち止まった。

後ろにいたPBはサムと接近しすぎていたために、たちまち鼻からサムの背中にぶち当たった。残りのオーガーたちも、将棋倒しに前へつんのめった。

横の部屋の入口が開いていた。見ると三匹のウルクが、とんがった耳の頭にかつらを載せて、言いわけがましくぶざまな姿をさらしていた。サムがつぶやいた。

「こんなおかしなところで働くのは、俺も初めてだぜ」

ストゥープがそっとサムをつついた。

「どうしようもないな、あいつら……」

サムは肩をすくめた。

「古い人間のことわざに、ウルクに背中を見せるな、ってのがある」

「そんなのどこで聞いたんだ？」

「人間の老いぼれをぶちのめしたのさ」

サムは、ストゥープをぐいと引き寄せた。

「先へ行こうぜ」

それからサムは、後ろの方で同類を見てむっつりとしているマンチバットに気づき、そばに行った。

「あいつらがおまえに背中を見せられない、もっと上等な理由が他にあるぜ、マンチ」

サムはウルクの左右の肩甲骨の間を、親愛の情をこめて思い切り平手で叩いた。マンチバットはむせ返り、サムは声を上げて笑うと、もう一度ゴツンと彼を叩いた。

今度はストゥープが、クスクスと笑い出した。

「PBの鼻、けっさくだぜ」

「当たり前じゃないか」

マンチは呟きこんで言った。

「オーガーだからな」

サムは、気をつけろよと目で合図しながら彼に賛成した。

ストゥープが指差す。

「ちがう。血がたらたらだ」

PBは鼻の下に手を当てていた。鼻から流れ出た血が滴り落ちて、ごつごつした掌にぽたぽたと散っている。

「ええと、この血、どこから出てるの?」

「鼻が血まみれだぜ、PB」

ファジーが答えた。

サムがさっと手を出してファジーを黙らせた。

「よせ！　言うな――」

「あああああ！」

血がどこから流れているのか、PBの脳にもようやくはっきりと刻みこまれた。

「あああ！　あああ！　ＰＢ、血が出るのいや！　あああ！」

マンチバットが、ファジーの向こうずねを蹴飛ばした。

「やっちまったぜ！」

サムはそのときすでに、木の幹のような片腕をＰＢに回して彼を落ち着かせようとしていた。

「跳ね回るのを止めたら、鼻の手当てをしてやる。本当だ。俺がおまえに嘘をついたことがあるか？」

ＰＢはおいおい泣きながら言った。

「ええと、ある」

そして鼻をすすった。

「ＰＢが初めてオーガー・ポーカーしたとき、ＰＢがこのゲーム、気に入るって言った」

「そうだっけ？」

サムはちょっと詰まった。

「まあな。だけど、いまのはおまえも気に入ってたよな？」

「ええと、うん」

「よし。なら、いいじゃないか」

〈かわいい奴〉はそれで納得したようだった。犬にひどい名前をつけても優しく呼んでやればよく聞こえるのと同じで、話す口調が問題なのだろう。サムが血の出ている鼻をざっと調べているあいだ、ＰＢはおとなしく立っていた。

「雪でも降ってりゃ、雪で湿布しとくのがいいんだがな」

「小石でも詰めこんどいたらどうだい」

ファジーが提案した。ストゥープはサムを軽く叩く。

「羊が要るぜ」

ＰＢの鼻に頭を集中させていたサムは、終わるまで二回ほどうなずいて仕事を済ませた。そして、肩越しにストゥープをじっと見ながら待った。答が返ってこないので、眉を吊り上げる。

「それで？」

ストゥープはしばらく黙っていて――久し振りのオーガー・ポーカーだったなと考えていたのだ――サムに合わせて、自分も眉を上げた。

「それで？」

「なんで――」サムはどなりたいのをぐっとこらえた。「なんで羊が要るんだ？」

ストゥープは、馬鹿を見るような目つきでサムを見た――どう考えてもひどい侮辱だ。

「鼻にしっかり当てて、押さえつけないとな」

「ハンカチのことみたいだよ」

マンチバットがつけ加えた。

サムは吼えた。

「もうわかったよ、こいつの言いたいことは……やっとな」

「ぼくなら、止血器が要ると思うな」マンチは気にしてない。

が驚いたことに、マンチとサムはちらりと視線を交わすだけでもかなりの会話ができた。この場合も、〝えらく押しつけがましいじゃないか。おまえは、ただのちっぽけな緑ウルクなんだぞ。おれはちがう。それから俺はおまえに命を『一度だけ』救ってもらったことなんかなんとも思っちゃいないんだ〟というサムのメッセージは、ほんの一瞬のあいだに伝えられた。

「ええと、ＰＢ、まだ血が止まんない！　また鼻に指を突っこんでいい？」

鼻に指を突っこんだりするのは、オーガーといえどはしたない行為だと考えるサムは、ＰＢの手を引き下ろした。

「止めろ。そいつは、えっと悪い癖だ。おまえは――おまえはそんなことばかりしてるから、そう、武器をちゃんと持てないんだ」

唯一の武器は自分の手だということも忘れて、ＰＢは尋ねた。

「ええと、ＰＢ、片手でやってもダメ？」

彼は新たに獲得した概念を初めて実行に移すのを誇らしく思いながら、右手の指を二本立てた。

「それでもだ。また忘れるかもしれんな」

「ええと、ＰＢ、よく忘れる」

「いいか、ＰＢ。外側から触ればいいんだよ。こうやって」

サムは自分の鼻をつまんでふさいでみせた。ＰＢの鼻を実際につまんでやる気にはとてもなれなかった。

「ああ。うんーうんーうん」

サムは片手で制した。

「よせ、ＰＢ。話をするんじゃない」

そしてタコのある指を一本曲げて、通路を指した。

「さあ、行こうぜ」

石の通路を進みながら、マンチバットはＰＢのそばへ行った。

「話はだめでも、口笛ならいけるぜ」

「ええ……えっ？　ええと、ええっと」

「簡単さ。唇をできるだけ小さくすぼめて、息を吹けばいいんだよ。いい音がするぜ」

マンチの説明は、オーガーならどれくらいの圧力が唇にかかるかということを計算に入れていなかった。

ＰＢの頬はいっぱいにふくらみ、左右の目が目まぐるしく動いて、また向きの違う大きな円を描き始めた。

ポンと大きな音がした。ＰＢは鼻から手を放して両手で耳を蓋し、ガタガタと音がしそうなくらい激しく頭を振った。

「耳が痛い」

マンチバットは肩をすくめた。

「面白いな。俺はいつも、口笛を吹いた『後で』その音がするのに」

そのときは誰も気づかなかったが、血は止まっていた。新しい治療法が生まれていたのだ。

一行は先へ進んで行った。人気のない通路を何回か曲がってから、ファジーが前へ来てサムの横に並んだ。

「サム、向こうに罠がある。巧妙な罠だ。俺が仕掛けるのを手伝った」

ファジーは胸をふくらませた。細かい黒い毛が服の下から突き出る。そしてサムの横を歩きながら話しかけた。

「罠は二つ続けて仕掛けてある。一つ目の罠には針金が張ってあって、それに引っ掛かると床がぱっくりと口を開く。そして、そのつぎには圧力盤がある。岩のかけらが置いてあって、踏むと動くようになっている。それで天井が落ちてくるって寸法さ」

ファジーは一メートルほど先を指差した。

「ほら、あそこに見えるのが針金だ。へへん。万が一、英雄どもが——」

——マンチバットがまた耳障りな音で唾を飛ばした——

「——地下探索者どもが、お利口顔で針金を越えたとしても、そこでどうしても岩を踏んじまうのさ」

サムが急にぴたりと止まった。

「つまり、圧力盤はこっち側にあるということだな——」

ミシミシという小さな音がした。とたんに、天井が三メートルほどの区画にわたって崩れ落ちてきた。

落ちる岩の仕事はたやすい。岩がするべきことはただひとつ——床までたどり着けばいいのだ。だがこのとき、いくつかの岩の小さな小さなおつむには混乱が生じた。思っていたよりもずっと早く着地してしまったからだ。

ファジーの頭が障害物になっていた。

神経系の信号が彼の脳の適正な場所——といっても、やはりきわめて小さな部分だが——に到達して意識をなくすように伝えるまでのしばらくのあいだに、ファジーはこのドサドサという面白い音はなんなのかを解明しようとしていた。

やがて彼は、落下する岩のあとを追って床に倒れた。

岩と一緒に降ってきた土埃に咳きこみ、お互いに顔を見合わせたとたんにサムが口を開いた。

「やっと読めたぞ。街へ行きたがらなかったのは、このファジーの野郎だぜ」

残った四匹は慎重に岩を踏み越え、針金もうまく飛び越して、地下迷宮から出ようとさらに進んでいった。

サムが出口の扉のかんぬきを外したとき、ＰＢが訊いた。

「ええと、市場で新しいウサギのスリッパを買えるかな？」

「もう夜だぜ、ＰＢ。市場は閉まってる。それに、あれはおまえが気に入るような代物じゃない」

サムはかんぬきを脇へ放り投げた。

「人間てのは、まずウサギの皮を剥いでから使うからな」

サムが扉を押し開けると、蝶番が甲高い音をたてた。彼は振り向いてＰＢをピシャリと叩いた。

「シーッ」

ＰＢはストゥープをパシッと叩き、ストゥープは振り返ってマンチの頭にヒュッとパンチを一発お見舞いした。

「おい、おい、おい！　おれは扉を開けたりしちゃいないぜ！」

四匹は扉を通り抜けた。満月が、広い道路と道の向こうの建物を明るく照らしていた。

ＰＢは相変わらずスリッパのことを考えながら、サムの肩を軽く叩いた。

「でも、指のあいだでウサギの中がぐちょぐちょするのが、すごく気持ちいいじゃないか！」

サムは振り返って答えようとした。

「悪いが――」

彼は両手を挙げたかと思うと、その手を体の両脇にだらりと垂らした。引力が指の先端に働きかけて両膝の当たりまで引き下ろす頃には、彼はすっかり嫌気がさしていた。

「信じられないぜ」

初めてここへ着いたとき、サムはこの地下迷宮がある小山の狭い崖側を見ていた。彼は、同じように岩をえぐって等間隔に建てられている他の地下迷宮の三つの扉もすでに見ていて――それを苦々しく思っていた。また、広い道を渡ったところにある、この街一番の市場地域も見ていたが、こちらは苦々しく思ったりしなかった。

だが、最近のファークルが事業を発展させようとして飾り立てた表の入り口は、彼も見ていなかった。

木製の頑丈な梁が、扉の回りにしつらえてある。渦巻き模様の装飾が横木から支柱にかけてぐるりと施されており、踊る妖精が渦巻きに沿っていくつも描かれていた。普通なら――ありがたいことに――よくよく近づいて見ないかぎりは、それがどんな渦巻き模様なのかはっきりとわからないはずだった。

だがどういうわけか、その渦巻きは水色と、状況さえ違えば色っぽく見えるような色調のピンクで塗りたくってあった。

さらに、オーガーに吐き気を催させるには――ちょっとやそっとでできることではない――まだまだ手ぬるいと言わんばかりに、木枠の外側を固めている岩には、色とりどりの派手な色の散らし模様がついていた。サムにとってはうまい具合に月光のせいで、色彩感覚がめちゃくちゃなけばけばしい色合でも、多少は落ち着いて見えていた。

実を言うと、こうした飾りつけはどれも皆ファークルの思いつきではなかった。彼はただ、もっと毒々しい色で地下迷宮を飾りたてている他の魔術師たちに遅れを取るまいとしただけだった。

「これを見ろ。ちょっと見てみろよ！」

他のオーガーたちが振り向こうとすると、サムは彼らをひっつかんで街のほうを向かせた。

「だめだ。やっぱり見るんじゃない」

彼がきわめつけと感じたのは、扉の片側にある、人間の身長に丁度の高さにかけられた木の看板だった。白いペンキでくっきりと「地下探索者歓迎」と書いてある。

「これを見ろ。信じられるか？」

彼は看板を指し、改めて他のオーガーたちをぐるりと振り向かせて、看板を見せた。指で示す。

「つら汚しめ」

「まったくだ」マンチバットは、耳をひょこひょこ動かしながら同意した。「信じられない」

「俺も」

「馬鹿げてるぜ！」

「まったくだ」

「おい！」

サムはマンチの両肩をつかんで空宙に高く担ぎ上げ、旗を振るようにしてマンチを揺すった。

「なんで俺に賛成するんだ？　俺が言ったことの意味もわからんくせに。いつから字が読めるようになったんだよ！」

「おい……おい……おい……」

マンチバットはもがいて、どうにか言葉を発し、体を振りほどこうとした。サムが揺するのをやめると、ようやくマンチは言葉をつけ加えた。

「俺だってわかってるよ。あんたも知っての通りさ。だけど、誰か他人が聞いてるかもしれんじゃないか。装飾のことで、あっちの二人と話していたと思われたいのかい？」

マンチは、どっちを向けばいいのかよくわからないでいる二匹のオーガーを動作で指した。

サムはマンチを降ろした。

「なるほどな」

サムはウルクの両耳をつかんだ。

「あっちの二人な……」

「おい、おい」

マンチは耳をなでて折れてないようきちんと伸ばし、それから先端を軽くひねって正しくカールさせた。

「おい、耳で聞くんだぜ。それに、ウルク男はここで女を誘うんだから」

彼は耳の先をひくひくさせた。

「ともかく、フォローありがとよ。何が起こったかわからなかったしな」

サムはそう言って大きく息を吸い、もう一度地下迷宮の入口を見た。

「気にすることないさ。ただの気配りだよ。いつもだけどね」

サムは白いペンキの文字をたどっていたので、マンチの当てこすりが耳に入らなかった。

「だめだ、もうよくわかったぜ」

サムはその看板を扉からはぎ取ると、二つに割って食べた。

ボリボリとかみ砕いたかと思うと、続いて大きなげっぷが出た——オーガーの場合、ペンキを塗った松の板は消化不良を起こしやすい。一行は皆——ストゥープだけは別だったが——少し身をかがめていた。ファークルとかケインクーンの衛兵とか、あるいは誰か彼らの探検を邪魔しかねない連中の気配がないかびくついていたのだ。

空も落ちてこず、衛兵が行進してくることもないとわかって、決して小柄とは言えない一行はこっそりと道を渡ろうとした——まったく滑稽な考えだ。だが、オーガーといえど夢はある。妙な連中ではあるけれど。

「ふうううむ、ははあ」

マンチバットの比較的小さな鼻が、嬉しそうにピクピクした。

「ビールの匂いがする」

どれが酒場の建物かを見分けるのは、いたって簡単だった——笑い声、その後ろに流れる吟遊詩人の張りのある歌声、店の前に転がっているへべれけの酔っ払い、扉の看板など。

オーガーたちがその〈丈夫な樫の木亭〉の角に立ったとき、ちょうど店の扉が開いた。長年しみついた習慣から、オーガーとウルクはすばやく身を隠した。二人の男の話し声が聞こえてきた。

「まず、馬の具合を見ておきてえな。おまえもそうしたほうがいいぜ。万が一ってことがあらぁな」

「これから行くところにゃ、馬は必要ねえよ」

四匹はすべてが縦に顔をそろえて、角からのぞかせた——人間ならとても無理な芸当だが、大半がオーガーの彼らには、一メートルばかり身長が余分にあるのでこんなこともできるのだ。四匹は二人の人間が馬屋のほうへ歩いていくのを見た。

一行は見つかりにくい角から不器用な動きで抜けて、正面扉に向かった。上から二番目の顔のPBは、サムを見上げた。

「ええと、あいつら、やっちまおうぜ」

サムはここで騒ぎを起こすのが得策かどうか、自分たちの使命に照らしてじっくりと考えた。「いや、ここへはビールを飲みにきたんだ」

どっしりした鉄枠のついた樫の板でできた扉は、二メートル半ほどもあった。酒場の主が特別に備えつけたもので、酔っ払いもうすのろも、槍や熊手などを扉の横木に打ちつけたり、ぴかぴかの表面を傷つけたりすることはなかった。

ストゥープは、三度目にしてようやく戸口をくぐることができた。彼は秘密行動訓練や自分の名前をまたも忘れてしまっていたのだ。

ＰＢはもっと簡単に扉をくぐり抜けた――おかげで戸口の高さはいまや三メートル近くにまで広がった。

ケインクーンではなにからなにまで進歩主義に毒されていたが、この酒場は国中のあちこちにある他の居酒屋とさして変わらなかった。常連客は荒削りなテーブルや椅子、ベンチなどに手足を投げ出していたし、暖炉が壁いっぱいにしつらえられていて、吟遊詩人がまた別の壁ぎわに――歌が不評だった場合に備えて、裏口のそばに――リュートを手に腰掛けている。そして、ウェイトレスが慣れたようすで客たちの間をすいすいと動き回り、店の主は入口に背を向けて、樽からジョッキにビールを満たしていた。

ひとつだけ普通の酒場と違うのは、水を打ったように静かだった。入口がオーガーでいっぱいになったとたん、当然だが、唐突にそうなってしまったのだ。隅にいる酔っ払いでさえも、無理やり不自然な笑いを浮かべているように見えた。

酒場の主はビールを手にしたまま、いかにも長いあいだ商売をしてきたというような、退屈そうな表情で振り向いた。だが、いましがた入って来た客を見るなり、顎を落とし、ＰＢがじっくり考えこんでいるときと瓜二つの顔つきをした。

サムはちょっと気後れしながら手を振った。

「よう。俺たちこの近所のもんさ」

店の主は相変わらず目をぐるぐる回したままで、やがてぱったりと卒倒した。倒れる拍子に頭が樽の栓にぶちあたり、栓が樽から抜け落ちた。ビールがどっと吹き出す。

大きな図体の割りに驚くほどのすばやさを見せて――ビールがもったいない想いに駆られて――サムはずかずかと樽に近寄り、床から痰壺（たんつぼ）をかっさらうと、それで迸（ほとばし）り出るビールをしっかりと受けた。そして、真鍮の容器からビールがあふれそうになると、それをマンチに渡して正体のない酒場の主に言った。

「親切なお隣さんだぜ」

ウェイトレスは――大ルイが敗れて小ルイになった夜以来、そんな呼び方はされなくなっていたが――サムをじっと見ていた。怖がってはいない。この関係の仕事に何年か関わってきただけあって、突拍子もないできごとにおたおたしたりしないのだ。

「やってくれるじゃないのさ。このあたしに給仕させただけじゃなく、酒場をきりもりまでしろってわけ?」

「いや、その――」

彼女は、オーガーたちに指を突きつけた。

「もちろん、この飲み代は払ってもらうわよ。ごまかそうたって、そうはいかないからね」

マンチバットが、空になった間に合わせのジョッキから頭を上げた。

「うい〜っ、腹にしみ渡るぜ」

ウェイトレスは、ぐっと唾を呑みこんで言った。

「だけど、きれいなコップを使わない分、安くしてあげたっていいわよ」

いくら何年もこの仕事をしているとはいえ、これまで見たことのないものだってある……そしてできることなら、見ずにすませたかった。

ストゥープはオーガーたちをかき分けて――人間たちは気を利かせて、彼に目一杯道を空けた――ウェイトレスの目の前に突っ立った。

「俺が酒場をやる! 俺がやるぞ!」

いちばん近くにいた常連客が、船が徐々に水漏れして転覆するみたいに、ゆっくりと彼女に覆い被さり、酔った低い声でぶつぶつ言った。

「あんなやつにできるわけないだろうが」

「あいつにそう言ってほしいの？」

客はのろのろと体を起こし——そうしようと決めるのにさして時間もかけず——新しい港へ向かってふらふらと出帆した。

ウェイトレスも選択の余地はさしてないと判断して、ストゥープにカウンターの中へ入れと合図した。ストゥープは目指す場所へ滑りこんだ——巧みな動作とは言えなかったが、腰がようやく通るほどの幅しかなかったのだから無理もない。店の主の犬が低くうなった。ストゥープはサムのほうを見た。

「こいつ、でかい歯をしてるぜ」

酒場の客たちは一人残らずストゥープを見つめ、それからいっせいにサムに顔を向けた。

サムはみんなの困ったような表情を見て、肩をすくめた。

「なんでも、考え方ひとつさ。あいつは別に噛みついたりはしない……ときたまかな」

そして、丁度いい機会だと思い、いちばん人数の多い常連客の固まりのほうを向いて、自分と仲間たちを紹介した。反応がないので付け加える。

「俺たち、ファークルの地下迷宮で働いてんだ。ちょっと挨拶に寄ったまでさ」

やはり、誰も身動きひとつしない。

「俺たちに構わずやってくれよ。そう、俺たちはここにいないと思ってくれていい」

やっと反応があった。何人かがこの隣人たちのほうを向いて、なにか言いたげな顔をした。マンチは目をくるくる回してサムを見た——ＰＢほど熟練してはいなかったが、それでも言わんとするところはちゃんと伝わった。

サムは申し訳なさそうに肩をすくめた。

店の奥にいた吟遊詩人はぎくしゃくした雰囲気を和らげるのも〈吟遊詩人規約〉で決められてた自分の仕事の一つだと思い出して、手にしていたリュートをつまびき始めた。

「ここらで、狂えるホブのジルを称える勇壮な歌をひとつご披露しましょう。この偉大なる英雄は——」

「ブーブー！」

とマンチ。

「偉大なる英雄は——」

「ブーブー！」

「偉大なる——」

サムはずかずか歩み寄って、リュートの弦を手のひらで押さえた。

「よせ」

「でも、この歌は偉大な英雄——」

「ブーブー、、、

「ブーブー！」

吟遊詩人の視線は、感情を害したウルクのところまでうろついてから、ぱっとサムに戻った。

「——彼は、大渓谷を果敢に渡り、猛々しい嵐にもひるむことなく——」

「その歌はよせって」

「でも、この歌はわたしの十八番です。リュートの音と私の声がまさに一体となって、まるでひとつの楽器のように聞こえるのです」

吟遊詩人が哀れっぽい声でそう言うので、つねに半音ずれのフルートやがみがみ言う女房の声すらが、もっとも美しい旋律の楽器になり得る気になった。

「英雄は――」

「ブー！」

「この歌の中で真に迫った活躍をしてくれます」

「もう一度やってみろ。おまえも歌の中の奴になっちまうぜ」

「サム」マンチバットが言った。

「なんだ？」

「なんでもない。ちょっといま呼ばないと、と思っただけさ」

サムはマンチににらみをきかせてから、もう一度吟遊詩人に顔を向けた。

「二度と、その、歌は、やるな」

「サム」

「なんなんだ？」

マンチが肩をすくめるのを見て、サムは再び吟遊詩人のほうを向いた。

彼らはかなりのあいだにらみ合った。片や楽器より重いものは持ち上げたことがないような痩せこけた人間の歌い手、片や体の瘤と傷痕を誇りに思い、かつてある楽器を持ち上げたこともある――トロールに食わそうとしてピアノを持ち上げた――三メートルもある、でかくて醜くて下品でおぞましい姿のオーガー。

サムはリュートをちらりと見て顔をしかめ、音楽家に視線を戻した。音楽家の方はちらりとリュートに目をやり、ぐっと息を呑んで再びサムを見た。

吟遊詩人はため息をついてから、リュートを叩き壊してぼろぼろの木屑にした。

サムはたじろいだ。

「そういうつもりで言ったんじゃないんだ。ただ、歌うなら、英――」

サムは横目でちらりとマンチを見た。

「例の『え』のつくやつらの歌は止めにしてくれ」

「『え』がつく?」

「そうだ。ほら、『え』だよ」

「もう少し詳しく言っていただかないと、どんな歌がいけないのか、わかりませんよ」

オーガーは、もう一度身を乗り出した。

「そうか、たちの悪い楽器は叩きつぶしてやってもいいんだぜ」

「げっ」

吟遊詩人は喉を詰まらせて、目を白黒させた。

「やっとわかったらしいな」

サムはその場を離れた。そして肩越しにつけ加えた。

「酒呑みの歌だけにしときな」

一人の常連がさっとサムを避けて、カウンターへ向かった。彼はストゥープを前に立ち、賭に負けたような素振りで自分のテーブルを振り返ってから――実際に負けたのだ――新しい酒場の主に尋ねた。

「エールを三つもらえまるかな、ストゥーーー、ええっと、ヘッドさん?」

ストゥープは唇を外側に丸めて、のみで削ったような歯を剥き出しにして笑った。これまで「さん」付けで呼ばれるなんてめったにないことの一つだ。

「四つにしたらどうだい？　四つのほうがいいぜ」

「でも、それじゃ……」

客はテーブルにいる二人連れを指差して、ストゥープのほうへ顔を戻し、ぐっと唾を呑みこんだ。

「もちろんですとも。四つなら、ええ、最高です」

オーガーの巨大な手がカウンターの下に消えたかと思うと、やがてまた現れ、四本の指がそれぞれジョッキの持ち手に通っていた。いちばん上のジョッキはしっかりと手元に引き寄せ、次のジョッキは手のひらからやや遠いところという具合にして、さながら白目のジョッキ階段といったふうだ。そのごちゃごちゃに入り乱れた右手をエール樽の栓の下に差し入れ、いちばん上のジョッキにエールを注ぎ始めた。上のジョッキが一杯になるとあふれ出し、下のジョッキに注ぎこんでいく。ストゥープは神妙に立ったまま、四つのジョッキすべてにエールを満たした。

客がつぶやく賞賛の言葉に励まされて、彼はみごとに仕事を終えた。そしていちばん下のジョッキをバーカウンターの上に置き、しばらく手を止めて、上のジョッキをひっくり返さずに指を抜くにはどうしたらよいか考えようとした。苦心して考えた挙句、ストゥープの顔はかき曇り、歯は歪んだ唇のなかに隠れてしまった。

ウェイトレスが彼の背後に近づいて来て、ささやいた。

「反対の手を使うのよ」

ストゥープは、気まずそうに自分の左手を見た。指がふらふらと揺れながら、彼に挨拶を返した。それぞれのジョッキを注意深く外し、バーカウンターの上に置いていくうちに、灰色の斑点が彼の両頬を暗く染めた。

　カウンターの客は冒険を試みたりはしなかった。オーガーが気持ちを落ち着かせるために感情を爆発させるかどうか、判断のしようがなかったのだ。注意するのにこしたことはないという気持ちに加え、頭の上一メートルにそびえる雄牛程もある肩幅を見て――それも雄牛を横にした幅だ――彼は心に決めた。

　客はほめそやした。「ヘッドさん。あんなに素晴らしいエールの注ぎ方は、どこの酒場へ行っても見られるもんじゃありませんな」

　やはりびくついている二人の仲間を振り返り、彼はさらに言い足した。

「なっ、そうだろ？」

「あ、ああ」二人はそろってゆっくりとうなずいた。

　マンチバットはカウンターに身を乗り出してウェイトレスの視線をとらえ、彼女に向かって耳をぴくぴくさせた――耳全体ではなく耳の先だけを動かしたのだ。彼女にとってはこれも初めての体験だった。

「今夜はこれでもう驚くの六回目だわ」

　彼女はそうつぶやいた。

　カウンターのそばに罠にかかってしまったように残った、数少ない客が立っていて――なぜならオーガーたちのあいだを通り抜ける勇気がなければ外へ出られないからだ――こそっと冗談を言った。

「さぞかし女をつかまえるのがうまいんだろうね」

「ええと、ＰＢ、マンチよりうまい」

　ＰＢが手を伸ばしてウェイトレスを捕まえ、ぐいと引き上げたので、彼女は特に見たくもない天井を間近に眺めるはめになった。

ウェイトレスはＰＢの手を軽く叩いた。

「降ろしてちょうだい」

それから彼女は、さっきの客をひとにらみした。

「あの馬鹿が言ったのは、こういう意味じゃないのよ」

両足が床につくと、彼女は静かに言った。

「七回目」

ウェイトレスがＰＢの巨体の陰に隠れてしまったので、マンチバットは肉付きのいい客の一人に狙いを定めてお尻を品定めし、昔の戦闘時の体験を思い出していた。

二人組の農夫がそれに気づいた。なにごとにも無頓着な一人が、首を伸ばしてサムを見上げ、何の気なしにその気を引いた。

「あんたの友達……」

彼はほんのかすかに首をうなずかせて、マンチを指した。

「彼は妙な趣味ないよね？」

「当たり前だ。そんなほのめかし（イニュエンドウ）を言われりゃ、妙な気持ちだってふっ飛んじまうぜ」

農夫はぽかんと立って、サムが立ち去るのを見ていた。

「〝ほのめかし（イニュエンドウ）〟だって？」

彼は相棒をそっと肘でつついた。

「近頃のオーガーは言ってくれるぜ」

相棒は、震える指でダーツ盤のほうを指差した。すると、ＰＢが自分の手の甲から投げ矢を一本引き抜いて……そして、大声で笑っていた。

最初の農夫は、自分の頬をすぼめた。

「いやあ、そうだな。たぶんあのでかいやつは偶然だったんだろ……〝ほのめかし〟だと？」

PBは二本目の矢を見事に投げた。問題があるとすれば、投げ矢を放すのを忘れて腕を振り回してしまうことだ。突然、PBのずっと後ろの方にいた男が悲鳴を上げた。PBは飛んでいったはずの投げ矢を捜して、ダーツ盤、自分の手、頭上の空間を探したあげくにあきらめた。

PBの近くに立っていた二人の男――多少は骨のありそうな男――たちが互いに目配せした。一人が自分の小銭入れを取り出した。

PBの後ろを通りかかったウェイトレスは、立ち止まって彼の太腿を軽く叩いた。だがPBが少しも気づかないので、今度は思い切り拳骨を食らわせた。PBは体を屈めたので、彼女は、ろくろ回しに失敗した壺のようにつぶれた形の耳にささやいた。PBはうなずいて体を起こし、両足を矢を投げる線より後ろに揃え、前のめりに体を倒して三メートルほど向こうの的のどまん中に投げ矢を突き刺した。

小銭入れはさっとなくなった。

「八回目」

ウェイトレスが叫んだ。

PBは他のダーツのプレイヤーたちのほうを向いた。

「あんたたち、本当にウサギの皮を剥いだりするの？」

「え、えっ……とんでもない！」

PBは訳知り顔に、にっこりした。

その頃マンチバットは酒場のなかを積極的に歩き回って、常連客の尻を見比べていた。ウルクのぎらつく目と剥き出しの牙に危険を感じたサムは、マンチを引っつかんでカウンターの上からストゥープに引き渡した。

「適当に始末しろ」

ストゥープはマンチを頭から樽に突っこんだ。

サムは声を張り上げた。

「楽しむんだな、マンチ」

そして、ストゥープに向かってつけ加える。

「今度やるときは、蓋を取ってからにしろよ」

ふとサムは、くるりと向きを変えた。

「ちょいと思い出したことがある」

額には、〈死者の湖〉のそばにできた新しい川のように、深い皺が刻まれていた。彼は大声で尋ねた。

「このなかに『英雄』が――」

ブクブクという音がマンチバットの樽のなかで起こった。

「紛(まぎ)れこんでないかな?」

彼は怖い顔で部屋を見渡した。ポーカーテーブルにいた一人の男が、気を失って椅子から滑り落ちた。サムはその男のほうへ歩み寄った。

「思い当たることがあるんじゃないのか?」

ポーカーをしていた別の男が、慌てて答えた。

「違うんです。あのう、実は、今日は二人来ていたのですが、少し前に出ていきました」

ＰＢはサムに向かって投げ矢を投げて、注意を引こうとした。だが案の定、矢はそれて一人の男のズボンの内腿あたりを椅子に突き刺した。どういうわけか、男はやたらと汗をかき始めた。

ＰＢは嫌でもサムに聞こえるように声を張り上げた。

「ええと、だから、あいつらをやっちまおうって言ったのさ」

「俺たちが見たのは三人だ。こいつらは二人来たと言っている……五本歯の歯がどうなったか覚えてるか？」

「うん、それ、二本歯ってことだろ？」

オーガーの顔の醜さに似た困惑の表情が、酒場の客たちに広がった。

サムは強く首を振った。「なにも訊くな」

彼はポーカーテーブルに近づいた。

「おまえが残る一人だな？　地下迷宮を利用してこの町を発展させるなんざ、くだらん計画だ」

ポーカーをしていた中でもっとも小柄な男がはじけるように立ち上がって、いきりたった。

「くだらん計画とはなんだ！」

「あんた、誰だい？」

男はちょうどサムの太腿をつついた。

「〈大議会〉委員のタグボトムだ。それに、計画は、順調に、いっとる」

彼は一語ずつ区切りながら、そのたびにくり返しサムをつついた。

大議会委員の名前を聞いて眉を吊り上げたサムは、せせら笑って言った。

「こんな馬鹿――お粗末きわまる計画は聞いたことがないぜ」

彼はタグボトムの頭に片手を載せると、その頭をぐるりと――かなり乱暴に――回転させたので大議会委員はＰＢに頭を向けることになった。

「お粗末な計画は、他にも山ほど聞いてるぜ」

男はかすかに身をかがめて、頭を元へ戻した。

「充分に練り上げた計画だ。周到な予定がたくさん盛りこまれておる」

「ホブを使って、いかさまな取り引きをしているそうじゃないか」

ＰＢが拳を振り回した。

「ワン・ホブ！」

「いかさまではない。われわれはちゃんと、その――その、可能性がだ、ホブのアイディアにはあるとにらんでおった。やつらにその、なんだ、支払う前からな」

タグボトムは足を引きずって横へ動いたので、椅子の席ほどもある手の陰になっていたサムの顔がよく見えるようになった。

「冒険家一人がいったいどれほどの金を使うかわかるかね？」

「知ったこっちゃないさ。ろくな『英雄』も――」

――また樽の中で泡立つ音がした――

「――使いこなしちゃいないくせに。おそらく、村のこの痰壺迷宮なんて地図に載っちゃいまいよ。地図製作組合にチェックを入れてみろよ」

大議会委員は、一六〇センチたらずの体を思いきり伸ばした。

「痰壺迷宮だと？　よかろう。おまえたちがもっと脅しをかけりゃ、たぶん『英雄』たちも――」

――樽の上部で泡がいっぱいになった――

「――やる気を起こしてここに来てくれるだろうよ」

一瞬、酒場の中が静まり返ったとたんに、ビールの泡立つ音が響き渡った。サムは上からタグボトムに覆いかぶさるように、じっと見下ろしていた。男は身震いするまいとしていたが、もし彼がO脚でなければ、両膝が激しくぶつかり合っていただろう。

サムは静かに持ち上げた白目のジョッキを押しつぶした。細かいかけらが飛んで、タグボトムの髪に降りかかった。

〈大議会〉委員の目は、驚異の念でフクロウそっくりに真ん丸になった。彼は浮き足立ち、やがて震え始めた。

「たぶん、そんなことはないな」

「ま、まあ、地図の件はチェックに入れたほうがいいだろう」

「たぶんな」

タグボトムは、うっかり口を滑らせて以来、呼吸もろくにしていないのに気づいて、大きく息を吸いこんだ。それがこの世で最後の呼吸でなかったとわかり、彼は考えを変えた。

「ところで、わしと若い者たちで、ちょっとしたカードをやってたんだが」

彼はいまやずた袋のように、壁にもたれかかっている意識不明の男を見た。

「いま空席ができてしまった。どうだね、一緒にやらんかね？」

「そりゃ、ご親切に」

サムはうなずいた。

タグボトムは自分の高さに合せるよう、身ぶりでオーガーに示した。そして小さな声で尋ねた。

「『ポーカー』のやり方は知ってるな?」

サムはしかめ面をしてから、PBが黙想にふけっている顔そっくりに真似た。そしてさらに両目をくるくる回そうと試したが、痛かったのであきらめた。

「ええと、ええと、少しなら」

男はさらに小さな声でささやいた。

「金もちゃんと持ってるな?」

太い指が、ベルトから一枚の金貨を取り出した。

「金なんて知らないぜ。俺は、かわいいこいつを何枚か持ってるけどな。これでいいのかい?」

〈大議会〉委員は、オーガーの拳でパンケーキのように打ち延ばされると思ったときよりも、さらに大きく目を見開いた。金貨に目がくらんで、彼は思わずつっかえた。

「あ、ああ……いいさ……なんとかなるだろう。まあ、かけなさい」

サムは言われたとおりの椅子に腰掛けて、その椅子を粉々にした。床に腰を降ろしても頭はまだテーブルの上にのぞいていたので、椅子が壊れたことなどまるで気にならなかった。

他のプレイヤーたちにしても、騒ぎを起こすつもりなど毛頭なかった。

タグボトムは手を振りながら、この事故を頭からぬぐい去った。

「気にすることはない」

彼は一組のトランプ(デック)をオーガーのほうへ押しやって、余裕たっぷりに笑みを浮かべた。

「どうだね。お隣さん。あんたがまずディーラーでどうだね?」

「あんがとよ、お隣さん。ええと、ディーラーはゲームの種類をコールしてもいいんだな?」

「もちろんだ」

プレイヤーたちは顔を見合わせてうなずき合い、さもしい期待のあまり、歯が見えるほどのにたにた笑いを顔に浮かべた。

サムは一組のトランプの上に片手を置き、手のひらを丸くして、その手をテーブルから持ち上げた。カードが見えなくなった。彼はカードの束を指の端まで動かすと、一度にリフル・シャッフルした。それからカードを扇形に広げて、カットを片手でやった。

彼はプレイヤーたちに、歯をむき出した本物のにたにた笑いがどんなものかを見せつけ、最後にタグボトムの方に顔を向けた。片方の毛深い眉が、天井を向いてアーチ型に吊り上がる。

「じゃあ、ちょっとしたオーガー・ポーカーってのはどうだい?」

風の虎

Wind Tiger

マイケル・A・スタックポール　柘植めぐみ訳

「大丈夫？　傷ついてしまったわね」

彼女の心から不安を取り除こうと、軽い調子で情夫が答える。「平気さ。もう安全だ。これ以上嵐が俺たちを傷つけることはない」

彼女は一瞬おいて言った。「そうね、でも閉じこめられてしまった。二度と家に帰れないわ」

「それがどうした、なんたって無事なんだから」穏やかな答えが返ってくる。「のんびり休もう。これからはここが俺たちの家だ。気を楽にすればいい、俺が守ってやる。約束するよ、一緒にいれば安全だ……永遠に……」

＊　＊　＊

「さてと。ウズラの燻製にデヴォーク産の最高級白ワイン、パンをいくつかとカラリアン・ブランデー、それにヘソックの書いた『恋人たちのための詩』を一冊」

顔に傷痕（きずあと）のある盗賊が、テーブルの中央に置いた大きめの枝編み細工の籠の中身を検分する。

「まあ、充分かな。ただ……」

考えこむように左手がさまよい、真っ黒な山羊髭をなでる。

「マレク、ピリッとしたクレッサとマイルドなシュロールなら、どっちのチーズがこのワインに合うと思う？」

テーブルに両足を乗せて座っていたマレクは、質問をちゃんと聞いていなかった。つばの垂れた帽子をずらして目をのぞかせることもなく、体を伸ばしてあくびをする。

「いいんじゃないか、レイス。おまえが最高だと思うものならなんだって」

「マレク、こいつは重要なことなんだ」

椅子の男が再び眠ってしまう前に、レイスは手のひらでテーブルをぴしゃりと叩いた。声に鋭い主張をこめて説明する。

「チーズの選び方も気にしないようでは、われらが貴婦人たちにしかるべき印象を与えられないぞ？　なにもかも完璧でなきゃいけないんだ」

さりげない流れるような動きひとつで、長身のやせた盗賊はテーブルから足を下ろし、帽子を取って身を乗り出した。

「いいか、レイス。あの貴婦人たちにしかるべき印象を与えたいと思っているのは、おまえだ。おまえが、レディ・エアリアに近づいたんだ、俺じゃない。俺がこのちょっとした遠足につき合ってるのは、従妹(いとこ)のレディ・ナティカを相手する人物を見つけないかぎり、彼女がおまえと一緒に行くのはいやだと言ったからだ」

傷ついた表情をこずるく顔によぎらせ、レイスは相棒をじっと見下ろす。

「俺はおまえと文化を共有しようとしてるだけだ。なのにおまえは、まるで俺が利き腕を切り落とすように頼んでいるかのような言い方をするんだな」

白いシャツの上に黒いビロードのジャケットをはおり、黒いビロードのズボンを膝丈の乗馬ブーツのなかにたくしこんだレイスは、まさにガルで暮らす教養ある市民の模範に見えた。

「きっとおまえだって、レディ・ナティカの相手をするのはやぶさかじゃないはずだ」

「会いもしないうちからわかるもんか」

マレクは再びあくびをし、帽子の帯から孔雀の羽根を引き抜く真似をした。

「でも、重要なのはそんなことじゃない。おまえは俺に、馬車と毛布を何枚か調達するよう頼んだ。俺は言われるとおりにした。馬車は〈北門〉の近くの馬屋で俺たちを待っている。俺は自分の役目は果たした。料理のことを気にするのはお前の責任だ。さあ、そこのリンゴをひとつよこせ」

小柄な盗賊は呪いの言葉を吐きながら、マレクがつかもうとする手をかいくぐって四つのリンゴをまとめて取り、枝編み細工の籠に放りこんだ。と、それを見たマレクがすかさず立ち上がり、籠に蓋をすると小脇に抱えこむ。そして足取りひとつ乱さず〈黒竜亭〉の扉に向かって駆け出したものの、レイスが追ってこないのに気づいて足を止めた。振り返って、かぶりを振る。

「俺の剣とマントを持ってきてくれ。行こう、ずいぶん時間を無駄にしちまった」

レイスは自分の黒いマントを首に回し、牡羊の頭の形をした銀のブローチで留めてから、マレクの緑のマントを腕にかけた。レイピアがしっかりと左の腰におさまっていることを確かめ、右のブーツにしまった短剣の収まり具合を調節する。そして茶髪の相棒のマントの上に、S字型の鍔(つば)を持つマレクのレイピアと、布に包んだチーズを結局、二つとも載せた。

「どっちを選べばいいかわからないときは、両方選ぶにかぎる」

マレクは開けた扉を押さえながら軽く笑った。

「どうしてもっと早くそうしようとしなかった?」

「それはな、相棒」

レイスはほほ笑んだ。

「あのときは、おまえがまだその籠を〈北門〉まで運ぼうって気になってなかったからさ」

目指す馬屋までの距離はさほどでもないが、〈黒竜亭〉からまっすぐ簡単に行ける道はなかった。というのも運河が街を縦横に走っており、行き交う人々は細い溝のようなものをたどるか、路地や小道を徒歩で行くか、広い大通りを馬車で往来するかのいずれかだった。地上を歩けば嫌でも橋を使うことになり、大きくてかさばる籠を持ってそこを渡るのは一苦労だった。

「この籠をちょっとでも持ってやろうって気はみじんもないのか、レイス」

「ああ、みじんもな、相棒」

マレクは荷物を左手から右手へと持ちかえると、しおれかけの花を売っている浮浪児からレイスを引き離した。

「やめとけ、花なんていらんよ。これから俺たちが行くところにはいくらでも咲いてるし、おまえとレディ・エアリアで好きなだけ摘めばいい」

黒い目の盗賊は顔をしかめた。

「おまえには恋ってもんがまるでわかってない」

「よく言うぜ！」

マレクの深緑色の目がいたずらっぽくきらめく。

「おまえの大恋愛なんざ、どれも通りに落ちた皇帝の金貨ほどの儚い命しかなかったろうが」

「いままでの女とレディ・エアリアを一緒にするな」

レイスの目が遠くを見つめる。気分が変わった証拠だ。それはマレクがこの二週間、恐れてきたことだ。

「あの人は別格だ。あの人は輝いてる。あの人はちゃんとわかって……」

「ガルでもっとも悪評高い盗賊の一人に口説かれようとしてることをな」

レイスがそれに反論する前に、マレクはぴたりと足を止め、丸石を敷き詰めた中庭の向こうを指差した。

「ほら、見ろよ、俺たちの馬車だ！」

自慢げに顔をほころばせる。

レイスはごくりと唾を呑んだ。

「やっぱり俺に花を買わせるべきだったんじゃないか」

「そんな必要はないさ」

マレクは馬車の平らな荷台に籠をどさりと下ろした。

「俺が盗んだときは、この馬車には少し花が残っていた」

その黒い馬車の正体は、本来荷台を覆っているはずの四角く黒い帆布の幌がなくても、見紛(みまが)いようがなかった。馬車を引く、同じくらい真っ黒な馬はじつに立派で、漆塗りの木の本体はぴかぴかに磨き抜かれている。だからといって、その馬車を使うことのまがまがしさを拭い去れるものではない。

「霊柩車を盗んできたのか、マレク」

若いマレクは御者席に跳び乗った。

「座席が二つあって、こんな立派な馬二頭に引かれた馬車が、他にどれだけあるってんだ？」

「だけど霊柩車？」

レイスはチーズを籠のなかに入れ、マレクのマントをその上にかぶせた。そして平らな荷台を薄気味悪そうに調べ、顔をしかめる。

「よりによって霊柩車？」

「レイス、こいつには特別頑丈な車軸が取りつけられてる。しかも、これからおまえが俺たちを連れていこうとしてる街道を間違いなく快適に走ってくれるんだ」

マレクは荷台の下をのぞきこんでいる相棒に目をやった。

「それに、もちろん死体なんか隠しちゃいないよ。俺がこの馬車を盗んだのは、墓地まで遺体を運んだあとだ。納得したか」

レイスは馬車に乗りこみ、マレクの横に腰を下ろした。

「もっと悪いことを想像してたよ」

「俺だって多少は常識があるってことさ。俺がそういう高貴なご婦人方との恋にあんまり乗り気じゃないからって、おまえが男めかけになるのを邪魔したいわけじゃない」

マレクの肩の後方から軽やかな風が吹きつけ、首まで伸びた茶髪を揺らす。きれいに髭を剃りあげたマレクの顔ににこやかな笑みが広がった。

「だけど、後悔はしてるさ。おまえの説得に負けて、こんな服を着るんじゃなかった」

「そのどこが悪い？」

レイスは値踏みする目でマレクの服を見た。

「おまえがふざけてばっかりいるもんだから、俺の仕立て屋が正しい寸法を計るのにどれだけ苦労したか。その上着と半ズボンの緑のサテン地は、はるばるクノールから取り寄せたんだ。そのブーツを作ったのは街で最高の靴屋だし、マントに銀の刺繍を入れたお針子によれば、完成させるのに十二時間かかったそうだ」

レイスの口ぶりからするに、このマントを捨てるなんて考えはあきらめたほうがよさそうだなとマレクは思った。

「いいか、俺はべつに文句を言ってるわけじゃない。この服のこととか、無理やり王子の森番みたいな格好をさせられたことにな」

「似合ってるよ」

レイスは意味ありげな笑みを相棒に投げかけた。

「そういう格好をしてると、なかなかいい男に見えるぜ。レディ・ナティカはきっと、そうだな、いかしてると思うだろう」

マレクは手綱を引いて馬を馬屋の庭から出し、〈北門〉に向かわせた。

「その見込みに異論はないな。だけど、俺がこういうシャレた格好をしてるとき、なにが起こるか知ってるだろ。服を着たまま俺が丸一日を過ごせたことはかつてなかったね」

「レディ・ナティカはそこまでおまえに入れ揚げないだろう」

レイスは形のいい額にかかった黒髪を指でかき上げた。

「これから俺たちのやろうとしてることが、おまえの服を台無しにするとは思えんな。海岸沿いの入江まで短い遠足をするだけなんだから」

「そんなに短い遠足のために、なんだって一か月分もの食料を詰めこんだんだ?」

レイスの目が細まり、真っ黒い線のようになった。

「おまえ、〈黒竜亭〉に帽子を忘れてきたな」

「ああ、ほんとだ」

マレクはにやりと笑った。

「残念だな、せっかくあの羽根にも慣れてきたところだったのに」

レディ・エアリアが春の別荘と呼ぶ領地まで、馬車はなにごともなくあっという間に到着した。レイスが上着を確かめて整えているあいだに、マレクは馬蹄型の馬車道を進み、邸宅の正面に馬車をつけた。お仕着せを着た従者が門番小屋から出てきて手綱を受け取ると、二人の盗賊は馬車から降り立った。男は明らかに二人を歓迎していなかったが、マレクがレイピアをベルトに差し、マントをはおるのを見て、口をつぐんだ。

レイスは大股に玄関の扉に向かい、大きな青銅のノッカーを二回、鳴らした。マレクが盗賊の鍵開け道具で招かれざる館に忍びこみそうになるよりもわずかに早く、かつらをかぶった執事が扉を開けた。

「ご用でしょうか」

執事はゆっくりと訊いた。顔に浮んだ冷笑に似合った、不快げな声音だ。

「レディ・エアリアとレディ・ナティカを訪問させていただきました」

レイスは顔を引き締めた。

「われわれがやってくることは、そちらの上の方からお聞き及びではありませんか」

マレクはかぶりを振ってレイスに警告を与えようとしたが、その前に執事は態度を硬化させた。

「この屋敷の使用人に上の方などおりません」

「なるほど。だから、あなたたちは街で働き口が見つけられないんだ」

レイスは一歩前に踏み出した。

「こんな僻地には伝わっていないかもしれないが、紳士の客人が訪れたときは、屋敷に入れてご婦人方を待たせるのが慣例だ」

レイスの氷のような声と、執事に投げかけた鋭い視線は、期待どおりの成果をあげた。

「失礼いたしました。どうぞ、中でお待ちください」

執事は戸口を開け、侍女に短く指示を与えた。侍女は曲線を描く大理石の階段を二階へと小走りに上がっていった。執事はロビーの白黒の大理石まで大きく後退して二人を通すと、それ以上は奥に行けないように立ちはだかった。その背後では、調理人の助手とワイン係が別々の場所に立ち、盗賊たちの道をふさいでいた。

マレクはほほ笑んだ。

「どうやら俺たちが来ることはちゃんとわかっていたみたいだな」

レイスは笑みを返した。

「ああ、評判が先行してるってわけだ」

二人の盗賊が屋敷の防衛力を試すかどうか決断しないうちに、目的の女性が階段の上に姿を現した。

なるほどな。一瞬にしてマレクはうなずいた。この二週間、レイスがレディ・エアリアに入れ揚げてきたのには、それなりの理由があったのだ。身長はごく平均的でやや細身だが、エアリアは注目を集めずにはおかない自信をまとっている。背中のなかほどまで垂らした濡れ羽色の髪は、青みを帯びて輝いている。整った顔立ちと青い瞳は古風な肖像画を思わせ、ほどよい化粧がそれを引き立てている。エアリアは階段を下りながら、かすかな笑みを浮かべた。レイスの視線に戸惑い、のぼせたかのように、一瞬彼と目を合わせ、恥ずかしそうに視線をそらした。

レイスの顔がぱっとほころんだ。

「彼女は炎で、俺は蛾だ」

マレクは癇癪（かんしゃく）を起こしそうになるのをこらえた。

「彼女は漁網で、おまえは魚さ」

相棒がエアリアに夢中なのを知って、密かに笑みを噛み殺す。どうせ長続きはしないだろうが、いつも皮肉ばっかりの相棒が幸せなら、それでいいさ。

もう一人の女性が階段を下りてくる。最初の女性とは好対照だ。レディ・ナティカは従姉より長身で、肉付きがよかった。顔立ちもおそらくは本人の希望よりわずかに丸いだろう。だが、マレクは娘のあちこち、とりわけ好ましい場所にそうしたふくよかさが見られることに気づいた。娘の金色の髪はエアリアよりも短く、後ろでひとつにまとめてある。青い瞳は従姉のそれより色は淡いが、同じように生き生きとして見えた。

娘は一瞬マレクを見つめ、階段の最後の段で足をすべらせた。よろめいたものの、片手で手すりをつかみ、マレクの支えもあって体勢を立て直す。

「ありがとうございます」

娘は小声でささやいた。頬を赤く染め、マレクを見上げないようにしている。

二人の娘は似たような乗馬服を身につけていた。レディ・エアリアは丈の短い黒いビロードの上着を着ており、いまにも折れそうな腰を引き立てている。上着の下には、肩がのぞく白いブラウスを着て、胸もとを強調している。ゆったりした乗馬ズボンはちょうど膝下丈で、その装いを完璧なものにしている。だが、ズボンの裾はブーツの上部にたくしこまれてはいない。ブーツはまるでもうひとつの皮膚のように形のいい脚を包み、つま先には銀がかぶせてある。

レディ・ナティカの衣装もほとんど同じだが、明らかな違いがあった。緑のビロードの上着は背の高さを引き立てるために、少し丈が長めになっており、白いブラウスは喉もとまで覆っている。乗馬ズボンは色も布も上着に合わせてある。そうしたズボンやブーツを見れば、娘の脚が従姉に比べてちょっと太めなのがわかるが、少しも魅力は損なわれていない。

レディ・エアリアがレイスに手を差し出した。

「お待たせしなかったかしら」

レイスは気取ってお辞儀をし、娘の手の甲に軽く口づけした。

「いえまったく、お嬢さま、ほんの一分たりとも。たったいま到着したばかりです」

レディ・エアリアは怒った猫のように執事を振り返り、叱りつけた。

「ルネ、どうしてこの方たちのマントをお預かりして、ワインをお出ししなかったの」

執事は抗議するように娘の視線をとらえた。

「お父上が留守中に使用許可を出された備品リストには、通りすがりの旅人に出すワインは含まれておりません。わたくしはお父上の怒りを買うのはごめんです、お嬢さま」

エアリアが反論するより先に、マレクが執事に助け舟を出した。

「お嬢さま、レイスと俺はすぐに出発したかったのです――今回の外出に俺たちが選んだ小さな場所が潮で洗い流されないうちにね。きっとルネはそれをわかっていて、必要以上に俺たちを足止めしたくなかったのでしょう」

マレクの言葉に、ルネはほとんどわからないくらい小さくうなずいた。エアリアはだまされはしなかったものの怒りを収め、その件を不問にした。そして長身の盗賊に向かってうなずく。

「マレク、従妹を紹介させてくださいな。こちらはニ＝アエラスのレディ・ナティカ。ソラーン北部の男爵領からやってきたのよ」

マレクはナティカの手を取り、唇に当てた。

「光栄です、レディ・ナティカ」

ナティカはほほ笑み、また頬を赤らめたが、なにも言わなかった。

沈黙が気まずくなる前に、エアリアがそれを埋めた。

「ルネ、あとで戻ってくるわ。あなたもほかのみんなも、屋敷の用事をちゃんとこなしてくれると信じています」

その声音から、言いつけに従わなければ手ひどい罰が待っているのは明らかだった。

「かしこまりました、お嬢さま」

そしてルネの返事を聞けば、娘のもってまわった言い回しに無言の脅しを感じ取ったのも明らかだった。

外に出ると、レイスはレディ・エアリアに手を貸して馬車に乗せた。エアリアは後部座席の真ん中に背筋を伸ばして腰を下ろした。レイスが隣に乗りこむと、娘はその左腕に右手を絡めた。

マレクも同じようにレディ・ナティカを霊柩車の前の座席に乗せようと待っていた。けれどナティカはそれに気づかず、手助けなしですばやく馬車に飛び乗ると、慣れた手つきで手綱を握った。マレクは座席に飛び乗り、娘が場所を空けるのを待った。

「お嬢さん」

軽く咳払いしながら、手綱に手を伸ばす。

「俺が手綱を握ったほうがいいんじゃないかな。道を知ってるからね」

またしても娘は真紅に頬を染めた。

「ごめんなさい、どうしましょう、わたし……」

「ああ、きみは口がきけるんだ！」

マレクはほほ笑んだ。ナティカは体を横にずらし、目を伏せた。だが、マレクは彼女の両手を握りしめて手綱を受け取った。

「悪かった。レイスから聞いてると思うけど、俺が剣の達人になったのは、この口が災いをもたらすからなんだ」

手綱を一振りし、馬を進ませる。

「ガルの出身なんで、あんまり馬や馬車には慣れてない。俺がてこずったら、手綱を代わってもらうよ」

マレクは黒い瞳の相棒を見習って、ナティカに右肘を差し出した。だが気づいてもらえなかったので肘を引こうとしたとき、ようやくナティカが手を出した。そのため、引っこめようとした肘と娘の手がぶつかる。

マレクは小さく笑って、肘を突き出したままにした。

「噛みついたりしないよ、保証する」

ナティカはぎこちなくほほ笑み、左手をそっとマレクの腕に回した。盗賊は密かにため息をもらした。（いつかなんかの形で、この礼はしてもらうぞ、レイス）まるで相棒がその声を聞きつけて冷やかしているかのように、後部座席からくすくすと忍び笑いが聞こえてきた。

馬車は領地を出て、ガルに向かって道を引き返した。その海岸の街が見えてくる前に、マレクは馬車を巡らせ、古い海岸通りに通じる馬車道へと入った。一行は海岸通り沿いに西から北へと折り返し、幹線が内陸へと折れて東の荘園へ向かうあたりで、もう一本のほとんど使われていない街道へと入った。

ナティカが神経を尖らせているのが、その手から伝わってくる。マレクは娘の緊張をほぐすために旅の話を始めた。背後から聞こえてくるささやきや忍び笑いをかき消すために声を張り上げる。

「これから行く場所は昔は密輸業者の隠れ家だったんだ。かつては船でそこまで行けたんだけど、百年前の嵐が海底の砂をどっさりかき集めて、そこに残していったんだよ」

そして水平線近くに浮かぶ二つの月を指差す。

「両方の月が昇ると、引き潮が大きくなるから、ふだんは水中に隠れてるものが見られるってわけだ」

そこまで言って、マレクは眉根を寄せた。この旅がどんなに楽しいか、レイスに説得されたとき、やつは他になにを言ったっけな？

「ひょっとしたら、失われた宝なんかが見つかるかもしれないな」

ナティカは首を回してマレクを見てから、その向こうに目をやった。真剣なまなざしで海と双子の月を見つめている。マレクが労働で手に入れた輝かしい戦果を確かめるときに、ときおり見せるのと同じ真剣さだ。ナティカは美しい眺望にすっかり見とれている。そして彼女が心奪われるその美しさのいくらかが、彼女自身にも乗り移っているようにマレクには見えた。

馬車が広い街道を出て左へと折れると、バランスを取りそこねたナティカの体がマレクにぶつかった。

「大丈夫かい」

「ええ」

娘は小さくささやくと、背筋を伸ばして座席の上で体をずらした。マレクが肘を差し出すとためらいがちに手を回した。けれど、その後の移動中、腕にかかった娘の手はずっとこわばったままだった。マレクが話しかけるとうなずきはするのだが、緊張のあまり、ほんのちょっとした会話すら弾まなかった。

小道の行き止まりに着くと、マレクは手綱を引き、海辺につづく砂地の斜面にできるだけ近い場所に馬車を止めた。

「レイス、ご婦人方を入江に案内してくれ。俺はあっちの草地に馬をつないでくる」

「お任せあれ、さあ……」レイスが声をかけようとするのを、ナティカがさえぎった。

「わたしはマレクのお手伝いをします」

そう言って、籠を指差す。

「お二人はこの食べ物をあそこに運んでいってください」

ナティカは前の座席から降りると、一頭の馬の金具を外し始めた。しなやかな指にかかれば、あっというまの作業だった。マレクはもう一頭の馬に取りかかりながら、娘が馬を解放した手ぎわのよさに舌を巻いた。

レイスがたしなめるような視線を送ってくるが、マレクが肩をすくめると、エアリアと二人で籠と羊毛の毛布を二枚持って歩き出した。

マレクは馬を引いて、エアリアの従妹のそばに向かった。ナティカは手に握れるだけの草を抜き、それで馬の体をこすっていた。馬はそれがいたくお気に入りらしい。マレクはするりと娘の脇に回り、片手を差し出した。

「俺にやらせてくれ。それはきみみたいな人のする仕事じゃない」

娘は青い瞳の上で眉根を寄せ、さっとマレクに向き直った。

「わたしみたいなって？」

「貴族さ」

マレクは娘の険しい視線を浴びてごくりと息を呑んだ。

「つまり、きみの従姉がこんな仕事をやるのは想像できないってことだ」

「わたしは違うわ」

ナティカは声をあげて笑った。さっきまでの内気さはすっかり鳴りを潜めている。

「すてきな笑い声だ」

「ありがとう」

ナティカは彼に笑みを投げかけてから、もう一度馬をなで始めた。

「家ではいつもやってるわ。ソレーンは男爵領と言っても名ばかり、そんなにお上品じゃないの。自分のことは自分でやるのに慣れてるのよ」

それから重い吐息をもらす。

「軽蔑しないんでほしいんだけど、こういう状況はすごく苦手なの。あなたもお友だちも、わたしが知ってる他の男の人よりずっと礼儀正しいわ。街の生活は北部の暮らしとはうんと違うのね。ここにいると落ち着かないし、なんというか、堅苦しいふるまいはまったく身に合わないの。従姉のためじゃなかったら、この遠足にも一緒に来なかったわ」

マレクは目を細めた。

「説明してくれるかい、その『従姉のためじゃなかったら』ってところをさ」

「あ……」

ナティカは一瞬口ごもってから、まっすぐマレクの視線をとらえた。

「あなたを傷つけたくはないんだけど、エアリアが言ったのよ。あなたにも誰か相手を見つけてあげないと、レイスが一緒に来てくれないって。あなたは自分で女性を見つけられないだろうから手を貸したいって」

そして鋭い視線でマレクを見回す。マレクはまるで競りにかけられる馬になった気分だった。

「あなたはすてきよ。つまり、よほどの変人ってことかしら」

マレクの喉から低いうめき声がもれる。

「俺はきみについてまったく同じことを聞いたよ。従姉がきみの服を選んだのか。俺たちの服の色が合うように？」

「そうよ、あなたのはレイスが？」

「あいつ、いつか絞めてやる」

マレクは入り江に下る小道を振り返った。

「馬を馬車に戻して出発したいくらいさ。あいつら二人、潮に呑まれりゃいいんだ」

「いいえ、だめよ」

ナティカは腹立たしげに草を投げ捨てた。

「それじゃ馬がかわいそうだわ。それに、自分の留守中に誰が娘を訪ねてきたか、叔父さまが知ったときのために、エアリアは付き添い役がほしかったんでしょう」

娘は馬の口もとの端綱を握り、草に囲まれた小さな藪へと引いていく。

「後部座席の下の箱に、引き綱が入っていると思うわ」

マレクは自分の馬を娘に預けて、馬車に戻った。箱には言われたとおり、二本の細い縄が入っていた。引き返して一本を娘に渡し、もう一本を自分の馬を端綱に通してくくりつけた。そして二人一緒に、引き綱で馬を藪につなぐ。

「思うんだけど、お嬢さん、レディ・エアリアについてはきみの言うとおりだな」

「お願い、マレク、わたしのことはティって呼んで。称号って好きじゃないし、友だちにはティで通ってるの」

「じゃあ、ティ、この状況をどう利用すればいいと思う？」

マレクはマントを脱いで、馬車の荷台に放り投げた。肘を差し出すと、ナティカはためらわずに腕を回してきた。

「あっちに降りたところに、潮だまりやちょっと探検できる場所があるはずだ。俺たちは俺たちで楽しめるし、あいつらは二人きりで時間をかけてお互いを知ることができると思うんだけど」

二人は笑いを噛み殺して、崖沿いの小道を下り、浜辺に向かった。見下ろすと、レイスとエアリアが白い砂に広げた毛布にゆったりと腰を下ろしていた。いまガルで大流行している恋愛ものの喜歌劇(コミック・オペラ)から抜け出した恋人同士そのものだ。二人のあいだにはまな板が置いてあり、チーズと——結局、二種類とも切ったんだな、とマレクは気づいた——剥(む)いた二つのリンゴの切れ端が放射状に並べられている。二人は白ワインを呑みながら、慎み深く小さな笑い声を漏らしている。自分たちが楽しんでいると心から信じている恋人たちの笑いだ。

「マレク、レディ・ナティカ、さあ、こっちへ来いよ」

相棒の声にちょっと焦りがにじんでいる気がしたが、マレクは無視することにした。

「悪いな、レイス。俺たちはあっちの潮だまりを探検して密輸人の財宝を探すことにしたんだ」

籠の脇にしゃがみこみ、手を伸ばして残った二つの青リンゴを取り出す。そして振り返ることもせず、ひとつをティに投げ、あとのひとつをサテンのシャツにこすりつけた。

レイスの視線はマレクを射ち殺すか、少なくとも腕の一本や二本は切り落とすほど険しいものだっただろう。けれどマレクは立ち上がって、すばやく相手の射程から離れた。海辺のぎりぎりを歩きながら、天然の波止場の奥へと入っていく。その先は崖で行き止まりになっていた。

ティは飛んできたリンゴをすばやく受け取って白い歯でかぶりつき、従姉をあ然とさせた。しゃり、と大きな音を立てて果肉をかじりとると、あっという間にマレクに追いつく。二人が肩越しに振り返ると、レイスとエアリアは怒りと同情の入り混じった顔をし、無言で互いを慰め合っていた。

いくらかレイスへの仕返しに成功したことで気をよくして、マレクは右腕をティの腰に回し、一緒に海岸を歩いた。

「この海峡はかつては外洋船が自由に航行できるほどの水深があったんだ。その後、海の水位が上がって入り江が砂で埋まってしまったから、密輸人どもにはもう無用の長物になったってわけだ」

ティは崖の麓に開いた狭い地下道の入り口を指差した。

「密輸人は洞穴に品物を保管していたの?」

「おそらくな」

マレクはティに目をやった。

「なかを探検したいかい」

「ええ、もちろん」

ティは入り口に向かって駆け出し、膝をついた。リンゴをしっかり歯でくわえて這い進んでいく。しばらくは波の音とティが砂の上を進む音しか聞こえなかったが、やがて穴の奥からティの声が響いてきた。

「この洞穴、かすかに風が吹きこんでるみたい。それに光も見えるわ」

「いま行く」

マレクは左手で短い地下道の天井を支えながら娘の後を追った。這い進むのは一苦労だったが、ティの言った風は確かに感じられた。

「急には立ち上がらないで」

ティが警告した。

「天井は高くなってきてるけど、すぐにじゃないわ。頭をぶつけてしまうかもしれない」

「忠告をありがとう」

左手で頭をかばっているのは、職業柄、そうした不測の事故に備えて身につけた技だが、あえて伝える必要はないだろう。ティのほうに目をやると、洞穴の奥の小道から明かりが差し、うっすらと娘の姿を浮かび上がらせていた。立ち上がると、その狭い小道が小さな部屋につながっているのが見えた。あきらかに人の手によって細工されたものだ。

ティが立っている開口部はふつうの戸口ほどの大きさがあり、奥へと広がっている。近づくと、柔らかな緑の光がティの顔を照らしていた。光は娘の顔に刻まれた困惑の表情に影を投げかけている。ティはなにを目にしたのか、心を奪われたかのように二、三歩足を踏み出した。マレクが手を伸ばして腕に触れると、ティは驚いて振り返った。

「どうしたんだ、ティ」

ティは肩をすくめて、場所を空けた。その向こうの巨大な洞窟に、緑の光を反射する穏やかな海が広がっている。同時にその緑の光の源を見て、マレクはティの浮かべた訝しげな表情の意味を瞬時に理解した。

マレクは身震いして、ティに向き直った。

「レイスを呼んできてくれ。馬車の箱から残りの縄とランタンを持ってくるよう伝えるんだ」

背を向けて立ち去ろうとしたティの手をつかむ。

「それから、ティ、あいつに剣を持ってくるよう言ってくれ」

マレクには、レイスが顔に浮かべた表情の意味は充分すぎるほど理解していた。

「どう思う、レイス？」

「あれがなにかはわかってる。だけど、ここにあるのが信じられないんだ」

レイスは山羊髭をなでた。レディ・エアリアが自分の左肩につかまり、その体を盾にして小さな開口部の奥にあるものから身を守っているのにもほとんど気づいていない。

巨大な洞窟は、ガルでいちばん高い丘に建つ王子の宮殿を丸ごと移転させられるほどの広さがありそうだった。だが、マレクは洞窟の広大さだけでなく、それが水で満たされている事実にもさほど驚いてはいなかった。そうしたものがあるという話は以前から耳にしている。ただ、マレクをあ然とさせ、レイスをこれほどまごつかせたのは、その地下の海に浮かんだ船の姿だった。巨大な船体は発光苔で輝き、緑の光を放っている。

レイスは目を細めて船を見つめ、かぶりを振った。「間違いない、〈風の虎（ウィンド・タイガー）〉号だ。船体に名前はないけれど、前面に並んだ孔雀石の目を見れば一目瞭然だな」

レイスの口から船の名前が漏れたとたん、レディ・エアリアはごくりを息を呑んだ。レイスの腕を握る手にさらに力をこめ、身を引いてその肩越しに目だけをのぞかせる。レイスは振り返らずに、娘の手を軽く叩いた。

ティは開口部の見通しのいい場所に出て、もう一度、船を見た。

「それで〈風の虎〉号ってなんなの？」

マレクは巨大な洞窟を入ってすぐのところにある、波で削られた岩に腰を下ろした。

「〈風の虎〉号は海賊船だ。一世紀前にこの海域を航行してたんだよ。船長はソラナ・ニ＝ジアンという女戦士で、その技量は伝説にもなってる。魔法の能力にも抜きん出ていたことで、ソラナは唯一無二の存在となり、とても恐れられていた。彼女が魔法を使って追っ手を壊滅させたり駆逐したりした逸話ならごまんとある」

レイスが同意してうなずいた。

「そういう逸話には作り話よりも真実のほうが多く含まれてるんだ。公海ばかりか、皇族の寝室まで支配したことで、彼女には敵も味方も多かった。多くの指導者がソラナを追い求めたのは、〈レンジ海〉における血に濡れた支配を終わらせるためではなく、彼女自身を手に入れるためだったと言われてる。ふだんはガルやフォロン島の海域を支配している海賊〈レンジャーズ〉でさえ、彼女を捕らえることはできなかった。それどころか、ソラナは彼らの島の本拠地を見つけて襲撃さえしたらしい。回を重ねるごとに略奪は激しさを増し、戦利品の価値は跳ね上がっていった。

やがて突然、彼女は伝説になった。一説には、〈レンジャーズ〉に追い詰められたものの、この洞窟を封印した嵐が彼らの戦艦を蹴散らし、彼女は逃げおおせたとも言われてる。ソラナは一度も捕らわれることなく、こつ然と姿を消したんだ。言い伝えには諸説あって、ライバルの魔術師に惨殺されたとも、海底に引きずりこまれて海神アロシュナラヴァパルタに娶られたとも言われてる」

マレクは小石を内海に投げ入れ、波紋が広がるのを見つめた。

「ソラナは吸血の魔女と言われるようになった。ガルの悪い子どもを根こそぎ〈風の虎〉号に連れ去り、珊瑚やクラゲに変えてしまうってね。民のなかには本気でその話を信じている者もいる」

レイスの後ろで、エアリアがいっそう身をすくませた。

レイスは片膝をついて振り返り、入江のすぐそばの洞窟の壁を指差した。

「嵐に襲われるまで、この洞窟の入り口には〈風の虎〉号が通れるだけの広さがあったに違いない。きっとその夜、〈風の虎〉号はここに乗り入れて避難したんだ。嵐が大量の砂を入江に積み上げて、船を閉じこめてしまったんだな。彼らはここにとどまり、そして死んだ」

ティが丸めた拳を腰に当てた。

「死んだ？　その人たちはこの小さな脇の洞穴から出ていったんじゃないの？」

レイスは食いしばった歯の隙間から息を吸いこんだ。

「おそらく、それはない。ソラナとその乗組員は船に忠誠を誓ったって言われてる。あるいはなんらかの儀式で船と絆を結んだともね。〈風の虎〉号はただの船じゃないって説もあるんだ。彼らにとって、船を捨てることは恋人を置き去りにするにも等しかったはずだ」

「そんな考えは連中の頭に浮かびもしなかっただろうな」

言いながら、マレクは自分の言葉が幽霊となった船の乗組員たちの耳に届いているのが想像できた。

ティは〈風の虎〉号のそばの海岸線を指差した。

「あの岩棚はちょうど甲板くらい高さがありそうよ。古い渡し板を見つけるか縄を使うかしたら、きっと船に乗りこめるわ」

マレクは立ち上がって、ズボンの尻から砂を払った。

「木材は腐ってるだろうが、船倉になにが積んであるかは行ってみなけりゃわからないな」

「まったくだ」

レイスはぱっと顔を輝かせたが、震える手が背中に押し当てられるのを感じて笑みを消した。振り返って、エアリアの両手を握りしめる。

「行こう、きっとわくわくするよ。これが冒険さ。きみが心配することはなにもない」

エアリアは子どものように怯えていた。

「絶対に悪いことが起こらないって誓える？」

「もちろんさ、きみを傷つけるようなことは俺がさせない」

エアリアがレイスの腕の下に身を預けると、レイスは自分のマントをその肩にかけてやった。

四人はマレクとティを先頭に海岸線を進み、さっきティが見つけた岩棚に向かった。マレクは岩棚から〈風の虎〉号の甲板に飛び乗ると、レイスの投げてよこした縄を使って船を石筍の一本に結びつけた。ティがマレクのそばに飛び移り、レイスはレディ・エアリアに手を貸して甲板に乗せた。

マレクが甲板室を指差した。そこでは骸骨が一体、舵を握っている。

「少なくとも一人は船を見捨てるのを拒んだってわけだ」

「船を転生させるために水先案内人として後に残ったんじゃないか」

レイスは答えを待つかのように骸骨を見つめた。返事が返ってこないと、黒髪の盗賊は笑みを浮かべて、震えるエアリアをなだめようとした。

マレクは用心深く甲板を横切った。

「船倉に降りるハッチは完全に落ちてるみたいだな」

慎重に前に進みながら、きらきらした蜘蛛の巣やぼろぼろの帆を調べた。それから甲板に注意を戻し、大きく足を踏み出したとき、板の一枚が跳ね上がって、危うくレイスの顎にぶつかりそうになった。

ティは片膝をついて、その厚板に片手を走らせた。

「おかしいわね。もしこれが一世紀前に行方不明になった〈風の虎〉号なら、木は完全に腐ってるはずでしょう」

マレクは船倉につづく梯子(はしご)の段を確かめた。

「俺が降りるには問題なさそうだ」

そう言って降り始めたものの、上から差す緑の光が大きな影を作り、マレクの旺盛な想像力を必要以上に刺激した。

「きみがランタンをつけて降りてきてくれたら、すごくありがたいんだけどな、ティ」

マレクは恐怖を呑みこみ、手探りで梯子を降りつづけた。ネズミの物音が聞こえないのがありがたくもあり不安でもあった。

梯子の下まで降りると、あたりのものは本来の形を保ち、乾燥していた。見上げると、ティがランタンを片手に梯子を降り始めていた。半ばまで降りたとき、上から鋭い悲鳴が響いて、はっと足を止める。マレクはすばやくレイピアの柄に手を走らせたが、レイスが上から船倉をのぞきこんで両手を差し出し、二人を安心させた。

「なんでもない」

レイスが言葉を切ると同時に、小さなすすり泣きが聞こえてくる。

「まあ、なんでもなくはないが、たいしたことじゃない」

レイスは船倉を見下ろした。

「レディ・エアリアは、舳先(へさき)のあたりでなにかがどくどくと緑の光を放つのを見たそうだ。俺たちが船に乗ったせいで海面が波立ち、光の反射でいろんな幻影が見えるんだろう」

ティが梯子の下まで降りてくると、マレクはその腰に両手を回して支えた。見上げると、レイスとエアリアが梯子を降り始めていたが、マレクとティは二人を待たず、船倉の捜索に取りかかることにした。ティは梯子に背を向けると、ランタンで荷物を照らした。

船倉いっぱいに、箱や木箱が雑然と散らばっている。木製の樽や貯蔵樽は破壊され、箱はこじ開けられ、布袋はカビだらけで無残な姿をさらしている。それらの中身が所狭しと船倉にぶちまけられ、きらめく金や宝石が床を覆っていた。

「レイス、どうやら〈颪の虎〉号は〈レンジャーズ〉と嵐から逃げてるときに、難破したみたいだぜ」

マレクは輝く金貨を一枚つまみあげた。そして、ティがランタンの明かりでそれを照らせるように高く掲げる。

「百年前に鋳造されたものだけど、完全に新品に見えるな」

「一財産はありそうね」

ティが息を呑む。

マレクは金貨を山に投げ戻した。

「これを見るかぎり、一財産どころじゃないだろうな。なかには皇室の硬貨も混じってる。ソラナと〈颪の虎〉号はじっさいに海を駆け巡り、思いのまま略奪してたんだろう」

「こっちをランタンで照らしてくれ」

梯子の向こう側では、レイスが蓋のない宝箱のかたわらに膝をついていた。明かりが辺りを照らすと、銀の首飾りに一列に埋め込まれた七つのルビーが血のように燃え立った。

「乗組員は宝を積みこむ前に厳選したみたいだな」と、マレクに向かって首飾りを投げる。

マレクはそれをティのランタンにかざしながら、そっと宝石に指を走らせた。

「すごい細工だ。それに宝石もすばらしい。大陸から来たものだろうな。じつに美しい」

盗賊は明かりから遠ざかり、首飾りをティにかけた。

「こうすると、ますますきれいだよ」

レイスは負けじとばかり、壊れた宝箱からサファイアを埋めこんだ金のブレスレットを取り上げ、レディ・エアリアの左手首にはめた。二人はランタンのそばに行き、四人そろってエアリアが手に入れたばかりの宝石をうっとりと眺めた。

エアリアがブレスレットを明かりにかざしてきらめかせると、まるでブレスレットそのものが光を放つかに見えた。エアリアは腕を伸ばし、宝石をつけていないほうの手でレイスの頬をなでた。

「ああ、レイス、すてきだわ」

自分の指に口づけし、それをレイスの唇に押し当てる。

「気に入るだろうと思ったよ」

レイスは笑みを返した。だがマレクには、レイスがもっと直接的な口づけを期待していたのはわかっていた。

レディ・エアリアはしばらく考えてから、くすくすと笑い出した。

「なるほど、そういうことだったの。あなたとマレクは、ナティカとわたしのためにこれを仕組んだのね？特注でだれかにこういうものをすべて作らせたのでしょ、そうよね」

娘の顔にぱっと笑みが広がり、怯(おび)えた声の震えがきれいさっぱり消えていた。

「なるほど、きっとそうね、エアリア」

ティが両手を打ち合わせ、じっとマレクを見つめた。

「それを見抜くなんて、あなたはほんとに頭がいいわ。この二人はわたしたちをちょっと怖がらせようとしただけなのよ。贈り物がいっそう思い出に残るようにね」

ティの合図を受けて、マレクはため息をつき、かぶりを振った。

「この人には見抜かれるって言っただろ、レイス。この人をだまそうなんてするんじゃなかった」

「おまえが正しかったな。疑って悪かったよ」

レイスは片手で優しくエアリアの背中をなでた。

「考えが甘かったな」

「そうよ、甘いのよ」

エアリアは盗賊に向かって軽く顔をしかめた。一言話すたびに明るくなり、自信を取り戻していく。

と突然、船がなにかに衝突したかのようにぐらりと傾いた。レイスは宝箱に激突したが、身をひねって、倒れこむレディ・エアリアをかろうじて受け止めた。ティは床から跳ね飛ばされ、金貨の山の上に落ちた。

それでも、ランタンが固い甲板にぶつかるのをなんとか防ぎきる。マレクは船倉の反対側まで飛ばされたものの、倒れる前に片手で甲板につづく梯子に片手をかけた。

マレクはすばやく相棒に目を走らせた。

「いったい、なにが起こったんだ?」

「わからん」

レイスは膝からレディ・エアリアを下ろした。

「上甲板に上がって確かめたほうがいい」

「もうそんな手には引っかからないわよ」

エアリアはしたり顔でほほ笑んだ。

マレクは豹に追われた猿よろしく、梯子を駆け上がった。そのすぐ後ろを、レイスが豹よろしく追ってくる。甲板に出ると、マレクは足を止めてレイピアを抜いた。

「面倒なことになったぜ、相棒」

レイスが船倉の昇降口から頭を出した。

「とてつもない面倒だな」

船員部屋に通じるハッチが開いていた。空っぽの眼下に不浄な緑の光をたたえた骨だけの船乗りたちが、甲板へとすり足で上がってくる。まだ頭蓋骨や腕の一部から皮膚の破片を垂らしたものもいれば、虫に食われた衣服の残骸に覆われたものもいる。ひときわ危険そうなやつらは手のあるべきところに鉤をつけているが、そうでない連中は骨だけの指をただ鉤の形に曲げている。

レイスが甲板に出ると同時に、船乗りたちが二人に向かってきた。

「くそ、魔法か！　ソラナがこの船に呪いをかけたんだ」

「やつらの頭のなかが光ってる。ひょっとしたら……」

マレクは前に駆け出し、骸骨の一体に切りつけた。大きく振りかぶった一撃が船乗りの頭蓋骨を叩き切る。内部で脈打っていた緑の霧が糸状の触手となって剣をとらえ、やがて蒸発していく。骸骨は骨とボロ布の塊となって倒れこんだ。

「やったな」

レイスは一行が最初に〈風の虎〉号に乗りこんだ場所へと引き返した。

「俺がやつらを足止めする。お嬢さんたちをここまで連れてきてくれ。そして逃げるんだ」

「まあ、恐ろしい怪物との戦いね」

レディ・エアリアが船倉から姿を現しながら甘い声で言った。

「ナティカ、ここに来て、ご覧なさいな。二人ともとっても勇敢そうよ」

ティはすぐ後ろから甲板に上がってきた。その表情から、ティが従姉とは違う結論に達しているのをマレクは見て取った。

「リア、ランタンをここに持ってきて」

ティはメインマストに向かって走りながら、縄の留め具で武装する。

「来て、エアリア、ここから海岸に出られるわ」

二人の船乗りがマレクを攻撃しようと向かってくる。不死者(アンデッド)なんて頭が空っぽだと思ってたが、どうやらこいつらはそうじゃないらしい。マレクは敵と対峙しながらそう悟った。一人が振りかざす鉤をかわしたものの、背後の船乗りの一撃をまともに食らう。マレクは身を翻すとレイピアを持ち上げ、それを回転させて攻撃を受け流そうとした。そうしながらも象牙色の鉤に肉をえぐられるのを覚悟し、痛みに備える。

予想していた攻撃は襲ってこなかった。骸骨の両足のあいだにあった甲板の厚板が跳ね上がり、そいつの骨盤を跡形もなく粉砕したのだ。船乗りの胴体が甲板に転げ落ちる。マレクはそいつの振り回す腕を跳び越え、頭蓋骨を甲板室へと蹴り飛ばした。それからティに向かってウィンクを送る。ティの片足が、マレクの命を救った厚板の向こう端を踏んでいた。マレクは身を返して剣を振るい、骸骨の船乗りたちが作りつつある包囲網を抜け出した。そして身をかがめ、敵をかわし、あるいは切りつけながら、船楼で背後を守るために操舵室に向かって移動した。いつもとは勝手の違う戦闘にマレクは戸惑っていた。生きた敵が相手ならマレクの攻撃はもっと正確で確実なものになっていたはずだ。生身の敵との戦いなら、狙いすました突きで急所を貫くか動脈を切ることができる。ちょっとしたかすり傷でも、痛みや恐怖で敵を戦場から逃走させるのに充分なこともある。

しかし、骸骨が相手では、どんなに激しい攻撃でもその足を止めることができなかった。敵の手を切り落とせても、その手がまるで蜘蛛のようにじりじりと甲板を這い、マレクを追ってくる。しかも、その結果、骸骨はマレクを突き刺すための尖った二本の骨を手に入れることになる。操舵室に上がる階段を背中に感じたときには、マレクは骸骨どもがレイスと自分を圧倒するのは時間の問題だと覚悟した。

「気をつけて、マレク」

レディ・エアリアが叫んだ。

その忠告はただの芝居好きが舞台の登場人物にかける歓声に過ぎなかったが、マレクはありがたく従った。階段に仰向けにもたれかかると同時に、骸骨の鉤爪がたったいままでマレクの頭のあったところをなぎ払う。マレクは腕を伸ばして左手の指を骸骨のあばらに絡め、群がって自分のブーツを裂いている骸骨の船乗りどもに投げつけた。そいつがぶつかった衝撃で敵の何体かが砕け散ったおかげで、マレクは操舵室まで駆け上がって戦況を確かめる時間を稼げた。

下では、レイスが脱出路を確保しようとしながら、迫りくる骸骨の船乗りたちを口汚く罵っている。近づきすぎた一体の脛に切りつけたものの、そいつは這って前進をつづけ、さらに二体が両脇からレイスに襲いかかった。足のない骸骨がレイスのブーツをつかみ、さらに三体が押し寄せる。恐怖におののくマレクの目の前で、レイスは押し倒され、象牙色の集団に呑みこまれていった。

マレクが行動するより早く、レイスが敵のなかから立ち上がった。さながら自分を苦しめる小さな捕鯨船を破壊すべく身を起こすリヴァイアサンだ。レイスは両手でしっかりと剣の柄を握りしめ、右へ左へと振るった。言葉にならない雄叫びを上げながら身震いし、服に絡みついた骨の指を振り払う。そして、なりふりかまわず腕を叩きつけ足を踏みつけ、怒りにまかせて大きく剣を振り回す。レイスが四肢をもがれた骸骨を蹴り飛ばして道を空け、攻撃しながら前に出ていくと、ぼろぼろになった骸骨どもは後ずさった。

「エアリア、ナティカ、動け。さあ、岸まで行くんだ！」

そのうめき声の混じった命令は、すでに安全な場所への退路を確保したレイス自身にも向けられたものだった。レイスの上着は引き裂かれ、下からシャツがのぞいている。そのシャツには点々と血が飛び散っていた。マントはぼろぼろのまま肩からぶら下がり、ブーツのあちこちに長い爪痕や噛み跡が残っている。

マレクは相棒が倒れては起き上がる壮絶な光景に目を奪われていたため、危うくその固い足音を聞き逃すところだった。短剣使いが背後から密かに迫ってきていた。盗賊はにやりと笑って腕を伸ばし、メインマストからぶら下がる縄をつかんだ。そして、げらげら笑いながら操舵室から主甲板、前甲板へと宙を飛ぶ。盗賊は軽々と手すりに降り立つと振り返り、待ち受ける骸骨の敵に縄を投げ戻した。

英雄気取りの骸骨戦士は戻ってきた縄を骨の指で絡め取った。そして、短剣を歯でくわえると、前後に体を揺らして弾みをつけ、空中に飛び出した。宙を飛んでいるあいだに、その衣服の最後の切れ端が風で引きちぎられ、骸骨が身につけているのは乾いたブーツと固くなったベルトだけになった。マレクに迫るにつれ、その目の緑の光が飢えて脈打つ。

骸骨が前甲板に到達する直前、マレクは主甲板へと飛び降りながらレイピアで縄を断ち切った。勢いよく飛んできて片足を下ろしかけていた骸骨は、縄が切れた瞬間、前甲板の手すりに激突した。粉々になった骨が手すりに積もり、前甲板じゅうに骨片が散らばる。砕かれた骨の塊がシャワーのようにマレクの頭に降り注ぎ、ぱらぱらと音を立てて主甲板に落ちた。

マレクは髪から骨片を振り払いながら、レイスが骸骨を足止めしている場所へと向かった。そしてティがエアリアを岩棚に押し上げるのを手伝い、ティを船から逃がそうとした。そのときレイスの絞り出すような呪いの声が聞こえてきて、手を止める。

「くそう、マレク、本気で面倒なことになったぜ」

「もうじゅうぶん面倒なことになってるだろう」

振り返ったとたん、マレクの表情も絶望に満ちたレイスの顔つきと寸分たがわぬものになった。

「なるほど、こいつは面倒だ」

ソラナが操舵室の前に姿を現していた。

周りを囲む船乗りたちの目にきらめく、脈動する緑の光が彼女の骨格を照らし、くっきりと浮き上がらせている。半透明の光が層をなして彼女の骨の上に肉を作り、かつて名をはせた女海賊の蠱惑的な美貌を垣間見せている。一糸まとわぬ幻影は、そのたくましくしなやかな肉体で二人の男の欲望を一瞬かき立てた。

しかしソラナの整った顔に浮かんだ表情に、そんな欲望はたちまち萎える。

ソラナの幽体は味方の受けた損傷を確かめると、その目で見たものが信じられないとばかり、憤怒と激情に顔をこわばらせた。蹴散らされ損傷した船乗りたちが、磁石に吸い寄せられる鉄のように、足を引きずり床を這いながら女船長の元に向かう。組んだ両手を差し出し、顎を鳴らして許しを請い、無言で保護と復讐を訴えかける。

緑の光が女船長を蘇らせようとしているものの、彼女が成り果てたおぞましい姿を完全に覆い隠せるものではなかった。エメラルド色の肉を透かして、むき出しの骨がのぞく。かつては真っ黒だった固いぼさぼさの髪が、その身を包む魔法の霊気から突き出している。顎は上下に動いているが、口からはどんな音も漏れてこない。緑の唇が言葉を紡ぐかに見えた。マレクとレイスにはただ推測するしかなかったが、その言葉の意図は明らかだった。

船乗りたちの戦闘力で侵入者を破壊することはできなくとも、彼女の魔法ならそれができる。

なにか手を打たなければ俺たちは死ぬ。マレクはそのことにかけらも疑いを持たなかった。行動を起こしたい。だが、ソラナに目をやるだけで意志を吸い取られてしまう気がした。斜めに視線を移して相棒を見る。

レイスが自分みたいにぽかんと口を開いていないことを祈った。

ティがマレクのかたわらに来て、左目をぎゅっとつぶると縄の留め具を投げた。留め具は明らかに骨を砕くだけの勢いをもって女船長の亡霊に向かっていく。マレクの心臓が飛び出しそうになったが、留め具は魔女を取り巻く光に到達すると、その周囲を迂回した。そして、まるで命あるもののように甲板を横切って棚に収まった。

「ごめんなさい、マレク」

ティはささやき、腰をかがめて床の大腿骨を拾い上げると、それで身を守った。

ティの行動で呪文が中断したのを見て、マレクはかぶりを振った。

「少なくとも、きみは挑戦した」

手を下ろして娘の髪をなでる。

「聞きたいことがあるんだ、ティ」

「なに？」

「生まれ変わったら、きみはなにになりたい？」

「もっと賢くなりたいわ」

ティが拾った大腿骨に手を触れると、骨がびくびくと動く。それは緑色に輝き、よじれてティの腕から逃れた。魔女が放つ緑の光の触手が触れると、骨は転がり、ごろごろと甲板を横切ってソラナの元に向かった。ティは胸に手を当てた。

「ぞっとする」

緑の霧がもくもくと魔女から立ち昇り、小さな渦巻きを作った。そして、甲板に横たわるばらばらの骨の欠片を寄せ集めはじめる。小さな竜巻はカラカラずるずると音を立てながら、大切な骨片をソラナのもとに運んでいく。レイスは悲鳴をあげ、危うく卒倒しそうになった。おぞましい霧がレイスを呑みこみ、彼が倒したものたちの残骸を拾い集めていく。

「邪悪だ、混じりけのない悪だ」

マレクは相棒の苦境にほとんど気づかかないまま、再びソラナに視線が吸い寄せられるのを感じた。

「神かけて！」

その目に映ったものにマレクは喉を詰まらせ、レイピアがからんと音を立てて甲板に落ちる。マレクはとっさにティに手を伸ばし、体を張って彼女を守ろうとした。

「もうだめね」

ティが耳元でささやく。

緑の霧の竜巻がソラナのもとに戻ったが、勢いをゆるめないまま渦を巻きつづけている。それどころか、巨大なひとつの旋風となり、彼女の首の下からすべての骨を剥ぎ取った。その瞳に脈打つ光が激しさを増し、エメラルド色と象牙色の混じった突風が女船長の周りで甲高い音をあげる。目を射る光が一瞬旋風の中心部をかすませたが、やがて光は薄らぎ、侵入者たちにそのすべてを見せた。

ソラナとその魔術が、彼女自身と船乗りたちを再生しようとしていた。

五人の海賊の頭蓋骨がおぞましい首輪さながらにソラナの頭蓋骨を取り囲む。小さな骨が溶けかけの鉄塊のように融合して脊椎を作る。それは積み重なって一本の蛇状の白い骨となり、女船長の頭蓋骨の後ろに接続され、さらに三十センチほど上に伸びた。魔法で歪められ再生された数本の大腿骨が整然と並び、新たな肋骨を作る。それらはかちりかちりと音を立てて背骨にはまっていく。片方が三十センチほど高くなった二組の肩が肋骨の上で背骨に接続し、腕を受け取る準備を整えた。六本の上腕骨が魔術で組み合わされてするりと胸帯に滑りこみ、数本の脛の骨がまとまって怪物の前腕を作り上げる。骨の破片と踵（かかと）の骨は手首となり、前腕骨は魔物の手のひらを形作った。肋骨は――折れているものも完全なものも――魔物の指先に恐ろしい四本の鉤爪を作る。

マレクは魔物に親指がないことに気づいた。もとより、ものをつかむことを想定していないのだ。魔法で溶かされた骨の漆喰が固まって墓場の魔物の骨盤を作る。背骨が雷鳴のような音を立てて、その広くごつごつした骨盤に収まる。寄せ集められた太腿骨と脛の骨は、元の海賊たちがそうしていたように魔物の体を支えた。砕けた頭蓋骨の欠片が膝小僧を作り、本来の膝小僧や長い骨の丸い先端は魔物の踵に作り変えられる。手のひらを再生した手順が足でもくり返された。肋骨でできた鉤爪は短めだったが、恐ろしさは同じだ。

融合した脊椎の下端は魔物の体を支え、肩甲骨はまるで鮫のヒレのように背骨の片側からもう一方へと伸びている。

魔物の中心部から外に向かって生命が脈打っている。ソラナの瞳に宿る緑の光が薄らぎ、首の周りにあるいくつもの頭蓋骨の眼窩の奥で不吉に燃え上がった。それらの眼窩から鮮やかな緑のきらめきがしみ出し、動脈を通して魔物に注ぎこむ。象牙色の体に魔力を得て、魔物は手のひらを伸ばし、ためらいがちに最初の一歩を踏み出した。

レイスは真っ青な顔で魔物を見つめている。ティは恐怖に目を見開き、船の手すりで体を支えようと後ろに手を伸ばした。マレクはよろよろと近づいてくるおぞましい怪物から目を離せないまま、腰を屈めて剣を手探りした。レディ・エアリアだけが安全な岸で夢見がちな妄想にひたっており、現れた魔物やその脅威になんの影響も受けていないように見えた。魔物の登場に拍手を送り、慎み深い笑い声を立てている。

「ティ、ランタンをあいつに投げる準備をしてくれ」

レイスがゆっくりと立ち上がった。

「マレクと俺でやつの気をそらす」

「しっかり狙いを定めるんだ」

マレクはささやきながら左に移動した。

「その作戦にはひとつ問題があるわ、レイス」

ティの声は従姉のくすくす笑いでほとんどかき消されそうだった。

「ランタンはエアリアが持ってるの」

マレクの張りのある声がレイスのうめきにかぶさった。

「レディ・エアリア、さあ、あなたがヒロインになるときが来ましたよ。ランタンをあの魔物に投げつけなさい」

軽く朗らかな声になるよう努力はしたものの、募る焦りのせいでいくらか命令口調になってしまう。

マレクは身を屈めて左に転がり、襲ってきた魔物の二本の右の手のひらをかわした。ティは魔物の左側に回りこんでレイスの背後に駆け込んだ。レイスは剣を左に持ちかえ、ブーツから短剣を引き抜いた。その切っ先を親指と人差し指ではさみ、前に投げつける。

　短剣は勢いよく回転しながら、二本のあばら骨の隙間をすり抜け、心臓の役割を果たす頭蓋骨のひとつを砕いた。緑のエネルギーが短剣を取り巻くと同時に、魔物の左足の脈動が薄らぐのにマレクは気づいた。

「いい狙いだ。あいつを傷つけることはできるんだな」

　魔物は向きをレイスに変えた。明らかに、自分がこの先も存在しつづけるにはレイスが直近の脅威だと気づいたのだ。魔物が迫ってくると、顔に傷痕のある盗賊は剣を握る手に力をこめた。魔物は骨をも砕く抱擁(ほうよう)を与えようと、四本の腕を大きく広げている。

「さあ来い、魔女。俺の命で仲間が助かるなら安いもんだ」

　その陰鬱な声音から、マレクは相棒が本気で自らの命を犠牲にする気だと知った。

「急げ、ティ。やつの尻尾をつかむんだ」

　魔物の骨盤に剣を突きいれ、尻尾をつかむ。焼けつく冷気の波が次々と両手に走るのを無視して、マレクとティは魔物の尻尾を後ろに引っぱり、そいつをよろめかせた。

「いまよ、エアリア、ランタンを投げて！」

　ティが叫ぶ。

　エアリアはつまらなそうに笑って、その号令を受け流した。

　レイスが左に回りこむと、骨の魔物はさっと右に身を翻した。尻尾がマレクの足をすくい、ティを投げ飛ばす。ティが尻尾の下を転がって起き上がるあいだに、レイスが前に突進した。頭上に柄をかざし、両手で剣を叩きつける。刃は魔物の尻尾を切り落とし、甲板に深々と刺さった。

　レイスは振り返り、エアリアに向かって両の拳を突きつけた。

「そこの脳天気なくそ女、ランタンを投げろ！」

まるで遠くからレイスに首を絞められたみたいに、エアリアの笑い声が止んだ。

「なんですって！」

エアリアは金切り声を上げた。その目に炎が燃え、レイスに向かってランタンを投げつける。

狙いは正確だった。

レイスの正面にいる魔物を無視したのがよかったのだ。

まだ半分油の残ったランタンは、魔物の左足に命中して燃え上がった。ぎらつく煙が魔物を取り巻き、象牙色の骨格を黒く染める。炎が貪欲に魔物を舐め、さらに甲板に燃え広がって、きらめく炎の海を作った。

「エアリア、洞穴に向かって走るんだ」

その声が船の中央で燃え盛る炎の音を越えて娘に届いたことを祈りながら、マレクは叫んだ。

「ティ、きみは泳げるか？」

「魚みたいにね」

「なら、あっちだ」

マレクはティが軽やかに海に飛びこむのを見届けてから、後につづいた。暗い海面から頭を出して振り返ると、レイスが手すりから海に飛びこむのが見えた。その背後では、金色の炎のなか骨を黒く染められた魔物が、すでに逃走した盗賊たちを意味もなく攻撃していた。

全速力で泳ぎながら、三人が洞穴の入り口に着いたちょうどそのとき、エアリアが囚われの海を大きく迂回してやってきた。エアリアは三人がずぶ濡れで岸に這い上がるその向こうに目をやった。

「お芝居は終わり？」

「ええ、終わりよ」

ティがうなずく。

「でも、あの瞳」

エアリアは船を指差して顔を曇らせた。

「あの瞳が」

緑の孔雀石の眼が、メインマストを呑みこむ炎に負けないほどのきらめきを放っていた。〈風の虎〉号を岸につないでいた舫い綱が、洞窟中に響き渡る大きな音を立てて切れた。甲板も支柱もマストも炎に包まれるなか、船が一行に向かってくる。

マレクは恐怖のあまり、反対に力が湧いてくるのを感じた。

「あの地下道へ。さあ、行こう！」

「無理よ。潮が満ち始めてる——あの地下道はいまは海の下よ」

ティの声にいらだちがこもる。

「エアリアは絶対に泳がないでしょうね」

「力ずくで泳がせろ」

レイスがうめく。〈風の虎〉号が一行に迫るにつれ、洞窟のレイスのいるあたりが明るさを増す。海水が高く渦を巻き、船の舳先に泡を立てている。風の音が船の後方を呑みこむ炎の唸りをかき消す。

いらだったエアリアの金切り声は、ティが彼女を海中に引きずりこむと同時に止んだ。マレクとレイスは小さな洞穴に急いだ。水しぶきを上げながら膝まで海水に浸かって走り、安全な水中へと飛びこむ。

〈風の虎〉号が舳先を小さな洞穴に激突させると、一面に火花が散り、石壁が削られた。竜骨がひび割れ、船体が岩に叩きつけられた卵の殻のように砕け散る。燃える船の破片が水に触れ、じゅっと音を立てて炎が消える。裂けた厚板が洞穴に飛んできて、二人の盗賊につかみかかるねじれた骸骨の指のように小刻みに震える。

マレクは上体を起こし、顔をかばっていた腕をゆっくりと下ろした。〈風の虎〉号を振り返ると、孔雀石の瞳のひとつがこちらをにらみつけているのが見えた。以前にも同じ目を見たことがある。自分を殺した相手が歩き去るのを見つめる、死にゆく男の目だ。マレクは震え、身をすくませながら海水に潜りこみ、船が死にゆくに任せた。

＊＊＊

「俺は約束したのだ！　必ず守ると！」

最後の殺戮者(さつりくしゃ)が地下道の奥へと消えていくのを見つめるうちに、〈風の虎〉号の激しい怒りが音もなく洞穴を満たす。壊れた船体に水がしみこむように、絶望が船に押し寄せてくる。

「自然も帝国もなしえなかったことを、いかにしてただの儚き者どもがやってのけたのだ？　いったいどうやって？　なぜ？」

その怒りは甲板を包む炎よりなお激しく燃え上がった。船は怒りを燃やしつづけようとした。だが、炎に焼かれるうちに、命にしがみつこうとしていた理性さえも燃やし尽くされていく。約束が無に帰すと同時に、〈風の虎〉号の不滅への強い執念が萎えていく。

盗賊たちを追っていた孔雀石の瞳から命の光が消えた。瞳が黒くなり、まるで目尻から銅色の涙がこぼれるのを拒むかのように、きつく閉じられた。しばらくはこらえていたものの、やがて船から命が消えると同時に、涙が一筋、焦げた跡を残して船体を伝った。涙は海面の上の小さな岩棚にこぼれ落ちた。何物にも邪魔されることなく。

永遠に。

解説——なぜそんなにかかったのか？

マイケル・A・スタックポール
安田均訳

ほとんどすべてのゲームについて長編や短編のゲーム小説が書かれるようになった現時点で、このアンソロジーが登場したことにそれほどの驚きはないだろう。特に『トンネルズ&トロールズ』はゲームマスター・アドベンチャー（多人数用シナリオ）やソロアドベンチャー（一人用シナリオ）を通じて、その世界をかなり詳しく展開してきたので、小説化するのはたやすいはずだった。実際、ソロアドベンチャーの最良のものはカザンやガル地域を軸に設定され、組み立てられてきた。そして全製品のなかで最も要求の高かったのは、トンネルズ&トロールズ世界の全図と地誌だった。小説のアンソロジーは、こうしたすべての延長線上にあると考えるのが論理的だ。

しかし論理的であるのなら、なぜわれわれはそれをそんなに長く待たせたのか？

ゲーム小説が当然のものとなってからは、リズもケンも、ベアもマークもわたしも、全員が他のゲーム世界の小説を書いたし、一九八〇年代初期に戻れば、ケンとわたしはとある小部数雑誌にカザンとガルが舞台の話を発表している。

そうまでしているのなら、なぜわれわれは原点に戻り、フライング・バッファロー社からT&T宇宙に基づく小説をいままで出さなかったのか。

経緯は複雑ではあるが、少々歴史的な説明と脱線を許していただけるなら、きっと満足な答えをさせてもらえると思う。おそらく最後には、あなたもなぜそんなにかかったのか、いかにわれわれがようやくそれをここに結集できたか、納得することになるだろう。

ゲームの若き日に戻ると——まだタイプライターで仕事をしていた後期白亜紀だ——われわれ『トンネルズ&

トロールズ』に関わる者は、創造性信奉ともいえる立場にこだわっていた。J・R・R・トールキンやロジャー・ゼラズニイといった作家に傾倒し刺激されて、彼らのように冒険を行なえる自分たちの世界をまず創造したかった。そして他の人々に、それぞれの冒険をどう創っていくかを例示したかった。だから、われわれの世界で暴れまくるよりも、その人たち自身の世界の方がずっと優れている、きっと誰もが自分の世界を創造したがるはず、と思っていたのだ。われわれの冒険設定に、他の人々が探検したい何かがあるという考えには、そのとき驚かされたものだ——今でも意外なのだが。

そうした創造性信奉の立場から見るなら、このアンソロジーを編むのは裏切り行為に思えるかもしれない。しかし、それは事実に反する。人々がT&T世界をもっと知りたいと言ってくれてから一〇年ほどして、われわれも状況を把握し、人々が本当にわれわれの世界に関心を持っていると悟ったのだ。人々自身がわれわれの創り上げた世界を代用品としてではなく楽しみ、そこでもっと冒険したいのだと。その考え方にはまだ意外な感があるが、以前よりは喜んで世界を共有し、共有するのが幸せだと今は感じている。

われわれは現在も人々の創造性を推し進めたいと思っているが、ここに収めた物語集がその一助になればと願っている。何篇かの物語は〝よくあるダンジョン突破もの〟と勘違いされそうだが、いわゆるダンジョン探検と目されるのは一篇だけだ。残りは逆に、ありとあらゆるタイプの冒険に結びついている。他世界からのインプ、幽霊船、長く囚(とら)われていたぞっとするもの、ファンタジー世界での軍事作戦遂行のむずかしさ。こうした作品はどれも、通常の冒険者にとってはなかなかお目にかかれない挑戦的なものである。

われわれが〝自分たちの〟T&T世界の重要性を軽く見てしまった一つの理由に、世界それ自体が常に乱気流状態にあったことが上げられる。世界には多くの地図が存在したけれども、特定の地域となると、それが合意されることはまれだった。どこからともなく多くの場所が生まれたり、境界線が移動したり、新しい地域がいつも世界にぎゅうぎゅう詰めにされたりする。例えば、わたしが『恐怖の街』をデザインしたときだ。ヴァーモントにいて——アリゾナ砂漠からは遠く離れて——誕生の雄叫(おたけ)びを上げたなら、そのソロアドベンチャーの口絵イラストに、リズ・ダンフォースがカザンやT&T世界の他の場所への方向を示す羅針盤を描き込む。そうしてガルとフォロン島が突如、T&Tの世界神話に割り込んできたのだ。同様に、他の世界の事々(くさぐさ)がまるでフランケンシュタインの怪物のように縫い合わされていった――まったくもって、気まぐれな方法で動き回る怪物だろう。

しかし、こうしたやり方ですべてがうまく繋がると限らない。特に、強い自我を持つ創造的な人々の共有世界では対立が充分考えうる。誇り高き「カザン＝海賊(レンジャーズ)戦争」は、語り手によって三通りの結果が生み出された。〈死の女王〉帝国を支配する男ケンは、レンジャーズ――わたしの発想になる海賊団――がカザン都市国家の領域に入る前に、壊滅させられたと決めつけた。ガルで聞かれる歴史では、レンジャーズは帝国の〝牙〟を引き出してから、自分たちが壊滅する前に撤退したとなっている。大陸中部の都市国家コーストの親分であるベアは、もっと血なまぐさく、二人の中間のどこかにある真実を語る。

この戦争や他の政治勢力間のいざこざは、ケンがレロトラーの「死の帝国」はコーストやクノールなど諸都市への侵略と同様に、フォロン島も彼女の帝国に併合しようとするはずだと宣言することで起こった。「よし、わかった。いつからだ?」と、即座に世界を共有するメンバー全員から、一斉に声が起こる。一方、後にケンが一三一三年に魔法が世界から消えたと宣言したときは、「たぶん、あんたの世界の流れではそうなんだろう。われわれのはちがう」と一斉に声があがった。

こうした明確な不同意や分裂があったにもかかわらず、われわれはT&T世界をほぼ一つの共有する場所とみなしていた。ガルからクノールへ、あるいはカザンへと渡航することはもちろん可能である。しかし概してそうした横断が難しいのは、この世界での政治的な激しい変動によるのではなく、よりよい冒険やストーリーを目指したいためなのだ。もっとも、こうした世界を結びつける束縛の強さは、歴史への見方と同じく、それぞれによって判断は変ってくる。

こうした例からもわかるように、T&T世界は全体としてよく統合されているとは言いがたいものの、少なくともソロアドベンチャーやゲームシナリオは統合されていたように思える。こうしたゲーム作品では世界の政治的な激しい変動も正確に反映されているし、真実が実際よりももっと深いところで動いていたことも匂わされている。ただ、帝国が盛衰し、巨大な統合された一つの戦役が動いていくように見える世界も、実際の冒険者たちにとっては、スリルに満ちた経験や富を得、もし政治的な意見を付け加えたいのなら、いつだって帝国の衛兵を〝くそったれとぶちのめせる〟ちょっとばかり「お優しい」世界なのだ。

（リズ・ダンフォース註：読者の方々へ。このあとがきは、〝恐怖の街〟ガルとフォロン島を支配する男によって書かれていることをお忘れなく）

（マイク・スタックポール註：何を言ってるリズ、ぼくは「トロピカルな島フォロン™の誇る、愛と美の街ガル™」のガイド役と思ってくれなきゃ）

われわれが「街」とだけ書いて、特定のゲーム用ではない都市や施設を説明する『シティブック』シリーズを始めたときも、人々はそれがT&T世界のどこかだと思い込んでいた。スティーヴン・ペレグリンはその最初の本のカバーを描いたが、空には二つ月がかかっている。彼はガルに月が二つあると知っていたからだ。米国やカナダ中から『シティブック』の原稿を募集したとき、付随する意見に〝あんたたちがキャンペーンゲームを行なったT&Tの世界〟をそんな風にちびちび切り取って出版するのではなく、全部を丸ごと出してくれという手紙が何通も来た。『シティブック』は決してそういうものではなく、〝ここに載せた都市のブロックを使って、あなた自身の世界を創る〟本来は創造性信奉の道具であるにもかかわらずだ。

外野からの、世界をもっと見たいという要請は、われわれ全員にも影響を与えた。いくつかの都市の詳細な図が描かれたし、全体が完成するまでのさまざまな段階が作成された。例えば、ガルがヴェニスにもっと似るようになったのはちょうどこの段階だ――大きな理由は、わたしがその都市を、他とはちょっと違うようにしたいと願ったからだ。リズは自分の知る都市クノールの細部までを描くのが複雑すぎてできないと知って、小さな辺境都市カルサキを創りだし、そこで冒険を走らせてみるととても楽しいことがわかった。しかし、こうしてゲームのメモから最終世界を創り出していくのは、喫緊の要請として他にもやらないといけないことがある場合には、そんなに簡単ではない。
ただ、そうして起こったことは、T&T世界へのわれわれの知識を増加させ、感覚になじみをもたらした。そして同時に、それぞれが新たなコーナーに向かっていくことでもあった。その結果、皆なの望んだ作品を作り出せたかどうかはともかく、それらは小説を書くことへの基盤となり、推進の力ともなってくれた。結局、わたしはガルの運河にまつわる話を書く方が、地誌としてそこの隅々を考案していくよりも、たやすくて楽しいのだ。だが、当時はそうした記事を熱心に書いたのだが、われわれの努力にもかかわらずマーケットは大きくならず、分野は縮小にすら向かいだしていた。

われわれの小説への考え方はごく一般的なものだ――それが好きだし、それを必要とするので、それを出版する。それを書きもする。先に述べたようにケン・セント・アンドレとわたしはどちらも、T&T世界を舞台にした短編を少部数の小出版社からこれまでも出してきた。そして、フライング・バッファロー社の「ソーサラーズ・アプレンティス(SA)」誌は、一号に一篇は小説を載せた。もちろん、一部の人たちにとっての関心は、それ以外のソロアドベンチャー記事などだったかもしれないが。人々は手紙を書いたり、ゲーム大会でよく聞いたものだ。なぜわれわれの小説が「ソーサラーズ・アプレンティス」誌のページに載らないのかと――確かに、その雑誌が完璧な掲載場所だったとは思う。

ただ、SAに自分たちの小説を載せるというのは、二つの意味で問題があった。一つは、とてもラッキーなことに、ポール・アンダースン、フレッド・セイバーヘーゲン、ロジャー・ゼラズニイ、カール・エドワード・ワグナー、C・J・チェリー、タニス・リー、マンリー・ウェイド・ウェルマンなど、合わせると何十年もの経験と、何百冊もの著書がある有名作家たちにオリジナルの作品を書いてもらえたこと。メジャーリーグの選手がいるなら、二軍選手はベンチに控えているべきだろう。嫌なことはまったくない。カール・ワグナーに五年ぶりにケインの物語を書いてもらえたのは、「ソーサラーズ・アプレンティス」誌でわたしのもっともすばらしい思い出として、いまだ記憶に残っている。

二つ目は、われわれの誰もSAを自費出版雑誌のレベルに落としたくないと考えていた。われわれは全員、いつか自分たちの小説が「アメージング・ストーリーズ」や「アイザック・アシモフズ・サイエンス・フィクション」といった雑誌に載るくらいの評価を受けたなら、そのときこそSAに載せるにふさわしいのではないかと考えていた（プライドが高いって？　SAが引っ張ってきた作家を見れば、そうもなるだろうね）。

そうした頃、われわれは要求の多い編集者でもあった。『恐怖の街』の版を変え、新版にしようとして、リズがわたしに元版を渡したときのことを思い出す。彼女の要求に応え、書き直したい変更があるか調べるため読み直した。再読して直した後、それを手渡しながら言ったものだ。「これでいいよ。でも、今日これが来たら、また書き直しに入るだろうね」

われわれはなかなか満足しないタフな仲間だったし、おそらく誰よりも自分たちに厳しかった。T&Tに関係し、何年も奴隷のように働いた自分のキャラクターたちの小説を書くことほど、愛おしいものは本来ないはずだった。TSR社から『ドラゴンランス』シリーズが登場し、そうした道がわれわれの前にも開けたと示していたにもかかわらず、それでもゲーム小説という主題については、われわれの中には、当然ともいえる健全な懐疑主義が根付いたままだった。

デニス・マッキーナンがこのアンソロジーで、ゲーム小説の性質に触れている（後掲）が、冒険の羅列記録（クロニクル）だけではよいストーリーにはならないというのは正しい。ゲームセッションは〝キミがそこにいなければ〟という究極の体験なのだ。人のゲームセッションを見る中で一番つまらないのは、誰かが自分のゲームセッションについて語ることだ（「おい、ぼくの百レベル以上の魔術師が、あそこでどうなったか聞きたいかい」こういう言葉を聞いたなら、すぐ逃げろ。後ろを向くんじゃない！）

われわれが「ソーサラーズ・アプレンティス」誌を刊行していたとき、多くの小説の投稿があったが、どれもはっきりと冒険のゲーム記録でしかなかった。背景でダイスを振っている音が聞こえる。ファンブルや魔法の大失敗が物語に書き込まれるが、決してこうしたことが起こった理由は説明されない。なぜなら、ゲームを遊んだプレイヤーは、それがただ〝起こった〟ということにしか興味がないから。そうした出来事はゲーム記録には意味があっても、小説には意味がない——短編を前に、だれでも物語を理解するために、ゲームの大量のルールを読む努力をするものではないのだ。

われわれはただゲームのストーリーを書いて出版したかったのではない。それが、ゲームのために創られた世界でのストーリーとしてふさわしくなることを望んでいた。これはまったくちがうことだし、見た目よりも簡単ではない。必要とされるのは、ストーリーラインから外れることなく、ゲームのシステムによって決まることをどれもちゃんと説明することだ。幸いなことに、書き手がこの問題に気づいてさえいれば、避けるのは難しくはない。

しかし、より重要な問題がその向こうに潜んでいる。背景でダイスの転がる音の向こうに、ゲーム小説でのもっとも一般的な問題が。

それはプレイヤーのなるキャラクター（ＰＣ）が、ストーリーでふさわしい主人公に向かうかという問題だ。プレイヤーがなるキャラクターを個性という点からストーリーにふさわしく当てはめていく人たちもいて、それならすばらしいロールプレイに向かうことだろう。不幸なことに、多くのＰＣは魔法の剣、魔力のかかった防具、魅了の指輪、古代秘法の魔術を持ったただの家畜の群れでしかない。個性に一番近いものは、彼らの最良の武器となる悪意ある妖精くらいだろうか。

一方ストーリーの主人公は、読んで楽しいと思わせようとするなら、もう少し何かが必要だ。リズ・ダンフォースのジャクリスタやキット・カーのエラダーナはこの優れた例だ。ジャクリスタは見るからにひどい態度をとる——プレイヤー・キャラクターによくある態度だ。もし彼女が、誰かのキャンペーンゲームでただのプレイヤー以外のキャラクター（ＮＰＣ）なら、それまでにプレイヤー・キャラクターの誰かに辛らつな言葉を吐いて、舗道に叩きつけられていたことだろう。エラダーナには気にかけないといけない子供と、行動に制約のかかるある誓いに縛られている。ここで大半のプレイヤー・キャラクターは、そうすることで利益が得られるなら、台風にあっても濡れていないと嘘をつくことだろう。だが、エラダーナはそうできない。こうした二人の女性はその背景と個性によって優れた主人公で、多くのゲームでのプレイヤー・キャラクターのように極端化されたものではない。

ファンタジー作家の新人たちの中には、ゲームをするタイプとそうでないタイプが目につく。ゲームをしない作家たちは強力なキャラクターを描くのに長けるが、世界に深みが欠ける。キャラクターに世界が見えなければ、細部はぼんやりしてくる。ゲームをする作家の世界は、あらゆる細かい部分までぎっしり詰まっているものが描かれる。彼らが設定を熟知していることに疑問の余地はない。ただ、そのキャラクターは弱々しいことが多い——おそらく主人公となるのがプレイヤーであり、ゲームマスターの扱うプレイヤー外キャラクターは、そうしたプレイヤーのキャラクターと関係する部分でしか意味を持たないからだろう。

ちょっとした幸運と少々の経験、それに何をすべきでないかをはっきり理解して、われわれならここに述べたストーリーの問題をうまく避けて通れるのではないかと思い至った。確かにアンソロジーを編む動機がある——われわれのストーリーを書きたいという欲望と、人々が露わにしたそれらを読みたいという欲望が。そこに長い時を経て、その仕事に必要な手法と技術を持つに至ったと思えた。こうなれば犯罪と同じで、残されたものは「機会」だけとなる。そして、それこそがこの計画を通じておそらくもっとも難しい局面だった。

思い返すに一九八五年には、こうしたアンソロジーの機会はきわめて低い水位へと退潮していた。TSR社から最初の『ドラゴンランス』シリーズが出始め、信じられないほどよく売れていたにもかかわらず、フライング・バッファロー社は力を節約しようと、この分野を縮小することに決めた。われわれはいくつかの作品を売り払い(すべて後で買い戻した)、文字通り制作部門は解体した。そうした縮小行程は、年にソロアドベンチャー一作に限るというように自動的になされた。制作スケジュールの縮小により、新しい計画はT&T世界に関わるものも含めて、優先リストの下方に追いやられた。

しかし、こうしたことによって、事態はちょっと違った方向にも移った。ケン・セント・アンドレとわたしは『ウェイストランド』というコンピュータゲームに取りかかり、リズ・ダンフォースとダン・カーヴァーがその完成を手伝って、将来のコンピュータゲームへ向かう可能性が前に開けた。ちょうどその頃わたしは、ガルがつながっている別世界に肉付けし、ファンタジーの大長編にして出版社に売り込みもはじめた（Talion:Revenant未訳）。

ほぼ同じ頃、フライング・バッファロー社のイギリス支社長クリス・ハーヴェイがコーギ・ブックスと交渉し、『トンネルズ&トロールズ』のソロアドベンチャーをイギリスで本の形式で出版することになった。イギリスでのそうした本の市場（ゲームブック）は、われわれのカタログにある旧作や新作が全部出版される前に崩壊してしまったが、コーギ・ブックスはその前に、日本にその翻訳権を売るのに成功した。日本ではT&Tは〝非常に〟よく売れた。ほんの二年のうちに、ルールブックだけで一〇万部を上回る部数が飛ぶように出て行った。しかし、わたしはわたしで先に進んでいた。

わたしの書いたファンタジー長編は出版社に売れなかったが、FASA社に見せると、彼らが考えている流れに基づいた『バトルテック』長編三部作の申し出があった。わたしはそれを受けた。三分の二ほどそれを進めたところで、ジョーダン・ワイズマン（副社長、ゲームデザイナー、後にFASA社長）がこれまでの『バトルテック』作品のアートに基くアンソロジーを出そうと提案してくれた。彼は七〜八本の短編には充分な数のアートをフェニックス（フライング・バッファローの本社）に送ってくれ、わたしはケン、ベア、リズ、マークを共同で作品に当たるメンバーに選び、ついにそれは『シュラプネル』（Shrapnel未訳。日本では富士見書房から当時刊行予定で、柘植めぐみの訳など一部仕上がっていた）として出た。わたしはFASA社とはまた、『シャドウラン』のためのアンソロジー『影の中へ』（Into the Shadows未訳）も出した。

しかし、『影の中へ』が出るより前に、ニューワールド・コンピューティング社がリズ・ダンフォースを雇って『トンネルズ&トロールズ』のコンピュータゲームを出した。この計画はユニークなものだった。ゲームデザインはこ米国で、プログラミングは日本で行うというもの。日本で最初にリリースされたが、ロケットのように売れた――日本でのテーブルトーク版の成功に優るとも劣らぬ勢いだった。

一九九〇年アトランタのオリジンゲーム大会で、T&

Tの日本の翻訳家、安田均が日本の市場向けに『トンネルズ&トロールズ』の小説アンソロジーを編まないかと聞いてきた。日本ではテーブルトークRPGが人気があるので、その本はヒットするだろうし、日本のプレイヤーがT&T世界をもっと理解する助けになると思うという。彼は米国の標準では短めの本を望んだ——五万語くらい（四百字詰め四百枚くらい）——というのも、英語から日本語に翻訳すると厚味が倍くらいになるからという。われわれは了承し、十月までにはケン、リズ、ベア、マーク、それにわたしの物語を入れたディスクを送った。翌年の夏までに彼は翻訳を終わったので、日本で年末までには出版されたはずだ。

というわけで、われわれはT&T小説のアンソロジーを出せることになったが、米国市場向けにはそれで一冊にするには短かすぎた。われわれ五人は皆な、もう一篇あれば完璧なのにと思っていたが、自分たちの問題にかかずらっていたので、何かのはずみでひょいと出来上がるようなことにはならなかった。それに多くのことがそうだが、去るもの日々に疎し——リック・ルーミスの優しい督促状（とくそくじょう）にもかかわらず——計画は徐々にしぼんでいった。

やがて『トンネルズ&トロールズ』のコンピュータゲームが米国でも現れた。われわれが望んだほどには成功しなかったが、とにかく楽しいものだった。多くのプレイヤーが喜んだし、それは一つのゲームに望めるすべてを含んでいた。ゲームを楽しんだ一人がキャサリン・カーというすばらしく才能あるファンタジー／SF作家だった——彼女はまた、生き生きしたゲームマスターでもある。ケンとわたしは彼女とGEnieネットワークで知り合ったのだが、出したいアンソロジーに席が一つ空いていると知ると、彼女はそれを書いてくれた。コンピュータゲーム版がそれほど面白かったからという理由で。

というのが、このアンソロジーにまつわるすべてである。われわれは自分たちが創ることになったこのゲームとこの世界が好きなので、これらのストーリーを書いた。愛の産物であり、そう考えるなら、ゲーム設定へと向かうすべての創造活動は——公表されたか否かを問わず——まさに楽しみのためになされる。一つの世界にあなた自身の多くをこめたなら、ここに収めたストーリーのようになるのだ。

ここまで見てきたとおり、このアンソロジーはあやうく存在しないところだった。だから、時間がこれほどかかったとしても不思議はないが、ともあれわれわれはやりとげた。待機や困難はあったが、きっと往時出せていたよりも出来はよくなっていると思う。そしてもちろん、今やこれが開拓者となって、つぎの道行きはずっと簡単になることだろう。

われわれとともに、この長くがたごと揺れる旅を同行してくれた皆なに感謝したい。

マイケル・A・スタックポール

一九九二年七月

原書序文

デニス・L・マッカーナン
柘植めぐみ訳

「例外のないルールはない」とよく言います。とりたてて難解なことわざではありませんが、暗に意味するところは、ときに深遠なものになりえます。どんな一般的なルールもそうであるかもしれない、というだけであって、ときにはまったく当てはまらないこともあります。そもそも例外なんて、めったに起こるものではありません。だからこそ、ふつうは「ルール」が有効なのです。まただからこそ、例外が起こったとしても、われわれはたいていルールを変更しません……まれに、一般通念が否定されるような状況もあるにはありますが。

いったいなんの話をしている？　その話とこの本がどう関係あるっていうんだ？

（まあ、待ちたまえ。これから説明するから）

ファンタジーというものは、じつに長いあいだ存在してきました……それはもう、長いあいだ。ほんの数年のことではありません。何千年もです！　千年や二千年や三千年ではありません。万年単位で考えてください！　人類が木から降り、二足歩行で歩くようになって、言語——洗練されたものではないとしても、言語は言語——を生み出したころに戻りましょう。ファンタジーのもとになったものは、夜明け前の人類が火を発見した時代に誕生した、とわたしは考えます。つまり夜、野生の生き物を寄せつけないためには火を起こしてそれを囲めばよいのだ、と気づいたときです。そこにファンタジーはあったのだと、わたしは思います。人類は暗闇をのぞきこみ、光の届く範囲のすぐ向こうにありとあらゆる魔物が潜んでいるのを見て——ええ、確かにその目で見て！——それらについて話し始めました。そう、そのときファンタジーが誕生したのです。未知のものをとらえた想像心の産物なのです。

物語は何世紀ものあいだに洗練され、口伝えの語り手(ストーリーテラー)

によってつぎつぎと磨かれ、世代から世代へと美しく飾られ、どんどんよいものになっていきました。そして部族のあいだでよりすぐれた語り手が見出され、熱心に耳を傾けられ、一字一句を味わわれ――

はいはい、わかったから。でもそれとこの本がどう関係あるの？

（いいから黙ってってくれるかな？　もう少しだから）

――そしてついに、口伝えの語り手は部族のなかで「公認の」立場となりました。伝承の長になりました。彼らはすべての知識の図書館となりました。この新たに定められた地位のおかげで、彼らは「現実世界の」ことがらについても集中しなくてはならなくなりました。

それでも洞穴の片隅に、部族の住む土地に、野営の火のそばに、つねに突拍子もない空想の物語を語る人々はいました。ファンタジーは生きつづけ、元気でした。明るい火の向こうの暗闇をのぞきこむような想像力豊かな人々の心のなかに息づいていました。

最終的に「書きとめる」技術が生まれ、物語は粘土や石や木や羊皮紙に記録されるようになりました。やがては紙に、フロッピーディスクに、その他のメディアに。ああ、誤解しないでほしいのですが、何千年ものあいだ口伝えの語り手は相変わらず人気でした。なにしろすべての人類が読み書きできるわけではなかった（いまもまだできない）のです。しかし数百年、数千年と経るにつれて、創意に富む人類はついに印刷機を発明し、本が出まわるようになり、教育が当たり前になって、われわれは総じて学識のある社会という地点まで到達しました。

そしてその学識のある社会には、数多くのすぐれた作家が存在しました。大半は同時代の暮らしをこと細かに描写しました。しかしまさに祖先がしていたように、向こうの暗闇から物語を引っぱってくるような語り手もまだいました。物語が印刷され製本されるようになったのは、ほんのつい最近のことです。

一九三〇年代、ある子ども向けの物語が誕生しました。J・R・R・トールキンの『ホビットの冒険』です。聞いたことはあるでしょう？

おいおい、それを訊くならこう言ったらどうだ？　トールキンっていう名前を聞いたことのない人はいるのか、って？

（まったくもう、わたしが言おうとしていることを先に言わないでくれるかな？）

トールキンについて聞いたことのない人なんているでしょうか？

ファンタジーは死ななかったとはいえ、貧弱なジャンルになっていました。ファンタジーを崇拝するのは、かたくなにそれが大切と考え、明るい火の向こうをのぞきこむような数少ない人たちでした。しかしその暗闇に対するトールキンのすばらしい洞察が、何百、何千、ついには何百万という人々の想像力をかき立て、彼らはこの伝承の長に熱心に耳を傾けました。そしてトールキンは『ホビットの冒険』につづき、あの壮大な『指輪物語（ロード・オブ・ザ・リング）』を書いたのです。

トールキンの出現後、ファンタジーは爆発しました！

似たようなものを読みたい、という人々の強い要望に世界中の書き手が気づき、作家という作家がその挑戦を受けようと立ち上がったのです。そして何十万人という新旧のファンタジー読者が、先を争うようにして熱心に新しい本をつぎつぎと購入しました。

そしてそれらの何十万という人々のなかに、何百万という人々のなかに、ほんのひと握りですがつぎのように言う者たちが出てきたのです。「ねえねえ、物語の登場人物みたいなキャラクターを演じられる、そんな自分自身が参加できるようなゲームがあるといいのにね」

こうしてファンタジー・ロールプレイング・ゲームが生まれました。最初はかなり荒削りな「ハック・アンド・スラッシュ（切って切って切りまくること）」ばかりでしたが、遊び手が経験を積んで、自分たちがなにが好きでなにが好きではないのかを見きわめるにつれて洗練されていき、システムはその必要に応じて磨かれていきました（※）。そしてファンタジーというジャンルが爆発するのに合わせて、ファンタジー・ロールプレイング・ゲームもそうなり、世界中の何万という人々が熱心に、このエンターテインメントの形を楽しみました。

※数多くのシステムのなかに、『トンネルズ&トロールズ』と呼ばれるものがありました（ふつうは『T&T』と略されますが、わたしの友人たちはシンプルでダイナミックなゲームということで『TNT』と呼びます）。この本はもちろん、『T&T』の世界と関係があります。

何千という冒険シナリオが書かれ、征服すべき新しい世界を探し求めるファンタジーのロールプレイヤーが、数々のシナリオに飛びつきました。シナリオの多くは単純なダンジョン探索でした。扉を蹴破り、ハック・アンド・スラッシュし、財宝を集め、つぎの扉に移動し、蹴破り、ハック・アンド・スラッシュし、財宝を集め……というものです。確かに罠や本当に邪悪な生き物や迷路といったものもあり、わくわくしました……それでも、だいたいはその範囲におさまっていました。やがて人々はそれらに飽き始め、自分たちの冒険をえり好みするようになりました。より複雑なシナリオを買うようになりました。そうした冒険は地上でも起こり、シュート・アンド・ルート（射撃と略奪）やハック・アンド・スラッシュだけを行うような純粋なダンジョン探索ではなくなりました。ついには自分自身でシナリオを作るようになり、好きなものを取り入れるようになりました。

人々が自分自身の冒険を書いて遊ぶようになったとき、それらは典型的な冒険シナリオの枠を超えて広がるようになりました。そうした人々が遊ぶゲームはとても面白くなり、ときにこう思うようになります。こういう冒険って、読み物としても楽しめるんじゃないだろうか、と。

（このまえがきを書いている時点で）八つのファンタジー長編とファンタジー短編をいくつか自分名義で書いている一人の作者として、わたしはよく質問されます。特定のゲームを遊んで参加者のみんながとても楽しめたとしたなら、そうしたゲームはファンタジーの物語にとってよい基礎となりますか、と。わたしの答えはつねに「ノー」です。たいていの物語はひとつづきの長い時間のなかで起こるドラマです。そこでは広い世界が重要な成分であり、長期の旅が見晴らしのよいさまざまな地形上で起こります。わたしたちは大勢の登場人物の内なる思考と感情に巻きこまれ、そうやって物語に埋めこまれた「メッセージ」を見つけていきます。ほとんどのゲームには、こうした要素がありません。そもそも焦点が違っていて、基本的にゲームはアクションに狙いを定めているのです。そこには、たとえあるとしても「メッセージ」は少なく、他のキャラクターとの内なる感情の関係は、ほとんど、あるいはまったくありません。ストーリーもゲームもファンタジーが大本になってはいますが、ひじょうに異なるものだとわたしは思います。たとえば、リンゴとオレンジがどちらも果物でありながら、その構造や味や恩恵はまったく違うように。

わたしはこうも訊かれます。よい「ダンジョン探索」とはどういうもので、それは価値あるストーリーを作り出しますか、と。ここでもわたしの答えはふつう、「ノー」です。そしてまずまちがいなく、上記と同じ理由を挙げます。

とはいえ、おわかりですよね？　ルールには例外がつきものです。

この本にはそうした例外が七篇あります。

才能ある六人の作家が七つの短編を書きました（二部構成になっているものがあります）。これらの物語はすばらしいダンジョン探索を行うでしょう。と同時にすばらしい物語になっています。これらは『トンネルズ＆トロールズ』のゲーム世界を舞台にしています。おっと、わたしはなにも、これらが作家たちに遊ばれ、そのあと物語として書かれたと言っているのではありません（その可能性がないとは言えませんが）。わたしが言っているのは、わたしがこれらの物語を心から楽しんで読んだということ、そしてもしこれらがもともとゲームだったとしたなら、わたしはそのすべてでキャラクターの一人を演じてみたかったと思うことです。とてつもなくすばらしい時間を過ごせたでしょうに。

さらに、わたしが言いたいのは……。

ルールをルールたらしめる例外へようこそ。

稀少なものへようこそ。

しかしなによりも、向こうに広がる暗闇へようこそ。

——一九九二年五月、デニス・L・マッカーナン

著者について（一九九二年当時）

※編者付記
これらの著者とイラストレーターの紹介文は、当の本人たちから寄せられたものです。
『トンネルズ&トロールズ』なんだから、こんなに真剣にならなくてもよいのにと思う人もいるでしょうね。しーっ……。

エリザベス・T・ダンフォース　Elizabeth T. Danforth
リズ・ダンフォースは一九七六年にアリゾナ州立大学を卒業しました。専門は人類学です。「優等」の成績だけでは、当時の不景気まっただなかに生計を立てていくには充分ではありませんでした。それでも彼女は、自分の趣味——ゲームとイラスト——を追求することに他人がお金を支払ってくれることに気づき始めました。フライング・バッファロー社のイラスト部門や制作部門のリーダーとして（職務はころころ変わりました）七年の任期を経たあと、彼女はフリーランスになりました——それでもやっぱり、この不景気のさなかに生計を立てていく方法としては文句なしというわけではありませんでしたが。
リズは持てるすべての技術を使ってせいいっぱい働くことで、なんとかいまの収入でやりくりしています。イラストを描いたり（ゲームデザイナーズ・ワークショップ社、FASA社、アイアンクラウン・エンタープライズ社、ウェストエンド社、エレクトリックアーツ社など）、コンピュータゲームのシナリオを書いたり（インタープレイ社の『Wasteland』『Star Treck: the 25th Anniversary Game』や、ニューワールド・コンピューティング社の『Crusaders of Khazan』など。後者は『T&T』のコンピュータゲームです）、TSR社のためにフリーの編集者を務めたりしています。そして可能であればいつでも、小説を書きます。

キャサリン・カー　Katharine Kerr
キャサリン・カーは幼少期を五大湖の産業都市で、青春期を南カリフォルニアで過ごしました。そこからベイエリアに逃亡し、進行中のいくつかの変革に参加するのにぎりぎり間に合いました。そこからもさらに逃げると、彼女はプロの語り手であると同時にアマチュアの懐疑論者となり、すべての真の信者のみならず、科学を真に受ける人たちまでも、偏見の目でとらえています。根っからのゲーマーで、小説を書くことに「しぶしぶ」時間を費やしています。著書のなかには、歴史ファンタジーの『Deverry』シリーズがあります。最新作は『A Time of Omens』です。もっとも新しいSF作品は、『Polar City Blues』と『Resurrection』です。

デニス・L・マッカーナン Dennis L. McKiernan

デニス・L・マッカーナンは、一九三二年四月四日にミズーリ州モバリーで生まれました。朝鮮戦争の退役軍人であるデニスは電気工学の修士号を持っていて、三十一年間をAT&Tのベル研究所で研究と開発に費やしました。そこでは対弾道弾のミサイル防御システムや、ハードウェアとソフトウェアのデザインや開発、それにさまざまな経営シンクタンク活動を行いました。

自動車に轢かれたあと、デニスはフルタイムの作家になりました(とはいえ彼は、こんなきっかけで物書きという職業に就くことを勧めていません)。とても賞賛されたベストセラー小説として、『The Iron Tower』三部作、『The Silver Call』二部作、『Dragondoom』、『The Eye of Hunter』があります。彼はまた多くの短編を書いています。そのひとつは、『The Vulgmaster』というグラフィックノベルにもなりました。彼と彼の妻は、スキューバダイビング、オフロードバイク、単車のツーリングを趣味にしています。デニスはまた熟練のゲームマスターでもあり、冒険作成ツールの『Destiny Deck』の共同デザイナーでもあります。

マーク・オグリーン Mark O'Green

闇のなかに動きあり。いらいらとした甲高い声があがる。

「PB(プリティボーイ)はしゃべりたくない!」

石に石をぶつける音がつづく。その後、巨大な不格好な人の形をしたものが、陰からぬっと現れる。そのオーガーは、たんこぶのできた頭をなでながら言う。

「マーク・オーガー……オグレーエンは本物のオーガーじゃない。ちびすぎるし、眉が二つあるんだ。それに人をぶちのめさない——バスケットボールの試合じゃないなら。つまり、いいオーガー。

でかい緑色の鳥がやつを口のなかに入れて、勢いよく飛び回ったっけ。鳥の脇腹にはおかしな絵が描いてあったよ。PBには読めないけど、教えてもらった。USAF（米国空軍）の絵なんだって。鳥にしちゃ変な名前だよね。鳥は飛びながら地面に唾を吐くんだ。そしたら土と岩がみんなひっくり返るんだよ。

いまじゃ、やつはへんてこな小さな鏡の前に座ってばかり。PBもその鏡、のぞいてみた。みっともないものがたくさんあったよ——どれもPBの顔じゃない。オグレーエンはそいつを『ピューター』って呼んでる。いつもそいつに『来い（カム）』って言うんだけど、そいつはそこに座ってるだけ。だからおしおきしようと思って、PBは一度、叩いてやったんだ。そしたらオグレーエン、PBのこと怒った。わけわかんない。

オグレーエン、PBにもう闇のなかに帰れって言う。でないとPBの顔をもっとひどくしてやるって。わけわかんない」

灰色の唇（くちびる）から牙をむき出し、オーガーは陰のなかにもぞもぞと戻った。うんと低いうなり声が、向こうの方で叫んでいる。

「急げって、PB。もうカードは配ったぞ」

“熊（ベア）の”ピーターズ Bear Peters

“熊の”ピーターズは、明らかにコラボレーションの産物です——どんな作家（正気の作家ってことですよ）もゲーマーも、このキャラクターを思いつくことはできなかったでしょう。彼は第一に戦士であり、弓、銃、フォイル、ブロードソード、サーベル、メイス、杖を手に、敵と相対してきました。しかし同時に魔術師でもあり、宇宙の神秘のひとつを周航してきました（ただし徒歩ですが）。それにたびたび、時間の旅も行ってきました。さらに魔法の才能（技術と言うよりは）を使って、町、都市、国、大陸、世界すらも作りました。

このありそうもないキャラクターを、地獄（ハデス）（アリゾナ州フェニックス）に住まわせましょう。彼がそこを好きだからです（カラッとした暑さ！）。つぎに彼を、アマゾネスのたくましさとオリンポスの忍耐力を備えた美女と結婚させましょう……いや、さすがにそれはやりすぎかも。彼の代わりにそうしたものを全部持っているキャラクターを作って、彼を作家にしてしまったらって？

あなたもよほどのマニアですね。

ケン・セント・アンドレ Ken St. Andre

いまのようなあまりに文明化された時代に、蛮族でいることは容易でありませんが、ケン・セント・アンドレは蛮族として最善を尽くしています。蛮族らしい業績のなかには、『トンネルズ&トロールズ』（一九七四年、初版）、『モンスター！　モンスター！』（一九七五年、初版）、『ストームブリンガー』（一九八一年、ケイオシアム）、『Wasteland』（一九八九年、マイク・スタックポール、リズ・ダンフォース、その他インタープレイ／エレクトロニックアーツの人々と共著）が含まれます。二人の若き蛮族、ジリアン・チャーメインとジェイムズ・コーウィンは、たびたび開催されるSFコンベンションや長時間の朝の散歩に彼を引きずっていくことで、ケンが若者の見方を維持できるように助けています。いっぽう蛮族の女王キャシーは、ケンがいちばんの深みに完全にはまってしまわないように注意しています。蛮族っぽくないときのケンは、フェニックス市立図書館の司書――あくまで野蛮な司書のようなもの――という秘密の正体を維持しています。

ケンは『T&T』がありとあらゆる形に姿を変えるのを夢見ており、この短編集を見てひじょうに喜んでいます。彼は現在、『トンネルズ&トロールズ』のトレーディングカードセット、「剣と魔法」の連続テレビドラマ、仮想現実のトンネルズ&トロールズ宇宙の制作に取りかかっています。唯一の問題は、クレイ・スーパーコンピューターに関わる時間を確保することです。先ほど挙げたような『T&T』プロジェクトが楽しみだという人々に対する、彼の賢明なアドバイスはこうです。「期待しないほうがいいよ！」

マイケル・A・スタックポール Michael A. Stackpole

わたしはベーシック（プログラム）を書くのが大嫌いな作家です。というわけで、自分のキャラクターたちについて語るにしても、言葉は多くなります。

もともと、マレクとレイスの物語を書くつもりはわたしにはありませんでした。当初、マレクは『恐怖の街』というソロアドベンチャーに出てくるノンプレイヤー・キャラクターでした。一九七八年夏にチャールズ・R・

ソーンダースが、リズ・ダンフォースがソロアドベンチャーのために描いていたイラストを見せて、そのイラスト（マレクと他の誰かがサソリの上で腕相撲をしているもの）の背景の物語を読めたら面白いだろうねと提案してきました。わたしは「書くことを考えてみる」と答え、小説のキャラクターとして、マレクが誕生したのです。

一九七九年、サー・リチャード・バートンの『千夜一夜物語』の一冊を読んで、わたしはバートンの作品のなかの豊富な脚注のひとつに、アラビア語の単語のレイス(Rais)があるのを見つけました。それは「船長」という意味で、わたしは即座に、これはファンタジーのキャラクターにぴったりの名前だと感じました。レイスはその名前を中心にゆっくりと固まり、基盤を広げ、マレクの物語のなかに自身を挿入していきました。一九八二年までに彼らは完全なパートナーとなり、この短編集のためにかなり書き直したり膨らませたりはしましたが、「風の虎」はそのころに――わたしが短編や小品をいくつも書き、ガルで最高の盗賊たちを取り上げた長編さえも二冊書き始めたころに――さかのぼります。当時、わたしはすべての時間を、フライング・バッファロー社で編集者兼デザイナーとして働くことに費やしていたので、執筆時間は限られていました。そういうわけで、それらの長編は仕上がっていません。

一九八四年に二人の盗賊から離れ、『Talion: Revenant』というタイトルの小説を書き始めました。これは一九八六年にようやく書き終えました。ガルとフォロン島につながる「もうひとつの」世界が舞台で、決して売られることはありませんでしたが（訳注：現在はウェブ小説として公表）、この小説のおかげでわたしは『バトルテック』の小説を書くことになりました（この小説は七刷まで版を重ねました）。そして最終的に、バンタムブックス社と契約を結び、新しいエピックファンタジー小説を書きました。それが『Once A Hero』（一九九四年か一九九五年の予定出版物です）。

そうして月日を重ねたあと、マレクとレイスによい感じで戻ってくることができました。この本が、フライング・バッファロー社のためになればと思います。そうなれば、この二人のためのさらなる冒険が、語られるのを待っているからです。

（柘植めぐみ訳）

あとがき――四半世紀を超えて

安田　均

ということで、ここでは少しくだけた感じで、本書についてお話したい。解説でマイクが、ぼく（安田均）の提案で本書が企画され、そこでは一九九一年末までには出るはずだと書いているのに、そうはならなかった。結果、一九九二年にアメリカでは出たものの、何と日本ではそれから四半世紀は優に遅れて、ここに出ることになった経緯（いきさつ）である。

これは特にぼくの怠慢（たいまん）ではなく（いや、そうかもしれないが）、当時の事情のなせる業（わざ）ともいえる。事実、本書の翻訳の三分の二以上は、マイクの言うとおり、一九九一年末には終わっていた。ただ、ＲＰＧをめぐる状況は一九九〇年代に入ると、日本では大きく変わってきた。それまでＴ＆Ｔは一九八〇年代後半に社会思想社から出て、マイクの解説もあるように、かなりのヒットをして順調だった。その中心をなすのは文庫形式やソロアドベンチャーであるが、もう一つは雑誌「ウォーロック」の存在である。これらが揃うことでＴ＆Ｔは伸びていったのだが、そのＴＲＰＧ分野が一九九〇年代に入って急速に広がることで、ＴＲＰＧ雑誌五誌時代に突入し、このバブルとも言える過程で、「ウォーロック」は早々に退場を余儀なくされてしまった（一九九二年三月通巻六三号で休刊。足掛け七年続いた）。これがひいては、社会思想社自体のＴＲＰＧからの撤退にもつながり、一九九四年以降はほとんどＴＲＰＧ書籍は出なくなった。皮肉にも、マイクが一九八五年以降フライング・バッファロー社に起こったと述べたのと同一のパターンを踏んだのである。

本書はそうした中で同社の優先事項から外れ、本国ではフライング・バッファロー社から出たものの、日本版は宙に浮いたままだった。元の企画を提案した身にとっては、非常に辛かったがどうすることもできず、やがて社会思想社の二一世紀に入っての廃業に伴い、完全にストップしたままとなった。その後もＴ＆Ｔ第七版ルールブックが出されたりしたが、派生作品である本書は顧(かえり)みられず（折に触れ、こちらとしては他出版社に薦めたのだが）、放置されたままとなっていた。

しかし、T&Tは不死身である。二〇一五年、初版出版来四〇周年を機に甦り、同時にその日本版も出て現在も人気を呼んでいる。基本ルールだけではなく、ソロアドベンチャーやサプリメント、さらには専門誌まで登場している。今こそ、念願の本書を出すべきときではないか。ここで勇敢にも手を上げていただいたのがアトリエサード社である。現在は幻想小説などを中心に小説・アート分野で幅広く活動されているが、かつては『ヴァンパイア：ザ・マスカレード』などRPG出版でも名を成したところだ。今回T&Tを新たに展開していくにあたり、同社に協力していただけたのは、同じく紹介本を出していただいた冒険企画局と並んで、ぼくとしては本当に感謝の限りである。

マイクの解説にもあるが、T&TをはじめとするRPGやゲームを楽しむ人たちの、この分野への愛の大きさには驚かされる。それだけ長く楽しんでいけるものと思っていただいてまちがいない。本書で小説としてT&Tの楽しさを知った方には、ぜひRPGの『トンネルズ&トロールズ』（完全版　グループSNE／cosaic より刊）にも興味を持っていただけたらと思う。

そして、かつてお待ちいただいていたファンの人たちには、ようやく「出せましたよ」とご報告したい。楽しんでください。

付記：なお、一九九一年ごろに訳したものについては一部、田嶋あけみさん、一木眞由美さん、谷口生美さんにお手伝いいただいている。また編集には『ソード・ワールドRPG』などでお世話になった小笠原勝さんに、今回もお手数をかけた。ここでお礼を申し上げておきたい。

安田 均（やすだ ひとし）編者
1950年生。翻訳家、ゲームクリエイター、小説家、アンソロジスト。株式会社グループＳＮＥ代表。訳書にスミス「魔術師の帝国《１ ゾシーク篇》」「魔術師の帝国《２ ハイパーボリア篇》」、ウィルヘルム「翼のジェニー」（共訳 アトリエサード）、フィルポッツ「ラベンダー・ドラゴン」、マーティン「サンドキングス」（早川書房）、プリースト「逆転世界」（東京創元社）、ワイス＆ヒックマン〈ドラゴンランス〉シリーズ（KADOKAWA）等多数。

TH Literature Series

トンネルズ&トロールズ・アンソロジー
ミッション：インプポッシブル

編　者　安田均
　　　　エリザベス・ダンフォース
　　　　マイケル・A・スタックポール

著　者　ケン・セント・アンドレ ほか

訳　者　安田均／グループSNE

発行日　2017年5月21日

発行人　鈴木孝
発　行　有限会社アトリエサード
　　　　東京都新宿区高田馬場1-21-24-301 〒169-0075
　　　　TEL.03-5272-5037 FAX.03-5272-5038
　　　　http://www.a-third.com/　th@a-third.com
　　　　振替口座／00160-8-728019
発　売　株式会社書苑新社
印　刷　モリモト印刷株式会社
定　価　本体2500円＋税
ISBN978-4-88375-261-4 C0097 ¥2500E

www.a-third.com